선비는 시대가 부른다

선비는 시대가 부른다

초판 1쇄 인쇄 | 2017년 2월 20일
초판 1쇄 발행 | 2017년 2월 23일

지은이 | 남주홍
펴낸이 | 박영욱
펴낸곳 | (주)북오션

편 집 | 허현자 · 이소담
마케팅 | 최석진
표지 및 본문 디자인 | 서정희

주 소 | 서울시 마포구 서교동 468-2
이메일 | bookrose@naver.com
페이스북 | facebook.com/bookocean21
블로그 | blog.naver.com/bookocean
전 화 | 편집문의: 02-325-9172   영업문의: 02-322-6709
팩 스 | 02-3143-3964

출판신고번호 | 제313-2007-000197호

ISBN 978-89-6799-321-4 (03810)

이 도서의 국립중앙도서관 출판예정도서목록(CIP)은 서지정보유통지원시스템
홈페이지(http://seoji.nl.go.kr)와 국가자료공동목록시스템
(http://www.nl.go.kr/kolisnet)에서 이용하실 수 있습니다.
(CIP제어번호: CIP2017002288)

선비는 시대가 부른다

남주홍 지음

북오션

머리말

어느 날인가, 평소에 즐겨 보던 금아(琴兒) 피천득(皮千得) 선생의 《인연》을 다시 읽을 때였다. 이미 익숙해진 이야기와 문장을 보다가 문득 나도 이런 담백한 수필집을 하나 냈으면 하는 생각이 들었다. 수필은 금아의 지론대로 어떤 심오한 연구나 담론이 아니기에 그저 내 나름의 인생의 향취와 여운이 담긴 독백 정도면 되겠거니 했다. 마음의 산책길을 따라 가고 싶은 대로 가는 일종의 행로(行路)에서, 스스로 묻고 답하는 독백을 못할 것도 없지 않겠는가. 그 생각의 끝이 자전적 성찰을 담은 회상(回想)으로 이어지고 이렇게 수필 형식의 자서전이 되었다.

이 글은 독백(獨白)이다. 누구에게 보여주고자 하는 글이라기 보다 나를 찾아 떠나는 마음의 여정이다. 담담히 지난날의 족적을 더듬어 보고 그 체험 속에 얽힌 사연과 사색의 흔적들이 토로된다. 어쩌면 살아온 날들이 짧지 않은 세월이기도 하니 내 인생의 '대하일기(大河日記)'라고도 할 수 있을 것이다.

일기라면 굳이 감추고 싶은 것도 없을 것이고, 또 특별히 자랑하고 싶은 것일지라도 크게 부끄럽지는 않을 것이다. 있었던 일 그대로, 그리고 나의 꿈과 이상이 어떻게 현실과 투쟁하며 타협, 절충하여 그동안 나의 변화를 이끌어 왔는지를 속삭일 뿐이다.

무엇보다도 나의 사랑하는 아내와 아들딸, 손자손녀에게 남기고 싶은 이야기다보니 아무런 꾸밈이 있을 수가 없다. 거창하게 무슨 나의 생애와 사상도 아니고 강의하듯 남에게 무엇인가 가르치기 위한 기록도 아닌, 그냥 행운유수(行雲流水)처럼 붓 가는 대로 남기는 나의 시요, 나의 노래이다. 그리고 이 시와 노래는 내 살아가는 동안 꾸준히 추가되거나 보완될 것이다. 내가 가는 길에 또 무엇을 생각하고 느끼며 또 어떠한 비바람과 새로운 고갯길이 나올지 아직 알 수 없기 때문이다. 그러한 의미에서 이 독백은 여백(餘白)이라고 불러야 옳다.

이 책은 3부로 나뉘어 있다. 제1부는 "선비는 시대가 부른다"를 삶의 모토로 하여 살아온 날들에 대한 자전적 성찰이다. 이 성찰을 8개 소제목으로 나누어 각기 특성 있게 엮어서 서술해 보려고 노력했다. 여기에 나의 길, 'My Way'에 얽힌 추억과 회한, 그리고 남기고 싶고 나누고 싶은 이야기보따리들이 있다. "내가 나라니, 내가 과연 누군고" 하는 옛 고승의 자문자답처럼 어떤 의미에서는 가장 진솔한 독백이 될지도 모르겠다.

제2부에서는 나의 인생에 관한 단편적 사고를 한번 정리해 보았다. 교양수준의 철학 상식을 요약하면서 정년에 즈음한 삶의 의미와 시대정신, 그리고 캐나다 대사 시절을 별도로 다루어 보았다. 1부의 자전적 서술이 자연스럽게 2부에서 학문적 흥취를 더하면서 흘러가도록 한 것이다. 따라서 내용은 매우 소박한 한 편의 생활철학 강의 같은 담론이다.

제3부는 우국론 소고라는 부제가 시사하듯이 상당히 정책 현실적인 진단과 대안의 메시지를 담고 있다. 회고록 형식의 미래 진단

서로, 기존의 나의 저서 《통일의 길, 그 예고된 혼돈》과 《통일은 없다》의 개정판 같은 내용으로 이 책의 중심부를 구성하고 있다. 즉, 그간 '열두 고개' 변혁의 인생길을 넘으며 이론과 실제를 터득한 외교, 국방, 통일, 정보 분야를 통합적으로 다루면서 균형 잡힌 결론을 내리려고 노력한, 말 그대로 나의 '우국충정론'이다. 이는 나만이 내릴 수 있는 가장 균형 잡힌 정책판단이라고 감히 자부한다. 즉, 나는 위의 네 분야를 교수, 대학원장으로서 25년, 그리고 정무직을 역임한 8, 9여 년 동안 이론과 실제를 모두 겪었기 때문이다.

전직 총리 몇 분이 나의 보잘 것 없는 경력을 "매우 독특한 아까운 경륜"이라고 격려해주신 것도 그 점을 관심 두고 하신 말씀이라고 생각한다. 특히 가장 어려운 시기에 4년간 정보기관 실무사령탑을 담당했던 것은 무엇보다도 귀중한 자산으로 남아있다.

나에게는 지난 30여 년간 각종 위기관리 경험을 통해 생생히 터득한 진리가 있다. 국가안위와 통일안보 분야에 있어서는 가장 현실적인 접근이 결과적으로 가장 이상적인 결실로 이어진다는 사실이다.

나는 영국의 윈스턴 처칠 수상이 《제2차 세계대전 회고록》으로 노벨문학상을 받으면서 던진 '평화의 메시지'를 존중한다. 그는 두 차례 세계 대전을 직접 겪으면서 안보가 뒷받침되지 아니한 평화는 곧 전쟁을 의미하며, 그 어떤 대가와 희생을 치르더라도 이 현실적 판단을 평화 이상론이 대신하게 해서는 안 된다고 외쳤다. 사실 이 메시지는 일찍이 약 400여 년 전 우리의 위대한 조상 서애 류성룡 선생이 《징비록》에서 생생하게 후손들에게 남긴 뼈아픈 유산이기도 하다.

마지막으로 이 글을 쓰도록 내게 용기와 헌신적인 내조를 아끼지 않은 사랑하는 아내에게 감사함을 전한다. 아내의 도움 없이는 아마 이 글은 빛을 보지 못했을지도 모른다. 그리고 또 그만큼 사랑하는 우리 딸과 아들의 격려 기도도 큰 힘이 되었다. 둘 다 훌륭히 자라 이제 자랑스럽게 독립했으니 모두 하나님께 감사드리고 또 감사할 일이다. 나아가 이제 곧 커서 이 글을 읽어 볼, 눈에 넣어도 아프지 않은 손자, 손녀가 내게는 늘 꿈과 희망의 빛이다. 이 글이 앞으로 계속 발전되고 이어져 자손들에게도 훌륭한 이야기보따리가 되기를 소망해 본다.

순천(順泉) 남주홍(南柱洪)

차례

2 갈림길, 정거장에서_인생론 단상(斷想)

3 안보와 통일은 일체다 _우국론(憂國論) 소고

나는 당시 졸업반이고 우등생이었기 때문에 친척집에 잠깐 맡겨 놓은 상태였다. 곧이어 상경한 내게 주어진 선택은 상업고등학교에 들어가 졸업 후 바로 취직해서 가족생계에 보탬이 되라는, 그야말로 피할 수 없는 운명이었다. 한껏 부푼 꿈을 꾸고 공부하던 내겐 청천벽력 같았지만 어린 나이에 저항도 못하고 그대로 순응할 수밖에 없었다. 그래서 결국 '상고 중의 경기고'라는 명문 덕수상고에 진학해 3년 후 조흥은행에 취직했던 것이다.

1

런던의 안개비

－자전적 성찰

열두 고빗길의 삶,
도전과 성취

　《선비는 시대가 부른다》를 시작함에 앞서 우선 내가 지나고 걸어온 열두 번의 변환을 대략적으로 한번 정리해 보는 것이 좋을 것 같다. 나의 경력을 잘 모르는 이들에게도 좋고 나중에 내 자손들이 읽더라도 할아버지의 자취가 조금 더 살갑게 느껴지도록 하게 위해서라도 말이다. 우선, 여기서 나의 걸어온 길을 그간 관심 있게 지켜본 저명한 동양학자 조용헌 선생이 쓴 조선일보 2016년 9월 5일자 칼럼을 먼저 소개해 보겠다.

　　남주홍(南柱洪, 64) 교수는 걸프전, 이라크전, 연평해전, 그리고 북한 핵실험과 미사일이 발사될 때마다 TV에 나와 해설을 해주는 안보전략 전문가이다. 위기가 발생해야만 존재감을 드러내는 병가(兵家)의 팔자다.

어쩌다가 '병가'의 팔자를 타고났는가? 그는 6.25 때 부친이 전남 광양 진월면(津月面) 파출소 간부를 지냈던 연유로, 망건(網巾) 모습의 망덕산(望德山)이 보이는 파출소 관사에서 태어났다. 그가 순천중 3학년일 때 가세가 완전히 기울어 온 가족이 서울로 급히 이주해야만 했다. 하루 종일 기름 냄새가 진동하는 서울 우이시장의 참기름 집 2층 단칸 셋방에서 일곱 식구가 오글오글 살았다. 아버지는 그 옆에 임시로 천막을 치고 건어물을 팔았다. 돈이 없어서 덕수상고를 갔고, 졸업 후 조흥은행에서 근무하였다.

어느 날 중학교 동창들이 은행에 찾아왔다. '커피 값 좀 빌려줘라! 여대생들하고 미팅하러 바로 옆 다방에 왔다'. 동창들은 서울대, 연·고대 배지를 달고 있었다.

그날 저녁 집에 와서 자신의 처지가 서러워 엉엉 울었다. '나도 야간대학이라도 가야겠다'고 결심하고 당시 낙원동에 있던 건국대 야간대학에 들어갔다. 그 무렵 근무하던 은행지점 길 건너편 덕수궁 쪽에는 영국문화원이 있었다. 점심을 후닥닥 먹고 문화원에 갔다. 영어 신문도 보고 원서도 읽으면서 영국으로 유학 가고 싶다는 꿈을 키웠다. 상고, 야간대졸이 은행에 계속 있다가는 주변만 맴돌다가 인생 끝날 것만 같았다.

도전해서 드디어 유학시험에 합격했고, 퇴직금 약 300불 중에서 런던공항에 내리니까 주머니에는 200불만 남았다. 돈을 아끼기 위해 템스 강 남쪽의 YMCA 회관 마룻바닥에서 며칠을 보냈다. 1977년 여름이었다.

돈을 벌기 위해 펍 웨이터로부터 시작해서 안 해 본 일이 없었다. 애버딘대학 석사과정을 거쳐 마침내 명문 런던정경대학(LSE) 박사과정에 들어갔다. 1981년에는 하버드대학의 헌팅턴 교수가 초청해서 그 밑에서 3년간 외교안보학을 공부했다. 이후로 안보전략가의 길을 걷게 된다. 교수직과 외교·통일·정보부서의 정무직을 두루 거쳤다. 찢어지게 가난했어도 팔자대로 갔다. 요즘 돌아가는 게 하도 수상해서 병가(兵家)의 팔자를 더듬어 보았다.

깊고 차가운 눈물

1967년 순천중학교 3학년이던 해 부모님이 운영하시던 식당이 영업부진으로 문을 닫았다. 그리고는 나만 빼놓고 모두 서울로 이주해 버렸다. 말이 좋아 이주지 실상은 부도난 상태에서 야반도주나 마찬가지인 극심한 가난의 기로에 섰던 것이다.

나는 당시 졸업반이고 우등생이었기 때문에 친척집에 잠깐 맡겨놓은 상태였다. 곧이어 상경한 내게 주어진 선택은 상업고등학교에 들어가 졸업 후 바로 취직해서 가족생계에 보탬이 되라는, 그야말로 피할 수 없는 운명이었다. 나와 실력이 엇비슷한 친구들은 모

▲ 개교 100주년을 맞는 모교 덕수고교 총동창회에서 "자랑스런 덕수인"으로 선정되어
기념패를 받았다.(2008.1.)

두 서울대나 연, 고대를 목표로 광주일고 혹은 서울고, 경복고 등
으로 진학하는데 나는 상고를 나와 돈벌이하라는 것이다. 한껏 부
푼 꿈을 꾸고 공부하던 내겐 청천벽력 같았지만 어린 나이에 저항
도 못하고 그대로 순응할 수밖에 없었다. 그래서 결국 '상고 중의
경기고'라는 명문 덕수상고에 진학해 3년 후 조흥은행에 취직했던
것이다.

　그렇지만 열아홉 살에 직업전선, 그것도 말단직 창구직원이었으
니 나의 심적 고통과 갈등은 이루 말할 수가 없었다. 고1, 2 때 새
벽 찬 공기를 가르며 신문을 배달하던 어릴 적 일하고는 비교도 할
수 없었다. 부모님이 아주 조그마한 영세시장의 구멍가게를 하고

계셨으니 그나마 내 적은 봉급도 큰 도움이 되었겠지만, 정작 내 자신은 은행 말단직원 생활에 잘 적응하지 못했다. 내 위로 형님이 두 분 있지만 큰형은 군에 입대했고, 둘째형은 아예 입주과외로 나가 살고 있었다. 실질적으로 내 봉급으로 동생 셋의 학비를 대고 있는 형편이었다.

그러던 어느 날이었다. 내가 창구에서 돈을 세고 있는데 대학 다니는 중학교 동창 3명이 불쑥 찾아왔다.

"야, 주홍아, 넌 돈 벌지?"

"돈은 뭐....... 근데 돈은 왜?"

"야, 말이야, 우리 여자들이랑 데이트 나왔는데, 돈 좀 빌려줘."

내 눈에 불이 났다. 아니 한 맺힌 눈물이 났다고 보는 것이 더 정확할 것이다. 자랑스럽게 대학생 교복을 입고 나타나 여학생 미팅 비용을 내게 꾸러 왔을 때 나는 얼마나 초라한 처지란 말인가. 잠시나마 부모가 그렇게 원망스러울 수가 없었다.

▲ 조흥은행 입사 기념으로 동생들과 함께(1971.1.4.)

그날 마침 비가 많이 왔고 그 빗물에 섞여 난 한 없이 울며 걸었다. 그리고 굳게 결심했다. 야간대학이라도 진학해서 다른 길을 모색해 봐야지, 도저히 이대로 주저앉을 수는 없다고. 그렇게 해서 나는 동창들보다 1년 늦게 1972년 건국대학교 야간대학 정치외교학과를 들어갔다. 아마 만약 서울대나 연·고대에 같은 학과의 야간 학부가 있었다면 틀림없이 지원하고 들어갔을 것이다. 나의 기본 실력은 남들 못지않다고 자부했었으니까 말이다.

주경야독(晝耕夜讀)은 정말 힘들었다. 온종일 은행일에 시달리다 저녁에 파김치가 된 몸으로 공부한다는 것이 얼마나 어려운지는 겪어본 이들만이 알 것이다. 더 큰 문제는 졸업 후에 있었다. 설사 학위를 딴다 해도 소속 직장인 은행에서 조차 학력을 인정해주지 않을 뿐만 아니라 다른 대기업에 대졸자로 지원해 봐도 쟁쟁한 명문대학 출신들에게 서류심사에서부터 바로 밀릴 것이 너무 뻔했기 때문이다. 한마디로 나는 전형적인 "아웃사이더"였다.

이 유리천장을 깨뜨리기 위해 고민한 끝에 행정고시 준비로 일단 탈출구를 찾으려 했다. 공부로 승부한다면 자신 있기 때문에 주저할 필요가 없었다. 이젠 3가지 일을 동시에 진행해야 하는 그야말로 3중고 즉, 은행일과 야간수업 그리고 별도의 고시 공부까지 강행한 것이다. 그나마 몸도 쇠약하고 시력도 약한 상태에서 이 '고난의 행군'을 자처했던 그 시절 내 청춘의 슬픈 초상은 지금 생각해도 실로 가슴 뭉클하지 않을 수 없다.

행정과 외무고시를 준비하며 무섭게 '나의 투쟁'을 거듭하고 있던 어느 날, 집안에 청천벽력 같은 비운이 닥쳤다. 어머니가 후두암으로 쓰러지신 것이다. 앞이 캄캄하다 못해 절벽 끝에 내몰린 최악의 상황이 닥친 것이다. 보험제도가 없던 그 시절, 당장 입원시킬 돈도 없었을 뿐만 아니라 말기상태라 치유가 불가능하다는 것이다. 구멍가게 2층 단칸방에서 제대로 치료 한 번 못 받아보고 어머니는 그렇게 비통히 돌아가셨다.

1974년 7월 피눈물 흘리며 어머니를 오류동 야산에 모셨다. 집안이 완전히 풍비박산이 됨은 말할 것도 없었다. 당장 나의 학업과 고시공부가 중단되고 은행일 외에 다른 부수적인 일거리를 찾지 않으면 안 될 정도로 동생들 학비와 생활비의 압박이 밀려왔다.

43년이 지난 지금 여기서 어찌 그 눈물고개를 다 풀어 쓸 수 있을까. 그렇지만 뒤돌아보니 이 고개가 결과적으로 내 인생의 일대 전환점이 되었다고 할 수 있다. 밖으로 눈을 돌려 전혀 다른 세상에 도전을 시도하게 만든 것이다. 이대로 호구지책에 연연하다가 죽을 수는 없다는 비장한 각오로 유학을 결심한 것이다. 그간 틈틈이 영국문화원에 들러 자료수집도 하고 원서읽기 등으로 마음의 준비를 해왔다. 조흥은행 반도지점 근무 때의 일이다.

나의 도움이 어디서 올까

1977년 2월 야간대학 졸업과 동시에 유학시험에 합격하여 은행을 사직하고 영국 유학을 떠났다. 돈 한 푼 없이 그것도 미국보다 훨씬 더 여건이 어렵다는 영국 유학을 택한 것에 당장 먹고 살길이 막막한 가족들도 만류하고 주변에선 심지어 냉소적 빈정거림도 있었다. 그러나 죽음을 각오하고 나선 나의 길을 아무도 막을 수는 없었다. 일단 거친 항해에 나선 이상, 나아갈 길은 오직 전진 뿐 돌아갈 방법은 없었다. 내가 세상을 바꾸어도 세상이 나의 길은 바꾸지는 못할 것이라는 비장의 결기가 있었다. 이 부분에 대해선 별도의 장에서 다시 구체적으로 다룰 것이다. 내게는 흔히 남들이 말하는 유학(留學)이 아니라 문자 그대로 고학(苦學)이요, 고학(孤學)이었기 때문에 이 회상에서 남기고 싶은 말은 유달리 많다. 여기서는 일단 열두 고빗길부터 크게 한번 되돌아 보려 한다.

스코틀랜드 최고(最古)의 대학인 애버딘(Aberdeen)에서 1979년 9월 전략학 석사(Strategic Studies)를, 그리고 영국 정치학의 대명사인 명문 런던대학교 LSE(London School of Economics and Political Science)에서 1983년 6월 국제정치학 박사를 취득한 이 기적 같은 '인간 승리' 고비고비는 하늘의 도움 외에는 도저히 달리 설명할 수 없을 것이다. 이 점 역시 뒷장의 "나는 하나님을 믿는다"에서 상

▲ 바람불고 비 오는 어느 날. 국회의사당이 보이는 웨스트민스터 다리 위에서 청운의 꿈을 가다듬으며. (관광 안내 아르바이트 중 손님이 찍어 준 사진, 1979.11.15)

술하겠다.

LSE에서 2년간 과정을 마치면서 나는 또 다시 새로운 도전을 찾아 나섰다. 그간 '잃어버린 세월'을 되찾기라도 하려는 듯 미국의 최고 명문 하버드대의 문을 두드린 것이다. 무엇보다도 나의 학문적 지평을 넓히고 경력도 건실히 보강하면서 동시에 박사 논문도 완성하여 박사후 과정까지 이어질 수 있는 하버드의 객원 연구원 직이 희망의 등대처럼 보였던 것이다.

나의 담대한 도전은 적중했다. 하버드대 국제문제연구소 소장이자 국제정치학계 거물인 사무엘 헌팅턴(Samuel Huntington) 교수가 기꺼이 나의 제안을 수락하고 약간의 장학금을 받는 객원 연구원 자리를 내준 것이다. 1981년 5월의 일이다.

유학 4년 만에 석사를 마치고 박사과정 전반을 LSE에서, 그리고 후반은 하버드대에서 헌팅턴 교수의 강의와 지도를 받으며 마칠 수 있게 된 것은 어쩌면 운명 같은 일이었다. 회고하건데, 지나온 나의 고비고비 길마다 어떤 '보이지 않는 손'이 나를 돕고 있다는 생각이 들었다. 이 역시 하나님의 은혜가 아닐 수 없다. 적수공권 (赤手空拳)으로 아무도 기다리는 사람이 없던 런던 땅을 밟은 지 4년 만에 드디어 본격적인 학자의 길이 열리는 듯 감격스러웠다.

이 하버드 행이 나의 인생진로를 또 한 번 크게 바꾸는 계기가 되었다. 당시 하버드대에 연수중이던 전 주월 한국군사령관 채명신 장군과의 교분이 인연이 되어 그의 강력한 권유와 천거로 한국의 국방대학원에서 교수직을 제의해온 것이다. 그것도 박사학위 취득일에 맞추어서 말이다. 그때의 나의 감회는 뜨겁다 못해 사뭇 비장했다. 돌아보고 또 뒤돌아보며 눈물로 떠나던 유학행이 바로 엊그제 같은데, 이제 6년 만에 영국의 세계적 명성의 LSE에서 박사 학위를 받자마자 하버드대 연구직을 거쳐 곧바로 한국 사회 엘리트를 양성하는 국방대학원의 교수로 금의환향을 할 줄 누가 감히 예측했으랴……

더욱이 내 논문은 LSE 1983년도 최우수 논문으로 선정되어 최고 역사의 케임브리지대학 출판부에서 출간해 전 세계 도서관에

배치되고, 지역 연구교재로 활용하게끔 되었다.

국제외교안보 전문가 '걸프 스타'의 탄생

1983년 8월 귀국하여 곧바로 가을학기부터 국방대학원(지금은 국방대학교로 격상)에 부임하였다. 당시 내 나이는 만 31세였다. 반면 학생들 나이는 평균 42~43세였고 대부분이 군의 대령급 이상 고급 장교, 장성에다 정부에서 파견된 부이사관급 이상 고급공무원들을 가르쳤으니 지금 생각해봐도 기적 같은 일이었다. 그래서 난 누구보다도 더 열심히 공부하며 가르쳤고 인기도 정상을 달릴 정도로 겸허히 최선을 다했다.

그래서였을까, 어느 날 갑자기 또 한 번의 발전적 변신의 기회가 찾아왔다. 1989년 11월 초 베를린 장벽이 무너지고 독일이 급속히 통일 과정에 들어가면서 우리를 흥분시키더니, 1991년 초 미국이 이라크의 쿠웨이트 침공에 대한 응징으로 전격적인 군사개입을 함으로써 걸프 전쟁이 터진 것이다. 중국의 개혁과 개방이 절정에 이르는가 하면 소련은 아예 해체과정에 진입하는 등, 그야말로 국제정세가 일대의 혼돈기에 접어들었다.

남한과 북한이 총리급 회담을 전격 실시하고 〈남북기본합의서〉를 만들어 이 급변사태에 적응하려 몸부림치기 시작한 것도 바로 이 즈음이다. 이러한 대변혁기를 맞아 내게도 많은 외부 특강과 TV인터뷰 및 해설, 그리고 신문기고 요청이 들어왔다.

특히 걸프전을 생방송으로 MBC에서 명쾌하게 해설한 것이 국민여론의 큰 반향을 불러일으키면서 졸지에 '스타'가 되어 버렸다. 한마디로 그간 갈고 닦은 외교안보 전문연구 역량이 요즘 유행어로 '대박'이 난 셈이었다. 심지어 당시 TV앵커들이 뉴스시간에 나를 걸프전이 낳은 '또 하나의 영웅'으로 '걸프 스타'라는 별칭까지 붙여 스스럼없이 호칭하며 뉴스해설을 하게끔 만들었으니 말이다. 기억을 정확히 더듬자면 바로 이 시기부터 나는 스타급 학계 유명인사가 된 셈이었다. 이 현상은 한참 뒤 2001년 9.11테러와 아프간 전쟁 그리고 2003년 3월 이라크전쟁 때도 나의 거의 독보적 TV생방송 해설로 이어졌다. 그 후 연평해전과 천안함 폭침 및 연평도 포격전, 그리고 연이은 북한의 미사일 도발 및 핵실험 등의 해설은 말할 것도 없었다.

강연요청이 봇물을 이루는가 하면 지나는 많은 시민들이 알아보고 인사를 건네는 등, 그야말로 지난날과는 완전히 차원이 다른 '공인(公人)'의 입지에 들어선 것이다. 여야를 막론하고 정치인들에게 조언 기회가 생기고 정부에서도 각종 자문을 구하는 등 바쁜 일정 속에 당시 김영삼 민자당 대통령후보 측에서도 큰 관심을 보였다.

1992년 5월, 나는 결국 김영삼 후보의 외교안보 보좌역으로 발탁되어 국방대학원 교수직을 떠나게 되었다. 국방대학원 재직 거의 9년 만의 일이다. 말단 은행원에서 영국 유학생으로, 하버드대 연구원을 거쳐 국방대학원 교수로, 그리고 이제 장차 국가의 외교안보 전선의 일익을 담당할 집권당 대통령후보 핵심참모로 합류했으니 벌써 15년간 5번째 창조적 변신을 한 셈이다.

그러나 일단 정치판에 들어온 이상 나는 각오를 단단히 하지 않으면 안 되었다. 특히 우리 정치문화의 거센 탁류와 권력의 부침은 치열한 투쟁사 그대로이기 때문에 초년병인 나로서는 긴장하지 않을 수 없었다. 결과적으로, 두 명의 대통령(김영삼, 이명박)을 만든 핵심참모 역할을 하고 장, 차관급 정무직을 두루 거쳤지만 이 10년 동안 내가 겪은 마음고생이나 내부 권력쟁투 갈등은 이루 말할 수 없을 정도였다. 이 점은 차차 이 글이 진행되어 가면서 서술될 것이다.

김영삼 대통령이 1993년 2월 취임하자 나는 당시 '남산'이라고 부르는 국가안전기획부 특보(안보통일 보좌관)로 부임했다. 이제 6번째의 변신이다. 내 나이가 너무 젊어서(만 41세) 청와대 외교안보수석 자리에 맞지 않아 그에 버금가는 정보기관 중책을 맡게 된 것이다. 1993년 3월부터 1995년 12월까지 2년 10개월을 남산에 있었다. 주로 대북정보 분석과 정책조언 등을 맡았으며 정보기관의 역할과 임무, 그리고 공작 사항들에 대해서 많은 것을 배우고 실전 경험을 쌓을 수 있는 매우 소중한 기회였다.

이 경험에 의해 나의 외교안보관이 더 현실적으로 다듬어지고 수준 높은 정보판단 능력까지 갖추게 될 수 있었음은 말할 나위가 없다. 더욱이 이 기간에 한·중 수교와 한·러 수교가 단행 되었고, 이어 북핵 위협과 전쟁소동, 남북정상회담 합의와 김일성 사망, 그리고 미·북 간 〈제네바 합의문〉에 의한 핵동결 등 우리 안보의 결정적 전환기에 있었기 때문에 내겐 대단히 중요한 현장 위기관리 역량을 쌓을 수 있는 시기였다.

1995년 12월 말, 나는 당시 차관급인 민주평화통일자문회의 사무차장직으로 옮겼다. 이제 음지에서 양지로 나온 것이다. 벌써 7번째 변신이다. 음지에서 연마한 실력을 이젠 양지에서 대국민 교육과 홍보를 책임지는 위치로 옮긴 이 자리도 역시 중책이다. 약칭 '평통'은 국내외 약 2만여 명의 자문위원을 통괄하고 이들의 통일 역량을 결집해 대북정책에 반영하는 대통령 직속 헌법기구이다. 이 직책에 김영삼 정부가 끝날 때까지 2년 3개월을 복직했다. 이 기간 동안 나는 수백 회의 국내외 외교안보 연찬 특강을 실시했으며 또 수만 명의 인적 네트워크를 넓힐 기회가 주어졌다. 실로 엄청난 자산이 아닐 수 없었다. 한마디로 해외, 전국 어디를 가나 주요 인사들 치고 내 강의 한두 번 듣지 않은 사람이 없을 정도로 나의 활동은 두드러졌다. 국민훈장 모란장(안보통일 부문)은 그래서 받았다. 심지어 그 직을 떠난 지 20년이 다 되어가는 지금도 전국 각지 평통 지역협의회에서 특강요청이 오고 있음을 볼 때 이 모두가 나의 숙명적인 나라에 대한 사명감처럼 느껴진다.

'김정일의 천적'

1998년 2월 말 김대중 정부 출범과 더불어 평통을 떠났다. 새술은 새 부대에 담아야 하니 당연한 일이다. 그간의 나의 활동상을 지켜본 여러 기관과 대학에서 바로 다양한 보직의 제의가 들어왔고 나는 경기대학교 통일안보대학원 교수직을 택했다. 내 전공도 살리고 또 최초의 전임교수 제의가 마음에 들었기 때문이다. 이제 8번째의 변신이다. 이 대학에서 지금 정년을 맞이할 때까지 공직 진출로 휴직과 복직을 거듭하며 19년간 봉직한 것이다. 그간 정치전문 대학원(통일안보 대학원 후신) 원장직도 역임하고 석·박사 과정의 수많은 민·군·관의 제자들을 길러냈다.

나는 대학에 있으면서도 그간 쌓은 안보통일 부문의 실전 경험을 바탕으로 앞서 언급한 각종 전쟁과 위기 시마다 대국민 TV해설을 도맡아 했다. 그리고 한편 김대중, 노무현 정부의 퍼주기식 지원의 대북 햇볕정책의 위험성을 지적하고 북 지도부가 이를 악용하여 한편으로는 핵무기 개발 자금으로 삼고 다른 한편으로는 대남 통일전선 공작을 강화하여 우리 내부의 남남 갈등과 한미 간의 이간책을 도모할 것이라고 기회가 있을 때마다 경고 했다.

나의 이러한 경고는 당시 광범위한 국민적 공감대를 이루었을 뿐만 아니라 이미 북한이 5차례나 핵실험을 하고 대남 총력 공작에 나서면서 정확히 현실로 드러났으니 더 이상 재론의 여지가 없다. 어쨌든 이로써 나의 위상은 보수 애국세력의 핵심인물로 떠오르게 됐다. 심지어 대표적인 보수논객인 조갑제 선생은 한 칼럼에서 나를 '김정일의 천적'이라고까지 추켜세웠다. 김정일의 노련한 맞수라는 뜻으로 받아들였으나, 이후 황당하게도 이것을 빌미삼아 햇볕론자들은 나를 '반통일세력'이라며 온갖 비난과 공격을 해대는 상황이 벌어졌다.

즉, 2008년 2월 이명박 정부가 출범하면서 나를 초대 통일부 장관으로 내정했을 때 있었던 황당한 일을 말한다. 9번째 변신이라 장관직까지 오르게 된 것에 대한 감사함과 자부심도 잠시, 김대중, 노무현 정권 때 기세등등하게 실세를 떨치던 사람들이 나를 '반햇볕론자'는 바로 '반통일주의자'나 마찬가지라고 공격하기 시작했다. 심지어 내가 쓴 《통일은 없다: 바른 통일에 관한 생각과 담론》이라는 책이 내용상 분명히 빠른 통일은 없고 오직 바른 통일론이 빠른 통일의 첩경이라고 밝히고 있음에도 불구하고 통일부 장관으로서 '부적격'이라고까지 일방적으로 매도했다. 하기야 북한을 적으로 여기지 않는 햇볕론자들 입장에서는 '김정일의 천적'이라고 불린 나를 달갑게 여길 리가 없었을 지도 모른다.

어찌됐든 당시 주요 방송매체와 언론들이 대부분 이전 정권의 영향력에서 아직 벗어나지 못한 상태에 있었기에 그러한 공격은 국민여론에 상당히 영향을 끼쳤던 것이다. 더욱 가슴 아팠던 점은 나의 가족에 대한 일이다. 실제로는 가난한 시골농부 출신의 처가 쪽에서 토지수용으로 인한 대토보상을 받은 땅을 무슨 땅 투기를 했다며 과장하거나 왜곡하기까지 했다. 또 미국에서 공부할 때 태어난 딸의 미국국적까지 시비하고 나섰다.

사실 나의 하버드대학 유학시절은 너무 구차해서 구구절절 밝히기도 불편한 심정이었다. "It must be discarded"라고 남들이 쓰다버린 폐기처분용 매트리스를 쓰레기통에서 주워 아내와 밀고 끌고 와서 '신혼방'에 썼다. 딸 아이 옷도 사 입힐 형편도 안 되서 줍거나 얻어 입히고, 딸 애 앞으로 나온 정부보조 식권으로 우유를 타서 세 식구가 나눠 먹었던 궁핍함에 대한 미안함은 한 가장에게는 견디기 힘든 것이었다. 그럼에도 잠시 기러기아빠이던 시절 단순히 사무 착오로 교육비를 이중 공제 처리했던 건은 대서특필되어 나를 매몰아 쳤다.

옛 말에 조정의 선비는 모함받기 쉽고 한 치의 명예를 얻었나 싶으면 무려 한 자의 비방이 따라 붙는다고 했던 경구가 결국 허언이 아니었다는 비감한 느낌이 들었다.

이에 나는 결단을 내렸다. 신정부 출범에 더 이상 부담이 되어서도 안 되지만 무엇보다도 사랑하는 가족이 입을 마음의 상처를 생각해 주저함이 없이 장관직을 버렸다. 정부 출범 3일 만에 용퇴했으니 그야말로 '3일 천하'로 끝난 셈이다. 9번째 변신의 고개는 이렇듯 빨리 내려온 것이다. 엄밀히 말해서 내가 저들의 공세에 밀려 사퇴한 것이 아니라 후일을 도모하기 위해 내 스스로 '용퇴'한 것이었으니 후회는 없다.

이제 와서 일일이 해명해서 무엇할까마는 어쨌든 모두 하늘의 뜻이고 내 부덕의 소치이니 누구를 탓하겠는가. 또한 이 여론조작식 선전선동 뒤에 필히 북의 대남 공작요소가 부분적으로 개입되어 있을 것이고 이 역시 때가 되면 밝혀지리라 믿었기 때문에 억울하지도 않았다.

이는 훗날 내가 국정원 제1차장으로 부임하여 알아보니 바로 드러났다. 북의 사이버 공작 지도부가 댓글 전담팀을 운영하면서 중국에 서버를 두고 ID 수십 개씩의 국내 네티즌으로 위장하여 여론몰이를 한 흔적이 잡힌 것이다. 이는 과거 동독의 정보기관 슈타지가 서독의 저명 학자와 정치인들을 반동독, 반통일주의자로 중상모략할 때 썼던 수법을 그대로 모방한 것이다. 한마디로 북한은 내가 통일부를 맡으면 '남조선의 공돈' 줄이 막힐까봐 두려웠던 것이다. 당시 북한은 우리 통일부를 단지 대북 지원부서 정도로밖에 여기지 않았고, 심지어 햇볕식 남북협력기금은 아예 '자기들 예산'이라고까지 단정하는, 실로 기가 막힌 저들 내부의 대화까지도 있었음을 여기서 참고로 밝혀둔다.

나는 대학으로 복귀한 후 2010년 국제안보대사직으로 명예를 회복할 때까지 2년간 절치부심, 자중자애하며 조용히 지냈다. 그간 강화도 마니산 자락에 방 한 칸을 빌려 바닷가 갯벌을 산책하며 독서와 명상으로 많은 회한의 시간을 보냈다. 이 기간에 쓴 몇 편의 자작시도 있다. 지금 읽어봐도 나의 담연한 자세를 알 수 있는 매우 감동적인 내용이지만, 이는 뒤편의 부록 부분에 가서 적절히 소개시켜 보도록 하겠다.

국제안보 대사는 비록 대외직명 대사지만 우리 외교안보 정책에 조언할 수 있는 공식적인 직책으로서 정권 초에 부당히 희생양 된 나의 능력을 아깝게 생각한 대통령의 결심으로 주어졌다. 내게 또 한 번의 변화, 즉 10번째의 새로운 직책이다. 그간 대통령을 수행해 제1차 핵안보 정상회의(워싱턴)도 참석하는 등, 일단 일을 맡기면 최선을 다하는 나의 천성 그대로 실력을 발휘했다고 생각한다.

그래서였는지 2011년 봄, 이번에는 주요 국가 공관장직으로 발령 받게 되었다. 주 캐나다 대사(특명전권대사)로 나가게 된 것이다.

11번째의 혁신적 변신인 셈이다. 이에 관한 보다 상세한 내용은 별도의 장에서 다루도록 하겠지만, 한마디로 말해 매우 감읍한 '화려한 외출' 이었다고 할 수 있다. 캐나다는 선진국 정상회의 G7의 멤버로서, 자연부국의 강대국이다. 우리 교민도 25만 명이나 되며, 우리와 뗄 수 없는 6.25 참전국이자 동시에 긴밀한 동반자 국가이다. 더욱이 우리의 유일한 군사동맹국이요, 강력한 후원국인 미국과 이웃 형제국인 캐나다의 대사직은 우리 외교가에서도 상당히 비중 있는 자리이기 때문에 나의 의지와 사기는 명예회복 못지않게 드높을 수밖에 없었다.

캐나다 근무 10개월 남짓, 나는 갑자기 나라의 새로운 소명을 받아 이번에는 국가정보원 제1차장으로 부임하게 되었다. 벌써 12번째 고개이다. 2012년 5월 초의 일이다. 지난 4년 동안 무려 4번이나 중책을 새로이 바꾸어 가며 담당해온 셈이다. 이 역시 뒤에서 별도로 자세히 다루도록 하겠다.

주지하다시피 국정원 제1차장직은 원장 못지않게 중요한 자리이다. 국정원의 가장 중요한 임무인 대북 및 해외 정보와 공작을 총책임지는 막강한 자리로서 그만큼 고도의 전문성과 정예성을 요구하는 호국의 불침번이다. 한마디로 안보, 통일 전선의 실무 정보 총사령탑으로 보면 된다. 김정일이 갑자기 사망하자(2011년 12월) 대북 정보력 강화를 위해 내가 긴급투입 된 것이 아닌가 짐작했지만, 과거 안기부 시절 당시 김일성 사망 때 내가 담당했던 실무 경험도 크게 감안해 대통령께서 적재적소라고 판단한 것 같다.

열정과 운명은 동의어다

영국에서 LSE 박사과정 재학 중 나는 나의 영원한 동반자를 찾았다. 지금 생각해도 귀하디귀한 하나님이 주신 반려자를 만나는 과정은 놀랍고 신비롭기까지 하다. 나는 아내를 펜팔로 만났다.

나는 항상 고국의 소식에 목말랐지만, 가난한 고학생이 한국 신문을 사서 볼 형편은 아니었다. 어느 날 한참 묵은 너절한 헌 신문 뭉치에서 당시 아내가 조선일보의 '젊은이의 칼럼'에 쓴 글(1978.10.31.)을 보았다. 솔직히 내용보다는 게재된 여학생의 사진이 더 기억에 남았다.

무심코 신문을 갖고 집에 왔던 그 휴지조각은 무슨 일인지, 며칠이나 침대 아래에 놓여 있었다. 숙소를 청소하시는 분이 외국어로 된 종이라 학생의 무슨 중요한 자료인 줄 알고 버리지 않았던 것이다. 나는 다시 유심히 기사를 읽고, 무턱대고 그 여학생에게 편지를 쓰고는 한동안은 잊고 있었다. 그런데 답장이 왔다! 나는 날아갈 듯 기쁜 마음에 줄기차게 편지를 보냈다. 나중에 안 일이지만 아내는 그 기사로 무려 300여 통의 편지를 받았다고 한다.

그러던 어느 날 편지에서 부모님의 성화로 결혼을 해야 할 것 같다는 이야기를 들었다. 이국만리에 있던 나는 갑자기 이 여인을 놓쳐서는 안 된다는 절박감이 몰려왔다. 나는 즉시 전보를 쳤다.

"기다려 주시오."

나는 여기저기 무리하게 여비를 변통하여 1980년 5월 말 급히 귀국했다. 그리고는 장인장모님께 단도직입 담판을 벌였고, 열흘만인 6월 8일 결혼식을 올리고 바로 런던으로 혼자 돌아왔다.

▲ 스코틀랜드 애버딘 대학교 석사 학위 수여식에서 사랑하는 아내와 함께(1980.9.)

이 과감한 도전 역시 내 천성 그대로이다. 처칠의 표현을 빌리자면, 아내를 설득해 나와 결혼하게끔 만든 것은 내 생애 최고의 업적이었다. 난 일단 기회라고 생각하면 기다리지 않고 찾아나서서 도전적 모험도 주저하지 않는 성격이다. 무슨 일이든 중대한 고비에서 방황하지 않고 고뇌에 찬 결단을 내리는데 있어서 나를 지배한 뜨겁고 무서운 열정은 늘 용기와 힘의 원천이었다.

지나온 열두 고개, 열두 고빗길에 참으로 사연도 많고 풍파도 많았지만, 나는 고비고비마다 최선을 다해 적응하며 하늘의 뜻에 순응한다는 마음가짐으로 발전적 변화를 거듭해왔다고 생각한다. 무슨 '운명의 별'을 믿었던 것은 아니지만, 적어도 나의 갈 길에 대한 확신, 즉 소신을 따르면 세상이 따라온다고 굳게 믿고 거친 파도 속에 항해를 계속해왔다.

니체의 표현 대로 그야말로 "풍파는 전진하는 자의 벗이다." 나는 열두 고빗길마다 운명과 함께 걷고 있는 것처럼 느껴졌다. 자신의 운명을 냉철하게 견디라는 외침이 있는 것 같았다. 대장부의 삶은 결국 선비의 기개와 신념으로 살아가는 것이 아닌가. "뜻을 품었다면 그 어떤 굴욕도 참아내라"는 사마천의 사기(史記)의 경구를 늘 새기며 살아왔다. 하늘이 나를 이 땅에 내놓은 것은 필히 받아야 할 소명이 있을 것이고, 나는 쉽게 좌절하거나 꺾이지 않으리라는 일종의 무서운 결기 같은 것을 품고 왔었던 것이다. 하나님의 사명자는 죽지 않는다는 성경말씀을 늘 되새기며 왔었다.

언제나 빛을 향해 있는 길을 찾아 묵묵히 걷고 넘어온 열두 고개, 결코 평탄하지 않았던 도전이었지만 결코 외롭거나 고독하지는 않았다. 개척자의 꿈이 나의 주인정신으로 자리 잡고 있었기 때문이다. 그렇다보니 내게는 소위 위대한 지성을 지배한다는 우울의 법칙이 끼어들 틈도 없었다. 적어도 정신력 측면에서는 오직 끝

없는 전진을 추구하는 개척의 꿈을 버리지 않았다. 그러나 대인관계에 있어서는 간혹 외면하거나 도피하는 삶을 살아왔음을 솔직히 인정한다. 이는 실책이라기보다는 나의 천성에 관한 것이다. 때로는 침묵의 고립이나 고독은 홀로 있음으로써 마음의 평화를 얻는 나의 효과적이고 강력한 방어책이었다. 그것이 타인이 보기에는 어쩌면 만용이었는지도 모르지만 말이다.

옛 성현이 '지족상락(知足常樂)이요, 지지불욕(知止不辱)이라'고 했다. 이제 지금까지 걸어온 길에 만족하고 잠시 쉬어 갈 때가 되었다. 벌써 정년이 됐지 않았는가. 문자 그대로 만족할 줄 알면 늘 즐겁고 쉬어 갈 줄 알면 욕먹을 일도 없다. 지금부터는 상선약수(上善若水), 즉 물처럼 인연 따라 흘러가는 '선'한 삶을 꿈꾸며 가려 한다.

내 아호 순천(順泉)에 어울리는 순리대로 흐르는 샘물 같은 여생을 보낼 것이다. 그러나 이 또한 모두 하늘의 뜻에 달려있는 것, 과연 순천(順泉)처럼 흘러갈지 아직 아무도 모를 일이다. 오직 하나님 주신 그 운명, 그 계획대로 살아갈 뿐이다. 그래도 열두 고개마다 나를 이끌어온 열정과 용기는 나의 갈 길 다 가도록 나와 함께 할 것이다. 이제 여생길에서 중요한 것과 중요하지 않은 것을 구별하는 균형 감각을 유지하면서 끝까지 함께 갈 것이다. 이는 지금껏 나 스스로 터득하고 다짐해온 최고의 정언(正言) 명령이기 때문이다.

젊은 날의 초상:
런던의 안개비

'이 미련한 중국 놈아'

다음은 내가 유학 떠나던 날 1977년 8월 15일 저녁 10시 런던으로 가는 파리 경유 대한항공 DC10편 비행기 안에서 쓴 글이다.

새로운 삶을 위하여 나는 도전하고 있다. 슬퍼하는, 도전의 용기에 기쁜 격려를 참지 못해 슬퍼하는 나의 사랑하는 가족과 벗들을 멀리하고 나는 뒤돌아, 뒤돌아보면서 성공을 다짐하고 떠난다. 미지의 세계를 찾아 나서는 것이다. 나의 야망을 이루는 그날까지, 그것은 나의 사랑하는 사람들을 위한 길, 더욱이 나라와 민족을 위한 길……. 그건 나의 찬란한 인생의 길이리라! (중략) 내 나이

25세, 모든 것은 운명이려니와 요는 이를 어떻게 극복해 나가느냐이다. 내겐 이미 슬픔이나 고난을 말할 여유가 없다. 자랑스러운 순간까지 오직 전진만이 있을 뿐이다. 난 할 수 있다. 할 것이다. 반드시 이루고야 말 것이다.

40여 년이 지난 지금, 다시 읽어봐도 정말 가슴이 뭉클하다. 아니 뜨거운 회상의 눈물마저 흐른다. 내 젊은 날의 용기가 저토록 가상했단 말인가. 아무것도 가진 것 없고, 또 아무도 기다리지 않는 그 고행 길에 어떻게 그러한 강하고 담대한 의기가 솟구쳤었는지 참으로 스스로 대견하고 감동함을 금할 길이 없다. 런던 도착 둘째 날에는 또 이렇게 썼다.

침울한 비가 계속 내린다. 오갈 데 없이 자칫 우울해지기 쉽지만, 용기를 잃지 않고 처절히 저돌적으로 적응해 나가자. 약해진 모습을 스스로 읽지 않아야 한다. 항상 나의 맹세를 새롭게 하면서 끊길 듯, 끊기지 않는 겹을 더해 가는 번뇌와 고난에 굴하지 않고 유유히 받아 넘기련다…….

나는 지금도 그 시절을 생각하면 유독 런던의 안개비가 먼저 떠오른다. 북해의 찬 기류를 받은 섬나라여서인지, 영국, 특히 런던의 가랑비는 거의 매주 2, 3일씩 내리는 것 같다. 처음에는 조금 갑

갑했지만, 이내 곧 적응해 어느새 비와 친구가 되어버렸다. 도심의 비나 내 마음의 비 모두 나의 땀과 눈물이려니 생각하고 오히려 비가 내리면 내 마음도 가라앉아 차분해지며 그 가랑비 속을 이리저리 뛰면서 아르바이트를 하느라고 정신이 없었다. 고교시절 신문 배달하면서 뛰었던 거리보다 훨씬 더 많이 뛰어다닌 것 같았다.

애당초 가고 싶었던 런던대학교의 입학 절차가 너무 까다롭고 시간이 많이 걸려서 우선 변두리 조그만 대학 입학 허가를 받고 무작정 도버해협을 건너왔지만, 장학금 보장이 없어서 등록은커녕 당장 호구지책이 문제였다. 내 수중에 단돈 150파운드(약 200달러)밖에 없었다. 이 돈은 당분간의 식비는 고사하고 당장 몇 주치 방값도 내기 어려운 금액이다. 어찌해야 하나. 그래서 런던행 비행기에서 쓴 그 무모하리만치 강한 의지로 일단 거리로 나섰다. 우산 살 돈이 아까워 비는 그냥 맞고 다녔다. 낡은 점퍼에 모자 하나 주워서 쓰고, 번화가 뒷골목 식당 이곳 저곳을 들르며 접시닦이 파트타임을 구하려고 계속 뛰었다. 그야말로 하루하루 '일용할 양식'이 급했던 것이다.

그렇게 며칠 허탕만 치다, 어느 날 런던의 중심가인 피커딜리 서커스 근방 허름한 카페에서 잡일을 임시로 구했다. 화장실 및 바닥청소와 접시닦이 등 거의 막일 수준으로 점심과 주급 10파운드를 준다고 해서 앞뒤 가릴 것 없이 무조건 받았다. 하루 약 5~6시간 정도 일했던 것 같다.

당시 내가 겪은 많은 아르바이트 경험 중에 이 부분이 유달리 먼저 떠오른 것은 바로 비와 관련된 슬픈 추억 때문이다. 그곳은 노상 카페였다. 주로 점심에 가벼운 샌드위치와 맥주(Lager, 흑맥주 등)를 팔았는데, 손님 대부분이 안개비와 관계없이 노상에서 샌드위치와 맥주를 곁들여 먹는 것이었다. 나로서는 저 가랑비 속에 어떻게들 먹나 의아했는데, 저

▲ '고난의 행군'의 접시닦이 알바시절 호텔 근처 공원에서 잠시 휴식 중에(1977.10.)

들은 워낙 가볍게 간단히 점심을 때우는데 익숙한 것 같았다.

그런데 정작 문제는 내게 있었다. 손님들이 맥주를 다 마시지 않고 상당수는 소시지도 남기곤 했는데, 나는 그게 버리기 아까웠던 것이다. 돈이 없어 사먹기는 어렵고 해서, 간혹 손님들이 남긴 소시지는 먹던 부분은 깨끗이 잘라내고 한데 모았다가 집에서 저녁으로 먹었고 맥주도 마찬가지로 입 댄 부분을 닦아내고 조금 덜어

낸 다음 큰 머그잔(jar)에 한 데 모았다가 손님 없을 때 한 구석에서 혼자 홀짝 홀짝 마시곤 했다. 물론 안개비 맞으면서 말이다.

그런데 어느 날, 이 모습을 매니저였던 주방장이 보았다. 난리가 났다. 먹고 싶으면 그냥 하나 달라고 하지 어떻게 손님이 먹다 남긴 것을 먹느냐고 "이 미련한 중국 놈아"(그들은 당시 코리언을 잘 구분하지 못했다) 하면서 무슨 걸인 취급하는 것이 아닌가! 난 그저 웃으면서 받아넘겼고 나의 성실함을 인정한 그가 그 뒤부터는 간혹 퇴근길에 팔다 남은 샌드위치를 하나씩 싸 주곤 하였다. 그러나 맥주는 계속 내 방식으로 그렇게 비에 젖어 틈틈이 마셨다. 아마 반쯤

▲ 유학 아닌 고학길에 런던 북부 동네 슈퍼마켓에서 막일 점원으로 일할 때 지배인이 찍어 준 사진(1977.9.)

은 술이고 나머지 반 중에 반은 안개 빗물이며 반은 나의 눈물이었을지도 모르리라.

그때부터인가, 오랜 세월이 지났어도 비만 오면 가볍게 한 잔하는 버릇이 생겼다. 그것도 가급적 노상카페나 1층 큰 거울이 있는 곳, 지나가는 사람들이 잘 보이는 곳에서 마신다. 세상 구경 중에 으뜸이 사람 구경이라 하지 않는가. 내 슬픈 젊은 날의 초상이 긴 그림자를 드리우면서 그 초라한 빗속의 내 모습이 새삼 그리워진다. 그 때의 각오와 다짐을 오늘에 되새기는 것은 그 다음의 문제다. 지금 난 지난 날 거울에 비친 내 모습을 회상하는 것이지 내일 갈 길을 걱정하는 것이 아니다. 그것이 진정 미래에 사는 마음의 여유이다.

'흙수저'의 금의환향

런던 지하철은 요금이 비싼 편이라 가난한 학생에게는 큰 부담이었다. 그래서 두 세 정거장 정도(약 3~4킬로미터)는 그냥 걸어 다녔다. 가랑비 맞으며 어지간한 거리는 걷곤 하는 지금의 습관도 그때 생긴 것이다. 거리의 화려함과 온갖 인종들의 물결 속에 묻혀 걷다 보면 외롭고 쓸쓸한 잡념이 끼어들 여지가 없어서 좋았던 것 같다. 그때 그 시절의 사연들을 여기서 어찌 다 말할 수 있을까. 막

노동, 웨이터, 접시닦이 그리고 슈퍼마켓 임시직원 등 내 힘으로 부딪칠 수 있는 것은 거의 다 겪어본 것 같다. 그래도 사춘기 고등 학생 시절보다는 나을지도 몰랐다.

고교시절, 나는 주말이면 아버지를 도와 중부시장에서 계란과 오징어를 떼다 우이시장 골목에서 팔았다. 교복차림으로 오징어 다섯 채 묶음을 어깨에 메고 버스를 타려고 하면, 차장은 야박하게 "오라 잇!"을 외치며 문을 닫고 떠나버렸다. 몇 번의 승차거부 실 랑이 끝에 올라 탄 버스.

"어휴, 이거 무슨 냄새야?"

"뭔가, 어디서 이렇게 꾸리꾸리한 냄새가 나지?"

승객들이 나를 흘겨보는 따가운 시선은 눈을 질끈 감고 있어도 느낄 수 있었다. 하지만 정말 힘들었던 것은 같은 또래의 여고생들 이었다. 코를 싸매며 던지는 냉랭하고 조롱 섞인 비난의 소리를 들 을 때면 얼굴이 화끈거리고 구겨진 자존심은 말할 것도 없었다.

그 때 그 시절을 생각하면 지금도 슬쩍 눈물이 스민다.

나는 그렇게 주경야독으로 1여 년을 보낸 후 약간의 돈을 모아 스코틀랜드 애버딘대학교 전략학 석사(Strategic Studies) 과정에 지 원해 당당히 합격했다. 런던대학교 킹스칼리지(King's College)와 애버딘대학교 두 군데만 이 과정이 개설돼 있었는데, 이 분야는 장 차 우리나라의 안보현실에 대단히 중요한 연구가 될 것 같아 택한 것이다. 내 판단은 나름대로 매우 현실적이고 동시에 미래 지향적인 것이었음이 나중에 증명되었다. 결과적으로 이 선택이 최고의 명문 LSE와 하버드대학교 국제정치학과로 이어져 빛나는 연구 성과로 박사 학위를 수여 받자마자 마침 이 분야 전문 교수를 찾던 국방대학원으로 바로 부임할 수 있었기 때문이다. 정말 나는 앞으로 내가 가게 될 길을 마음속으로 그려 보았으며, 내가 일단 한 번 걷기 시작하면 그 무엇도 중단시키기 못할 것이라는 확신이 있었다. 너대니얼 호손의 '큰 바위 얼굴' 처럼 바라보면 이루어지고, 생각하면 이루어지고, 그리고 믿으면 이루어진다는 그런 확신이 있었다.

이렇게 회고해 보니 런던의 안개비는 내게 결국 늘 깨어있게 만든 생명수이자 벗과 같은 존재였나 보다. 나는 속으로 늘 외쳤다. 너무 어둡고 쓸쓸한 생각은 하지 말자. 롱펠로우의 말대로 어느 누구의 삶에도 비바람은 있는 것, 아직 저 비구름 위에는 빛나는 태양이 있다고. 그리고 언젠가 이 시절의 고난을 감동적으로 '풍파는 전진하는 자의 벗이다' 하며 회상 할 때가 있을 것이라고.

스코틀랜드 북동부에 위치한 애버딘의 춥고 긴 겨울과 여름 날 백야 현상 지속도 내겐 적지 않은 고통이었지만 오직 공부하는 집념에 묻혀 모두 견딜 만했다. 그랬기에 입학허가 받기가 옥스퍼드(Oxford)와 맞먹을 정도로 어려운 LSE 박사과정 합격은 그 만큼 더

감격스러웠다.

무엇보다도 런던 시내 중심부에 위치한 학교 지근거리에 2평짜리 플랫(flat, 미국식 Studio)을 얻어놓고 알바를 다시 시작할 수 있어서 좋았다. 그간 돈이 없어 제대로 먹지를 못해 몸이 많이 허약해졌기 때문에 우선 파트타임이라도 일을 하면서 공부하는 것이 시급했던 것이다. 그래서 시작한 것이 관광안내 및 통역 서비스 제공 같은 일이었다. 주로 한국서 온 관광객이나 사업가들을 상대로 했다. 당시 영국유학 온 한국 학생들의 모임인 '유학생회'가 있었는데 마침 내가 2대 회장직을 맡았고, 따라서 현지 우리 대사관의 소개로 관광이나 통역 안내를 할 수 있는 기회가 자연스럽게 주어졌었다.

이 때 만난 분이 미원그룹(현 대상그룹) 후계자 임창욱 회장이었고 그가 나의 고생을 배려해 미원장학재단에서 학비 일부를 지원해 주기로 했던 것이다. 당시 내가 한국어를 가르쳤던 네덜란드인 친구 헤르만(Herman)과 미원장학재단의 비록 일부나마 정성어린 생활비 및 학비지원은 내게 말할 수 없는 용기와 격려의 원천이었다. 이 또한 하느님의 깊은 뜻, 은혜가 아니었겠는가 싶어 지금도 늘 감사함을 잊지 않고 있다.

런던은 나의 제2의 고향이다. 가장 어려웠던 시절의 가장 슬픈 추억이 어린 곳이다. 약 4년여를 단순히 우선 살아남기 위해 '일용할 양식'을 찾아 빗속의 거리를 헤매고 다닌 것도 그 때가 처음이

▲ '스코틀랜드 애버딘대 재학 시 동료 교우 및 교수들과 벨기에 브뤼셀 교외에 있는
NATO군 사령부의 유럽통합군 사령부를 견학하고 찍은 기념 사진(1979.3.)

다. 아니 마지막 이었을 것이다. 생애의 가장 어려운 때를 지나고
있었다. 그래서 밥 굶기를 예사로 하며 빗물이 눈물로 흐르고 눈물
이 또 빗물 되어 흘렀던 것이다. 그때 안개비 맞았던 옷 일부는 가
장 최근에까지 남아있었다. 이번에 회고록 쓰면서 일기장만 남기
고 추억의 파도 속에 모두 흘려보내기까지. 훗날 캐나다 대사직을
제의받았을 때 사실 내가 영국대사직을 먼저 원했던 이유는 바로
나름의 '금의환향'을 생각했기 때문이었다는 점도 여기서 솔직히
고백해 본다.

누군들 남기고 싶은 이야기가 없겠는가마는 나는 안개비 젖은

내 젊은 날의 초상을 결코 잊을 수 없다. 그러나 저명한 동양학자 조용헌 선생이 우연히 나의 옛 이야기를 듣고 전면 칼럼으로 쓸 줄을 정말 몰랐다. 수개 월 전에 그저 담담히 그때 그 시절을 차 한 잔에 회고하며 담소했을 뿐인데 그렇게까지 기사화 될 줄은 예기치 못했지만 어쨌든 이 부족한 사람을 호평해주어서 오직 감읍할 따름이다. 무슨 이른바 '흙수저'의 성공 신화라기보다는 누구나 한 번쯤은 겪은 비와 바람의 풍파를 말했을 따름이며, 그것이 결국 나를 더욱 더 강하게 거듭나게 만들었다는 담백한 어느 선비의 증언일 뿐이다.

삶에 대한 강한 의지가 스스로의 신화를 만드는 법, 어느 누구도 강인한 정신력을 가질수록 그만큼 자기만족과 행복은 커지는 것이다. 인간은 본래 번뇌와 고뇌를 통해 성장하는 존재이기 때문이다.

생각은
움직이면서 하라

나는 걷는다, 그로 존재한다

몽테뉴의 말대로 "인간은 길을 잃고 나서야 비로서 자신을 발견한다"고 한다. 그러니 우리는 두려움 없이 길을 나서야 한다. 자신을 찾기 위해서라도.

앞에서 이야기 했듯이 나의 걷기 좋아하는 습관은 유학시절부터 생겼다. 안개비에 젖어 일자리를 찾아 숱하게 걷다보니 지난 40년 내내 고비, 고갯길을 걷고 또 걸어 넘어온 것 같은 느낌이다. 그래서 나는 중요한 일일수록 가만히 앉아서 생각하기 보다는 일단 길을 나서서 걸으며 생각하기를 좋아한다. 직접 길을 나서지 않더라도 집 안에서도 자주 걷는다. 글을 쓰다가 생각이 막히면 이 방, 저

방, 거실 등을 수십 바퀴씩 뒷짐 지고 걷는다. 그래서 나의 사색은 정적(靜的)이 아니라 동적(動的)인 개념이다. 즉 말은 서서 하지만 생각은 움직이면서 하는 것이다.

어떻게 보면 이 걷기와 여행은 동전의 앞뒷면 같은 이치에 있다. 모두 길에서 길로 이어가는 흐름을 타고 있기 때문이다. 성녀 테레사가 평소 인생은 낯선 여인숙에서 하룻밤 같은 것이라고 했는데 우리는 저마다 순례자이며 이 세상에 잠시 왔다가 떠나는 나그네 삶이라는 뜻일 것이다. 순례자나 나그네 모두 길 위의 삶을 말하는 것이 아닌가.

그래서 인생은 여헌(旅軒), 다시 말해 여인숙 혹은 하숙생이라고 하나보다. 인생길은 짧지만 세상에 나있는 길은 길고 또 많기도 하다. 인생은 한 순간이라지만 길이 나 있는 한 세상은 여전히 아름답고 살 만한 가치가 있는 곳이다. 그래서 우린 살아있다면 움직여야 한다. 앙드레 지드가 "살아있다는 것이 우리에게 유일한 재산"이라고 말한 것은 살아 있는 한 우린 움직여 세상 속으로 들어가라는 뜻일 것이다.

나는 정말 걷기 예찬론자이다. 그래서 자가용도 없애고 걷기나 지하철, 버스를 이용한다. 이른바 BMW족(Bus, Metro, Walk)이다. 매일 1만보 정도 아니, 가능하다면 그 이상을 걸어보라. 뚜렷한 목적의식 없이 그냥 편안한 마음으로 무작정 걸어보라. 걷다 보면 평정심(平定心)이 어느새 깃들고 생각이 모두 단순해짐을 느낄 것이다. 단순, 소박한 마음의 상태, 이것이 바로 평정심 아니고 무엇인가. 내 경험으로 걷기는 단순히 권태의 극복 이상의 자기치유책이며 나아가 자강불식(自强不息), 즉 꾸준히 자신을 연마하는데 있어서 근본적 작용을 한다고 할 수 있다.

그래서 미국의 자연주의자 시조격인 헨리 데이비드 소로는 그의 명저 《월든》(Walden)에서 건강은 아침과 걷기를 얼마나 사랑하느냐에 따라 달라진다고 주장했다. 어쩌면 내 생각과 그렇게 같을 수 있을까. 매일 아침 눈 뜨자마자 오늘도 살아 숨 쉼에 하나님께 감사드리며 떠오르는 붉은 태양을 잠시 바라보는 것이 나의 습관이다. 그리고 해질녘 황혼의 붉은 노을을 바라보며 오늘 하루의 안녕을 지켜주심에 다시 감사드린다. 이 사이에 나는 산보건 산책이건 걷는다. 단 하루도 방에만 틀어박혀 있었던 날이 없었다. 특히, 나는 빗속의 강변 산책을 매우 좋아한다. 바로 집 앞에 정원처럼 한강변이 조성되어 있어 4계절 모두 나름대로 걷기에 운치가 있다. 이 또한 얼마나 감사할 일인가.

한편, 멈춤의 소중함을 알기 위해서라도 우린 걸어야 한다. 걷는 것 못지않게 멈추는 것도 중요하며 걷기와 멈춤은 동전의 앞뒷면과 같다. 걷기의 동력은 멈춤에서 나오며 멈춤은 바로 걷는데서 존재의 의미가 있기 때문이다. "멈추어라, 그리고 생각하라"는 경구는 앞으로 걷기를 위한 것이지 결코 중단이나 포기를 말함이 아니다. 마찬가지로 지지불태(知止不殆), 즉 멈출 줄 알면 위태롭지 않다는 말은 너무 앞만 보고 나가지 말라는 자제력의 중요성을 뜻한다. 높은 산을 오르는 자는 반드시 쉬어가는 법을 먼저 터득해야 한다는 지적 또한 같은 맥락이다. 먼 길을 가는 자가 어찌 풍파 혹은 거친 고개나 계곡을 만나지 않겠는가! 그래서 걷는 것은 멈춤의 미래이며 멈춤은 또한 걷기의 소중한 과거이다.

자연을 바라보는 법

여기서 여행이야기를 좀 더 해보자. 우리 나그네 인생길이 모두 길 위의 삶이고 마더 테레사 말대로 하룻밤의 여헌이라면 인생은 결국 여행이라고 할 수 있다. 내가 젊은 시절 무작정 떠난 유학길도 돌이켜 보면 하나의 모험 여행이었고 그 후 걸어온 열두 고개도 일종의 길고 긴 여행길이었다.

장정(長征), 즉 장대한 여행길이었다. 물론 이 길이 간혹 방랑이 될 수는 있어도 결코 방황은 아니다. 방랑은 내가 지금 어디에 서 있고 또 어디로 가고 있는지 나름의 자각의식이 살아있지만, 방황은 간단히 말해 길을 잃고 헤매는 것과 같은 것이다. 나아가 방랑은 모든 속박에서 벗어나 새처럼 자유롭지만, 방황은 어두운 밤을 헤매며 늘 무엇인가 무거운 짐을 지고 있는 것 같아 발걸음도 무겁다. 그래서 우리가 '방랑 김삿갓'이라고 부르지 '방황 김삿갓'이라고 부르지는 않는다. 이 열린 가슴과 닫힌 마음의 차이, 이 간극은 하늘과 땅 사이만큼이나 클 수 있는 것이 바로 걸으며 떠나는 여행길이다.

따라서 길을 떠날 때는 어떤 꽉 짜인 일정표나 뚜렷한 목적지 의식에 사로 잡혀서는 안 된다. 그렇게 하면 단순 관람이 될지언정 결코 여유로운 즐김인 관유(觀遊)가 되지 못한다. 쉽게 말해서 적당히 쉬어가며 즐기는 유람이 되어야 한다. 발길 닿는 대로 본 대로 느끼는 것이다. 그래서 그런지 나는 되도록 혼자 여행하는 것을 좋아한다. "혼자 있을 때가 가장 외롭지 않다"는 《월든》에서의 소로의 말에 공감한다.

사랑하는 아내가 들으면 매우 섭섭해 할 소리지만 정말로 나는 어떨 땐 혼자 있고 싶고 혼자 훌쩍 떠나는 여행길을 좋아한다. 누가 기다리는 것도 아니요 특별히 가보고 싶은 데도 없는데 그냥 무작정 길을 나설 때가 많다. 용산역에서 아무 기차나 잡아타고 그냥 남녘으로 간다. 비 오는 날이면 더욱 더 좋다. 비를 친구 삼아 걷기 좋아하는 이 천성에 어딜 간들 즐겁지 않겠는가! 굳이 송나라 때 시성 소동파가 "세상 어디든 다 볼만한 가치가 있다. 어딜 간들 즐겁지 않으랴"고 말한 소요(逍遙)철학을 인용하지 않더라도 꽃비 맞으며 구름바람 따라 흘러가니 홀로 있음이 이처럼 평안할 수가 없다.

중국 현대 철학자 임어당이 그의 명저《생활의 발견》(The Art of Living)에서 진짜 여행은 혼자 가야 참맛을 알 수 있다고 한 것은 고독한 여로의 꿈(장 자크 루소는 이를 고독한 산보자의 꿈이라고 했다)을 알기 위해서는 침묵이 가장 훌륭한 동반자가 될 수 있기 때문이다. 그는 불경의 "무소의 뿔처럼 혼자 걸어가라"를 새롭게 해석한 것이다. 위대한 역사가 아놀드 토인비도 자신이 역사연구에 몰두 할 수 있었던 것은 수시로 길을 떠난 나 홀로 배낭여행 덕분이었다고 말한 적이 있다. 즉, 그는 길 위에서 인류가 걸어온 길의 역사를 썼던 것이다. 그야말로 길 위에서 길손이 길을 물으며 인류 문명사를 썼던 것이다. 이 얼마나 경이롭고 자유로운 지성의 방랑인가!

동·서양 철학의 공통점이 여럿 있지만 그 중에서 위와 관련된 핵심 메시지는 "자연으로 돌아가라"이다. 전원일기를 쓰라는 말이 아니라 어머니 대지의 감사함을 조용히 느끼고 살아가라는 뜻으로 특히 노년의 삶에 절실히 요구되는 가르침이다. 고요한 적막은 대자연의 놀라운 힘이다. 소로의《월든》이 이를 가장 실천적으로 구현한 삶이었음은 앞서 지적한 바와 같지만, 꼭 그렇게 고립된 홀로서기가 아니더라도 도심에 살면서 숲으로 난 흙길을 걷는 '짧은 여행'을 생활화하면 그 자체가 일종의 자연으로 돌아가는 삶의 향기를 느낄 수 있다고 본다.

우리는 몸과 마음의 짐을 벗어나 자연의 고요함을 배워야 한다. 자연의 삶을 노래한 헬렌 니어링은 참된 여행이란 날마다 걸으며 자연을 만나고 발밑에 땅을 느끼는 것이라고 했다. 대지와 호흡하면 자신도 모르게 어느덧 세상의 모든 것을 감사하고 또 모든 것에 애정을 갖게 될 것이라는 말이다. 한마디로 윌리엄 워즈워스 시인의 지적처럼 우리는 자연을 바라보는 법을 배워야한다. 가슴에 진정 와 닿는 말이다. 자신을 숲에 맡겨라, 들판에 내맡겨라, 그러하면 어느새 자연과의 내밀한 대화가 시작되고 그것이 바로 진정한 평안함이다.

행복은 이렇듯 자연주의적 시각에서 보자면, 언젠가 모두 흙으로 돌아갈 우리가 지금 이 순간 흙 내음 맡으며 살아 움직이고 미래를 꿈꿀 수 있다는 사실 그 자체라고 할 수 있다. 아름다운 미(美)와 음(音)은 보고 듣는 만큼 소유하는 법, 숲으로 가면 그 자체가 나의 전원주택이요, 힐링캠프이며 도서관이다.

그러므로 홀로 떠나는 여행길, 혼자서 걸어가는 숲길이라고 해서 절대로 외롭다 할 필요가 없다. 나무와 새, 바람과 바위 그리고 온갖 꽃과 생물들이 모두 다 친구이고 모두가 말을 걸어온다. 결코 나 혼자이길 내버려 두지 않는다.

그러한 뜻에서 엄밀히 말해 '숲의 침묵'은 존재하지 않는다. 모두가 다 저마다의 독백으로 대화하고 있는 것이다. 그래서 숲으로 가면 '나'를 버리고 숲과 하나가 되는 지혜를 배운다. 숲은 낮에는 하늘을 많이 바라보고 햇빛을 받으며 밤에는 달과 별을 많이 쳐다보며 삶의 경이로움을 일깨워준다.

생각이 여기까지 미치자 그 유명한 사전적인 데카르트의 "나는 생각한다. 고로 존재한다"라는 이성철학이 어느 덧 "나는 걷는다. 고로 존재한다"는 내 자신의 사유(思惟)철학으로 변모하게 되었다. 즉, 걷기와 여행길을 한 데 묶어보니 저절로 자연동화(同和)현상에 몰입된 것이다. 옛 성현들이 범부는 환경에 따라 마음이 변하고 현자는 마음에 따라 환경이 변한다는 그런 자연동화 현상 말이다. 즉, 보통사람들은 주로 본 대로 느끼지만 지혜로운 자는 마음의 흥취에 따라 어딜 가든 즐긴다는 뜻이다. 소동파가 대표하는 옛 중국의 서정주의 자연철학이 지극한 노닒은 자기 자신이 가고 있는 곳을 알지 못한다고 했던 것도 다 같은 맥락이다. 나 역시 홀로 걷는 순간만큼 나다운 적도 없다. 또 그때만큼 내 실체에 대해서 깨닫고 사고의 활력이 넘친 적도 없었다. 즉 걷기에는 나를 깨어있게 하는 무언가가 있는 것이다.

자! 심오한 얘기는 이쯤하고 어서 길을 떠나자, 나를 찾아 떠나자. 진정한 아름다움은 자신의 인생을 사랑하는데 있다하지 않는

가. 그렇다면 어느 한 곳에만 머무르지 말고 자연으로 돌아가는 길을 떠나자. 니체는 "나는 걷는 법을 배웠다. 이를 통해 뛰어가는 법도 터득했다. 날아가는 법도 배웠다"고 했다. 그의 말대로 글을 손으로만 쓰는 것이 아니라 발로도 쓴다하니 우리도 한번 '바람구두'를 신고 길을 나서보자. 그래서 '만년청춘'으로서 인생을 노래한 헤르만 헤세처럼 늘 젊게 출발하자. 그의 노래대로 우리를 부르는 생의 외침이 그치지 않을 것이다. 예수님도 말씀 전도를 위해 걷기 여정을 택했고 제자들에게 이 땅 끝까지 전도를 위해 어서 길을 떠나라고 하지 않으셨던가…….

세 가지 열정

몸과 마음을 바르게

내게는 지금까지 하나님에 대한 믿음 아래 나를 지배해 온 열정이 크게 세 가지가 있다. 심신양생(心身養生)과 우국애민(憂國愛民) 그리고 주유천하(周遊天下)가 바로 그것이다. 심신양생은 문자 그대로 몸과 마음을 갈고 닦아 단련시키고 나아가 세련되게 만드는 것을 말한다. 우국애민은 나의 지금껏 걸어온 길에 이정표처럼 우뚝 서고 등대 불처럼 꺼지지 않고 빛나는 나라사랑 정신이다. 그리고 주유천하는 세상사에 묶여있는 듯 하나 한편으로는 풀려나 자연으로 돌아가고픈 마음의 여로를 가리킨다. 이 세 가지 열정은 지난 1983년 가을 국방대학원 교수로 부임한 이래 33년 동안 늘 나와 함께

하며 때로는 우선순위를 달리하면서, 그리고 때로는 거의 동시화음으로 나의 기본 사고방식과 행동양태를 지배해 왔다. '열두 고개'의 오르막 내리막길에서 내게 전진의 동력과 쉼의 생명력을 부여해준 내 스스로의 계명 같은 것이다.

우선 심신양생은 적절한 운동과 독서명상을 말한다. 건강한 신체에 건강한 지식, 그야말로 어린 시절부터 귀 닳도록 들어온 말이지만 정작 이를 실천하기는 쉽지 않다. 어느 것이 우선이냐가 아니라 어느 쪽이라도 먼저 실천하는 것이 중요하다. 그렇게 하다보면 다른 한 쪽은 절로 따라오게 되어 있다. 그것이 대부분 지혜로운 사람들이 겪어온 경험법칙이다. 어느 정도 교양(social minimum)이 있는 사람이라면 규칙적인 생활의 중요성을 잘 알 것이다. 즉 일어날 때와 잠자리에 들 때, 일할 때와 휴식을 취할 때, 그리고 먹고 마실 때와 적절히 자제 및 억제 할 때를 충분히 스스로 터득했을 것이다.

읽고 생각하면 마음이 평온해지듯이 몸도 적절히 수고롭게 하면 더욱 더 강건해지는 느낌이 오는 법이다. 그래서 정년의 나이에도 나는 헬스클럽에 규칙적으로 나가서 운동을 한다. 보통 일주일에 3번 정도 근력운동을 한다. 물론 먼저 오전에는 반드시 독서를 하는 습관이 30년 넘게 지속되고 있다. 그리고 늦은 오후에는 동네 산보나, 강변 산책을 한다. 그것도 한 손엔 책, 그리고 다른 손에는 손에 맞는 완력기를 끼고서. 그야말로 두 다리 즉, 걷기가 스승이고 또 의사인 셈이다.

한마디로 정기내재 사불가간(正氣內在 邪不可干)이라는 생활철학을 실천하고 있다. 몸과 마음에 바른 기운이 가득하면 그 어떤 나쁜 기운도 틈타지 못한다는 뜻이다. 이 얼마나 평범한 진리인가. 이 정기(正氣)는 곧 정기(精氣)이니 어찌 마(魔)가 틈 탈 수 있겠는가! 그래서 내 목소리는 아직도 우렁차고 걸음걸이는 당당하다. 건강에 자신이 있다는 것이 아니라 적절히 몸 관리하며 수기(修己) 및 수양(修養)을 게을리 하지 않는다는 의연한 자세를 이른다. 성경 말씀대로 우리는 나이가 들수록 주변을 감동, 감화시키는 잔잔한 진액이 넘쳐흘러야 한다. 그래야 몸과 마음을 다하여 낮은 자세로 섬길 수 있기 때문이다.

독서는 굳이 다독(多讀)하지 않아도 된다. 아니 사실 너무 많이 읽을 필요가 없다. 중요하다고 여겨지는 책(고전이면 더 좋다)을 읽고 또 읽어 정신 자산으로 삼아 지혜로 실용화하는 것이 중요하지, 단순 지식의 축적은 큰 의미가 없다. 진정한 교육은 지혜로서 자연스럽게 전달되는 것이지, 지식으로 억지로 주입되는 것이 아니다. 공자의 말씀대로 배우고 생각하지 않으면 어둡고, 생각하고 배우지 않으면 위태롭다. 단 한 권의 책을 읽더라도(불후의 고전이나 명저) 백번을 생각하고 실천하는 것과, 백 권을 읽고서도 전혀 생활화 시키지 못하는 것의 차이는 너무 자명하지 않은가.

몸과 마음을 '적절히' 수고롭게 하라! 그리하면 그만큼 심신의 평강지수도 높아진다. 여기엔 오래 살고 싶으면 운동이나 독서를 너무 많이 하지 말라는 뜻도 포함된다. 그야말로 과유불급이다. 중요한 것은 규칙적인 생활과 자기 통제 능력이다. 이것이 심신양생법의 근간이다. 이 바탕이 없이는 우국애민이나 주유천하를 할 수 없다. 내 자신의 강건함 없이 나라의 건강을 어찌 도모할 수 있을 것인가. 나아가 천하를 주유하는 것도 기실 심신이 편해야 가능한 것이다. 따라서 심신양생의 열정은 셋 중에서 가장 중요한 근본이라 할 것이다.

세상에서 두루 배우라

한편, 우국애민 열정은 내 인생의 길라잡이이다. 나라가 있고 나서 '나'가 있는 것이며 민족이 건재해야 목민정신이 깃들 수 있는 법이다. 이 열정은 내 자신이 지난 40여 년간 공부하며 가르치고 또 정책일선에서 진두지휘 해온 경험과 경륜에서 절로 우러나온 것이다. 그간 외교안보와 통일, 정보 분야를 두루 섭렵하고 동시에 학문적 기량을 닦아온 나에게 우국애민의 열정이 뜨겁게 끓고 있다함은 어쩌면 너무 자연스럽고 또 당연한 일이다. 물론 이 열정은 엄밀한 의미에서 뜨거움 못지않게 무섭도록 차가움도 많이 서려있다. 즉 냉정과 열정이 한데 섞여 목민정신으로 승화되어 있다.

여기서 냉정은 이성(理性, reason)에 관한 것이다. 내 가슴속에 국가안위와 민족통일을 위한 정열이 뜨거운 것만큼이나 내 머릿속에 이를 위한 정책전략 구도는 철저히 이성적으로 계산된 냉정함이 서려있다. 한마디로 가장 현실적인 접근이 결국 가장 이상적인 결실을 가져온다는 위기관리 역량이 내 가슴과 머릿속에 동시에 충만해 있다는 뜻이다.

자화자찬 같지만 앞서 '열두 고빗길'에서도 언급 했듯이, 지금도 각종 안보위기가 발생하거나 남북 간 현안이 대두되면 주요 방송, 언론 매체가 꼭 내게 인터뷰를 요청해 오곤 한다. 특히 작금 북한의 연이은 핵 및 미사일 실험으로 위기가 고조되면서 방송출연은 매우 빈번해졌다. KBS 앵커와 TV 조선 앵커가 메인뉴스에서 종종 나를 '최고'의 안보전략 전문가로 멘트하곤 했다. 내겐 일순 당황스러웠지만, 이론과 실제, 이상과 현실을 '균형' 잡을 수 있는 보기 드문 베테랑이라고 생각한다는 많은 시청자들의 반응이 있었다고 한다. 이는 나의 해설이나 연설이 듣는 이들의 머리보다는 가슴에 호소하기 때문이다. 또한 엄선한 용어와 개념을 정확히 표현하는 것도 나의 특징이다. 최고의 덕목은 대중의 정신을 고양시키는 능력에 있는 것이라고 스스로 믿으며 내실을 기하려 노력해왔다.

사실 내게는 이것이 일종의 '직업병'이기도 하다. 어떨 때에는 내가 생각해 보아도 열정이 조금 지나쳐 열병이 되어버린 느낌이다. 대관주의(大觀主義) 즉, 천하의 대세를 가늠하되 때론 적당히 방관하는 것도 필요한데, 워낙 '자상한' 성격 탓인지 각종 인터뷰나 특강 요청을 거절하지 못하는 것도 문제이다. 거의 영감에 가까운 나의 전략적 예단이 잘 들어맞는 것도 좋지만, 그렇다고 너무 나서는듯한 인상을 주는 것도 바람직하지 못하다. 글을 쓰고 말을 하는 것은 모두 지속적인 자기 경계의 행위라는 점을 잊어서는 안 된다.

제발 북한이 어떠한 형태이건 변화하여 내게도 적절한 침묵의 시간이 있게 되기를 바라지만 현재로서는 기대난망이다. 김정은의 북한이 갈수록 '불량국가' 길로 가고 있어서 나의 우국애민 충정은 오히려 더 뜨거워지고 있다. 나는 믿는다. 나의 나라를 사랑하는 능력이 이토록 뜨겁게 살아있는 한 나의 갈 길 다 가도록 내겐 스스로 지켜야 할 약속이 있다고. 감히 나라의 위기관리 지혜와 지략에 조금이라도 보탬이 되어야 할 시대적 사명이 있다는 만용을 부리고 싶다. 내가 나서기 전보다 이 나라 이 민족의 세상을 조금이라도 안전한 곳으로 만들어 놓고 떠나는 그런 우국애민의 소명이 있다고 말이다.

마지막으로 나에게는 주유천하의 열정도 있다. 이 말은 원래 2500년 전 공자가 천하를 떠돌며 세객(說客)으로서 대우받고 제자들을 가르친 데서 비롯된 것이다. 춘추전국시대 천하가 분열되어 전란이 끊이지 않을 당시 공자는 인(仁)과 덕(德)으로서 군주학과 군자학을 가르쳤다. 요즈음 말로 하면 전국적인 순회강연과 자문을 하면서 동양철학의 근간인 유교를 정립한 것이다. 그러나 나의 주유천하 개념은 이와 다르다. 세상을 가르치기보다는 먼저 세상을 두루 다니면서 배우려 한다는 점에서 공자의 접근과는 다르다. 나는 유교적인 것보다는 버트란트 러셀이나 임어당이 전파한 자유로운 지성의 방랑이라는 의미의 주유천하와 가깝다.

나는 배낭 속에 책 두어 권과 메모지를 넣고 세상(국내외)을 두루 견문하면서 다양한 군상들을 만나 배우면서 가르치는 것을 좋아한다. 지식을 가르치고 지혜를 배우는 것이다. 이는 앞서 말한 '인생은 여행이다'의 또 다른 해석이다. 또한 내가 여기서 말하는 세상은 꼭 넓은 세상, 즉, 광의의 범주만이 아니라 작은 세상, 협의의 개념도 포함된다. 예를 들어서 가까운 거리나 평소 자주 가는 곳에도 내겐 또 하나의 세상이 있다. 붐비는 도심과 강변산책로에 모두 나의 작은 세상이 존재한다.

그래서 꽃비 속에 꽃술을 마시며 세상사를 논하는 것, 그리고 세상의 모든 것에 애정을 가지는 것 그 자체가 주유천하이다. 한잔 술에 흥취를 더하며 소동파의 산문을 읊조리는 것, 평소 애송하던 옛 시 몇 문장을 노래하며 천지간에 최상의 낭만지경에 빠지는 것, 산과 강, 그리고 바다를 동시에 접할 수 있는 내 사랑하는 고향에 가끔 들러 옛 친구들과 동심으로 돌아가는 것, 모두 내게는 주유천하이다.

열정으로 이성의 잠재력을 깨우자

나는 나를 지배해온 세 가지 열정의 생활에 만족한다. 아니 매우 감사하고 또한 자랑스럽게도 생각한다. 역사는 이성이 아니라 열정이 이끄는 것이라고 나폴레옹이나 비스마르크 같은 영웅과 러셀이나 임어당 같은 세기의 지성은 말했다지만, 나의 경우는 '열두고개' 인생역경을 넘으면서 저절로 생성되고 우러난 것이다. 생각건대 고개 하나하나가 모두 이성이 이끄는 열정의 산물이었다. 심신을 양생하니 '나' 보다도 나라 생각하는 자세가 절로 굳건해지고, 주유천하를 하면서 세상사 저변의 현장 감각을 익히니 더욱 더 겸허해지면서 생기를 더해 가는 것이다. 종교적 사고의 깨달음이라기보다는 대장부 대용(大勇)의 호연지기(浩然之氣)를 말한다.

심신양생은 내게 절제의 도(道)를 가르쳐 주었다. 우국애민은 사랑과 관용의 정신을, 그리고 주유천하는 세상사 살아가는 즐거움을 가져다주었다. 어느 하나 소중하지 않은 것이 없다. 중언부언 같지만 절제된 규칙적인 생활은 무병장수에 필수불가결한 요소이다. 97세 나이에도 꼿꼿이 강연하는 김형석 교수의 장수비결은 매사에 절제, 즉 정신적으로나 신체적으로 결코 무리하지 않는 생활에 있다고 한다. 그래서 소박한 식음습관과 담박한 생활 자세로 기(氣)를 다스리며 야망을 갖되 결코 그것이 야욕이 되지 않도록 자제하는 것, 그것이 지금 내가 지향하는 심신양생법이다. 하기야 말은 이처럼 쉽지만 어찌 실천이 그리 쉽겠는가! 늘 반성하고 또 성찰하지 않으면 안 될 것이다.

사랑과 관용은 어쩌면 내게 가장 부족한 부분일지 모른다. 뒤에 나오는 〈내게 부족한 2%〉에서 다시 다루겠지만 나의 우국애민 정신은 무엇보다도 먼저 관용의 여유를 요구하고 있다. 관용은 논리의 극단을 피하고 중용의 지혜를 구하는 것이다. 최선과 최악의 이분법적 사고가 아닌 융합과 통합에의 절충 혹은 절반의 성취가 더 현실적일 수가 있다. 이것은 앞서 지적한 가장 현실적인 접근이 가장 이상적인 결론에 이르게 한다는 논리와 다름 아니다.

결국 포용하는 것만큼 소유한다는 평범한 진리를 말하는 것으로서 절대적 논리보다는 상대적 합리의 중요성을 강조하는 것이다. 다산 정약용은 그의 중용론에서 인간미 함유와 건강미를 유지하는 것, 그리고 학문으로서 봉사하는 직업미와 자연을 즐길 줄 아는 풍류미 등을 중용의 필수요소라고 했다. 물론 이중 으뜸이 인간미이다. 이 또한, 말이 쉽지 실천이 어디 그렇게 쉽겠는가 말이다. 이 네 가지는 상호의존 관계에 있기 때문에 우선순위를 매길 수가 없다. 사람의 개성에 따라 다를 수밖에 없는 것이다. 그러나 이것들이 조화를 이룬다면 적어도 세상사나 인간관계를 보는 직관력은 균형을 잡을 것이다.

그래서 앞의 두 열정을 위해서라도 주유천하가 내겐 필요하다. 그 만큼 마음의 여유와 여백을 가져다주기 때문이다. 심신양생과 우국애민이 어느 정도 긴장감을 주는 생활태도에 관한 것이라면, 주유천하는 그것을 풀어주는 활력소 같은 것이라고 할 수 있다. 정말이지 정년에 이른 이제 잊을 건 잊고 털어버릴 것은 과감히 털어버리는 허허 실실한 생활이 필요하다. 젊은 날의 축복은 뛰어난 기억력이지만 노년의 축복은 적절한 망각력이라고 말하지 않는가.

이젠 세상의 잘못된 일, 특히 내 관심사인 외교안보 분야의 오류와 오해를 바로 잡고자하는 지나친 집착으로부터 어느 정도 벗어나야 할 때가 됐다. 한마디로 시대적 사명의식을 갖는 것은 좋으나 그렇다고 너무 나서기 좋아하고 말 많은 늙은이가 돼서는 안 된다. 나 아니면 이 나라 이 민족이 어디 잘못 되기라도 한다는 말인가! 국가가 임의로 국민정신을 계도할 수 없듯이, 누구라도 함부로 국민을 가르치려 해선 안 된다. 모든 것은 하늘의 뜻에 맡기고 순리대로 순천응인(順天應人)의 삶을 살아갈 필요가 있다.

고대 로마의 철학자 세네카의 말대로 운명에 순응하면 업혀가고 반대로 저항하면 끌려갈지 모른다. 이태리 속담인 "운명은 피아노와 같다. 연주하기 나름이다"는 세네카의 경구를 보다 적극적으로 해석한 것이나 지혜로운 자는 운명론자가 된다는 고백에도 공감한다. 니체의 위대한 초인도 운명을 순순히 받아들이는 운명애(愛) 철인이라고 했었다. 따라서 이젠 누구에게나 친절하되 자신의 한계를 알고 너무 솔직히 스스로를 드러낼 필요는 없다.

이성으로서 열정을 인도하게 하되 열정으로 하여금 이성의 잠재력을 일깨우게 하자. 그렇게 균형 감각을 유지하면 칼릴 지브란의 계시처럼 이성을 믿고 열정으로 움직이게 되리라. 여기서 균형 감각이란 하나님의 믿음 안에서 세상을 관조할 수 있는 평정심이다. 그리하면 날마다 기도하는 자세가 사뭇 성자(聖者)와 같고, 항시 나라의 앞일을 생각하는 태도는 공맹(공자, 맹자)과 같으며, 한편 자연 속에 유유자적이 노닒(觀遊)은 그야말로 노장(노자, 장자) 같을 것이다.

나는 하나님을
믿는다

그분의 비밀스런 은혜

18-19세기 인디언의 기도문에 이런 내용이 있다. 기독교를 전혀 모르던 사람들이었다.

바람 속에 당신의 목소리가 있고 당신의 숨결이 세상만물에게 생명을 줍니다. 내게 당신의 힘과 지혜를 주소서. 나로 하여금 아름다움 안에서 걷게 하시고 내 두 눈이 오래도록 석양을 바라볼 수 있게 하소서. 당신의 목소리를 들을 수 있도록 내 귀를 예민하게 하소서. 가장 큰 적인 내 자신과 싸울 수 있도록 내게 힘을 주소서. 나로 하여금 깨끗한 손 똑바른 눈으로 언제라도 당신에게 갈

수 있도록 준비시켜 주소서. 그래서 저 노을이 지듯이 내 목숨이

사라질 때 내 혼이 부끄럼 없이 당신에게 갈 수 있게 하소서.

– 류시화, 《지금 알고 있는 걸 그때도 알았더라면》

실로 너무 아름답고 진실한 기도문이 아닐 수 없다. 하나님을 신으로 바꾸어 표현한 것을 빼면 성경의 어느 구절이라해도 손색이 없는 인디언식 '주기도문'이라고 할 수 있다. 그리고 이 지극히 자연적이고 너무나 순수한 기도처럼 나에게 감동, 감화를 준 '미니 설교문'도 일찍이 없었다. 한마디로 저들은 위로는 아버지 하나님과 아래로는 어머니 대지의 위대함을 거의 본능적으로 믿었던 것이다. 나는 이들에게 이렇듯 스스로 기도하게 만든 창조주 주 하나님을 믿는다! 그 놀라운 은혜와 비밀스런 역사(役事)를 믿는다.

앞서도 언급했듯이 나는 이처럼 위대하신 하나님께 아침, 저녁으로 기도드린다. 잠자리에서 일어나면서 기도하고 저녁에 자리에 들면서 기도한다. 기도로 하루를 시작하고 또 기도로 하루를 마감하는 것이다. 누가 권해서가 아니라 내 스스로 해 왔으며 언제부턴가 생활화되어 있는 절대적 습관이다. 기쁠 때나 슬플 때나, 몸의 상태와도 관계없이 해 왔으며 아마 이 세상 끝날 때까지 할 것이다. 인디언 기도문 마지막 부분 내용 그대로이다.

그러한 뜻에서 나는 매일 매일 하나님과 기도로 대화해 온 셈이다. 물론 먼저 회개함으로 시작해 말씀에의 순종, 그리고 나의 맹

세로 마무리 한다. 그렇게 하면 늘 마음이 평온해짐을 느낀다. 기도의 응답여부와 침묵의 기다림과 관계없이 그냥 마음이 편해진다. 모두 당신의 뜻에 맡기는 것을 믿으니 이 믿음 그 자체가 편한 것이다. 그래서 나는 "보이지 않는 것을 믿는 자는 믿는 것을 반드시 보게 되리라"는 종교개혁 선구자 마틴 루터 목사의 외침을 굳게 믿는다. 이 구절이 너무 좋아서인지 몰라도 그간 내가 실시했던 다양한 외부특강이나 인터뷰에서 주어만 바꾸어서 많이 활용해 왔다. 예를 들어서 주어를 통일로 바꾸면 통일희망이 되고 안보위협이나 위험으로 바꾸게 되면 매우 강력한 경계의식으로 탈바꿈하게 되는 것이다.

좋은 글이나 문장을 접하면 그것을 상황에 맞게 내 나름대로 적절히 원용하여 설득력을 더하는 방법은 나의 주특기 중의 하나이다. 보다 큰 관점에서 슈바이처가 자서전 《나의 생애와 사상》에서도 밝혔듯이 나는 기독교 정신을 숭상하고 이를 최대한 생활화하려 노력해왔다. 인류사의 대표적인 윤리종교로서 기독교는 강력한 윤리적 활동력으로 세계 및 인생 긍정 문화를 실현했고 그 만큼 역사를 발전시켜왔기 때문이다.

같은 맥락에서 나는 링컨 대통령과 괴테의 독백도 아주 좋아한다. 링컨 대통령이 남북전쟁 와중에서 고난과 비난이 심할 때 다음과 같이 독백한 적이 있다.

"나는 앞이 캄캄할 때 마다 무릎을 꿇고 하나님의 도움을 구합니다. 그러면 하나님께서 빛을 비추어 주십니다. 기도하면 신기하게도 내가 미처 알지 못했던 지혜가 떠오릅니다."《백악관을 기도실로 바꾼 대통령》)

그래서 링컨은 결국 승리했고 백악관을 기도실로 만든 가장 위대한 대통령으로 미국인 가슴 속에 살아있다. 대문호 괴테도 마찬가지다. 그의 불후의 명작 구상은 모두 기도 속에서 나왔었다. 악마와의 투쟁을 그린 《파우스트》가 대표적이다. "나는 하나님을 생각할 때마다 항상 이루 말할 수 없는 행복을 느낍니다"는 그의 진실한 고백이었다. 이 두 위대한 거인의 기도는 내게 빛과 소금 같은 삶의 지침이 된 지 이미 오래다.

이 위인들의 기도의 삶은 나를 늘 깨어있게 만든다. 내 마음 깊은 곳에 늘 새벽 기도를 간직하게 해 왔다는 말이다. 중세 어느 신부님 기도로만 전해지는 "주여 오늘도 저의 모든 행동이 기도이게 하시고 또 저의 모든 기도가 행동이게 하옵소서"는 나의 새벽기도 그대로이다. 앞서 강조한 만사에 감사함을 나의 본능으로 삼겠다는 다짐은 바꾸어 말해서 지나간 모든 것에 감사하고 현재의 모든 것에 감사하며 나아가 다가올 모든 일에도 감사드리겠다는 겸허한 낮은 자세의 기도이다. 지금 주어진 삶의 여건에 감사할 줄도 모르면서 어찌 기도하는 것을 구할 수 있으리라고 기대하겠는가. 이 만큼 쓰임 받은 은혜를 받았으니 어찌 감사하지 않을 것인가 말이다. 그러한 의미에서 소로가 월든의 초막, 그 아무 것도 없는 쉼터에서

"내게는 일 년 내내가 추수감사절이다"라고 말한 것은 실로 경외스러운 기도의 표상이라고 할 것이다.

평온의 기도

철학적 측면에서 볼 때도 인간 삶의 종교성은 대단히 중요한 철학적 사유(思惟)의 전제이다. 철학 연구의 출발점이 인간의 미완성 즉, 완벽하지 않는 것이 인생이라는 데서 출발하기 때문이다. 흔히 철학자들이 철학으로 인간을 대부분 이해할 수 있다고 주장하지만 정작 철학의 대가인 버트란트 러셀은 대작 《서양 철학사》에서 "우리가 아는 것은 과학이고 모르는 것이 철학이다"고 고백했다. 그만큼 인간이 인간을 아는 데는 한계가 있다는 뜻이다. 물론 러셀은 기독교인이 아니었지만, 이 세상이 어디서 왔다가 어디로 흘러가는 지는 오직 우주만물 억조창생의 주인 되신 하나님 안에서만 알 수 있다.

위대한 역사가 아놀드 토인비는 그의 《미래와의 대화》에서 이 점에 관해서 아주 명확한 정의를 내리고 있다.

"나는 우주 배후에 정신적 존재가 있다고 믿는다. 인간의 영혼은 사후(死後) 우주 배후의 정신적 존재에 흡수된다는 것을 믿는다……. 우주 배후의 보다 높은 존재와 교류하고 조화로운 생활을 하라, 그것이 바로 신앙이다." 토인비 자신은 스스로 나는 기독인 이라고 밝힌 적이 없었기 때문에 이 정의는 더 더욱 설득력이 있 다. 인류의 문명문화사를 가장 체계적으로 통찰한 그 방대한《역사 의 연구》주인공 토인비가 아닌가.

같은 맥락에서 현대 경영학의 아버지격인 피터 드러커 교수가 명저《새로운 현실》에서 내린 진단도 비슷하다.

"신앙은 신비스러운 체험이 아니라 진지한 사색과 자기 통제력, 그리고 절대적 의지에 대환 순종과 복종이다……. 인간의 위대성 은 하나님에 대한 순종과 인간에 대한 헌신에서 나오는 것이다."

이 역시 전적으로 공감하지 않을 수 없다. 바로 이 신앙적 사유 에서 현대경영을 진단했으니 드러커 교수가 경영학의 전설로 남아 있는 것은 어쩌면 당연한 귀결일지 모른다. 목사의 아들도 태어나 모태신앙을 가졌던 임어당도 중·장년 때까지는 학문적으로 고대 중국의 유, 불, 선(儒, 佛, 仙)에 심취했었으나 말년에는 기독교 정신 에 귀의하여 평안한 회개의 삶을 살았었다. 하물며《나는 왜 기독 교인이 아닌가》를 써서 한 때 유명세를 탔던 러셀도 황혼기에 이르 러 기독교 문명에 관한 성찰의 글을 남겼던 것은 더 이상 언급해서 무엇 하랴!

나는 진정 열과 성의를 다해, 나의 몸과 마음을 다해 하나님을 믿는다. 지금껏 나의 길이 보여주듯이 나는 하나님의 크고 비밀스러운 그 놀라운 계획과 시간표를 믿고 따라왔다. 하나님 주신 어떤 은총의 체험을 통해 스스로 확고한 생의 신념을 갖게 되었다. 그래서 하나님 앞에 모든 집착을 버리고 집념을 비우며 또 짐도 내려놓았다. 세상사 크고 작건 모두 하나님 뜻 아닌 것이 없으니 오직 그 뜻을 헤아리는 데 참된 믿음이 있을 것이다. "아들아 네가 이루지 못한 것을 아무도 네 탓이라고 말하지 않나니" 하는 어느 순례자가 남긴 독백기도가 우리 가슴에 와 닿는 것은 바로 이 하나님의 뜻의 크고 비밀스러움을 헤아렸기 때문이리라. 이러한 의미에서 나는 하나님이 내 마음 속에 계신다고 하기 보다는 내가 하나님 속에 있다고 겸손히 받아들이고 싶다.

요약하자면, 젊은 시절에는 육체의 강건함으로 살았고 중년에는 지성의 힘으로 살았으나 이제 장년에는 이어령 선생의 말대로 영성으로 살아야 한다. 그것이 진정 나의 갈 길, 이 갈 길 다 가도록 지켜야 할 기도이다. 애초 하나님과 가장 가까운 관계에 있는 사람이 노년이라고 했던 이들이 바로 기독교를 전혀 모르던 인디언들이었지 않았는가.

미국의 신학자 라인홀트 니부어의 《평온의 기도》를 인용하여 나의 믿음을 대신해 본다.

"제게 바꿀 수 없는 것을 받아들일 수 있는 평정심을 주시옵소서. 바꿀 수 있는 것은 바꿀 용기를 주시옵소서. 그리고 그 차이를 아는 지혜를 주시옵소서."

인생 60에서 90까지

'사람을 버는' 노년을 위하여

"내 인생의 절정기는 60부터 90까지였다"는 말은 피터 드러커가 90대 초에 한 말이다. 95세에 타계한 이 노교수의 회고는 정년에 다다른 내게 참으로 고무적인 말이 아닐 수 없다.

"다시 돌아갈 수 있다면 65세로 돌아가고 싶다. 돌이켜보니 65세부터 75세까지가 인생의 황금기였다."

이는 금년 97세인 김형석 연대 명예교수가 한 말이다. 이 역시 생생한 '세기적'인 증언이다. 이 원로들의 말이 맞는다면 나는 이제 인생의 참맛이 무엇인지 제대로 음미할 수 있는 제2의 청춘기에 들어섰다는 뜻이 아닌가.

얼마 전 인구통계와 보건 측면에서 유엔이 분석한 자료를 보니 인간의 평균수명이 특히 선진국일수록 많이 늘어서 70세부터를 중년으로 간주하고 노년은 80대 중반 이후부터라고 정의했다. 이 자료가 단순한 산술평균을 말하는 것이 아니라 연금과 복지 그리고 노년 취업률까지 종합하고 한국이 포함된 G20을 대상으로 한 것임을 감안한다면 매우 신뢰성 있는 분석이라고 할 수 있다. 실제로 요즈음 우리 사회도 많이 노령화되어 있음을 본다. 노인정에 가더라도 80대 어르신들이 대부분이며 더러는 90대가 약 10% 정도는 차지한다는 보도도 있었다. 그래서인지 주변에 선배들이 인생은 70대부터이고 '9988', 즉 99세까지 88하게 산다는 것은 더 이상 꿈이 아니라는 노익장을 과시하는 경우가 많다.

여기서 내가 새삼 나이 듦에 대해서 논하는 이유는 간단하다. 다가오는 '새로운 현실' 혹은 '미래의 현실'을 직시하고 테니슨의 시 〈참나무〉처럼 젊거나 늙거나 늘 푸르게 살자는 뜻이다. 봄, 여름에는 피어나 무성하고 가을, 겨울에는 황금빛 노을 속에서도 꿋꿋한 그러한 기상을 말이다. 나를 지배해 온 세 가지 열정이 바로 이러한 푸르름을 지향하고 있음은 이미 설명한 바와 같다.

나이 들면 변화를 두려워할 수 있으나 일단 변화에 적응하고 나아가 순응하면 '새로운 미래'가 열리기에 우린 신로심불로(身老心不老)라는 평범한 말을 되새겨봐야 한다. 즉, 몸은 늙어가도 마음은 늙지 않는다는 일종의 노년의 결기 같은 것을 말한다. 로마의 키케로가 그의《노년에 대하여》에서 나이가 들수록 노년을 두려워하지 말고 오히려 믿고 담대하라고 외쳤다. 나이가 들어가면 그 만큼 경륜이 쌓여 성숙해지니 눈이 밝아지고 귀도 열리며 목소리도 더욱 더 광채를 발하는 법이라고.

2000여 년 전의 이 외침은 지금도 생생한 우리의 현실이다. 명저《대지》의 펄벅 여사가 "나는 갈수록 창의적이다. 70세 이후 너무도 많은 것을 배우고 체험했기 때문이다"고 한 것이나 화가 고갱이 "나이 들수록 눈이 밝아져 세상이 더 많이 속속들이 보인다"고 한 것 모두 같은 맥락이다. 이왕 말한 김에 몇 가지 사례를 더 들어보자. 키케로 보다 무려 480여 년 앞선 공자가 "나는 늙어가는 것조차 모른다"고 한 것은 더 더욱 실감난다.

아니, 이 무슨 소리인가, 나이를 잊고 있었다니. 공자의 말은 다름 아닌 예의 주유천하를 하면서 세상사를 논하느라 세월 가는 줄도 몰랐다는 생을 달관한 초연함을 뜻한다. 공자는 제자를 기르고 군주들에게 가르침을 주면서도 한편으로 늘 심신양생에 신경을 썼고, 음식을 가려서 먹고 식사는 꼭 제 때에 했으며, 각 제후나라를 방문할 때면 반드시 명승지를 찾아 산수 유람하는 것을 좋아했다. 갈고 닦은 바를 가르치고 대접도 받아 가면서 천하를 두루 유람했으니 한마디로 인생을 철저히 즐긴 셈이다.

그러고 보니 내가 간혹 지방 특강이 있을 때면 가급적 1박 하면서 식사 대접 잘 받고 주변의 산수를 둘러보고 오곤 했던 것도 공자한테 배웠나 보다. 나는 강의 등으로 돈 버는 것보다도 내 강의를 듣고 공감하는 일종의 새로운 제자양성, 즉 '사람 버는 것'을 더 소중히 여긴다. 돈이야 돌고 도니 주인이 따로 없지만 사람은 일단 감동, 감화되면 평생 가는 것으로 내게 그 만큼 사명감 있는 '주인의식'을 부여하기 때문이다.

사랑으로 황혼녘을 채우라

나의 강의가 갈수록 경륜을 더해갈 것이니 나는 노년을 크게 걱정하지 않는다. 생각이 깊으면 말 수는 오히려 적어지나 일단 말문이 열리면 목소리가 광채를 밝히는 법이라 했으니 가는 세월을 한탄할 이유가 없다. 이러한 점에서 러셀은 탁월한 선구자였다. 98세까지 살면서 수백 편의 각종 철학, 정치사회, 수학, 문학 등 전 분야에 걸친 글을 쓰고 가르치며 노벨평화상까지 받은 이 위대한 학자의 족적은 가히 영국이 낳은 20세기 최고위인 중 하나라고 할 만하다.

사실, 러셀 자서전 《사랑이 있는 기나긴 대화》는 내게도 많은 영향을 끼쳤다. 그처럼 '사람을 많이 벌은' 학자도 드물었기 때문이다. 학문과 인생 전반에 걸쳐 어느 한 곳에 머물지 않고 추구한 끊

▲ 딸을 시집 보내며 찍은 가족사진(2009.9.)

임없는 지적 탐구와 사랑의 열망 그리고 인류애 정신은 그를 그냥 늙어가게만 내버려 두지 않고 몸과 마음을 수고롭게 끊임없이 생기 넘치는 활동을 하게끔 만들었다. 그래서 오늘 날 영국 사람들은 러셀과 토인비를 단순히 영국인이기 전에 '세기의 대학자'라고 부른다. 같은 시대에 91세까지 장수하며 국민들에게 사랑과 존경을 받은 윈스턴 처칠의 위대성도 마찬가지이다. 러셀과 토인비의 인류사적 지적 탐구열이 내 영혼을 일깨웠었다면, 처칠의 자서전과 《제2차 세계대전》 회고록은 내게 고난 극복에 관한 역사적 사명 의식을 부여했다고 할 수 있다. 이렇게 보면 내가 40년 전 새로운 세상 개척을 위해 영국 유학을 택한 것은 결코 우연이 아니었는지도 모른다.

64세에 수상에 오른 처칠의 뛰어난 리더십과 위기관리 의식은 그의 강건함 못지않게 관용과 여유 그리고 유머감각으로 이끌어진 그의 생활철학에서 나왔다. 그는 공(公)과 사(私)를 구분하여 공적으로는 추상같은 리더십을 발휘하되 사적으로는 이 세 가지 요소로 인생을 최대한 즐기려고 노력했다. 이 조화로운 삶이 바로 그의 장수비결이었음은 말할 나위가 없다. 그는 입버릇처럼 우리는 나이가 들수록 어린 아이들처럼 생을 즐겨야 한다며 '만년 청춘'을 노래했다. 어린이들에겐 세상은 거대한 놀이터이니 우리도 늙을수록 삶을 즐길 줄 알아야 한다는 것이다. 심리학자 칼 융이 "모든 성인들의 삶에는 어린 아이 한 명이 숨어 있다"고 한 것은 바로 이를 두고 한 말일 것이다.

물론, 그렇다고 늙어가면서 어린애가 되라는 뜻은 절대 아니다. 계관시인 윌리엄 워즈워스의 시가 일 깨운 "어린이는 어른의 아버지"라는 단순하면서도 심오한 메시지를 말한다. 괴테의 표현대로 인생은 단 15분 간 정도의 '무지개 감동'에 불과한 꿈만 같으니 우리가 즐긴들 얼마나 즐길 수 있을 것인가 말이다. 성경 말씀도 "누구도 어린이처럼 순수하지 않으면 천국에 갈 수 없다"고 하지 않았는가.

어린이 예찬론을 좀 더 부연하자면 소동파와 헤세의 말도 또한 빼놓을 수 없다. 소동파는 그의 유명한 〈적벽가〉를 비롯한 주옥같은 산문집에서 자연속의 인간사를 축약적으로 노래할 수 있었던 것은 바로 "나의 장점은 천진난만함에 있다"고 독백한 그대로이다. 즉 그는 어린이의 천진난만함처럼 본 대로 느낀 대로 서정적 자연주의를 읊었다는 것이다. 내가 자연으로, 그리고 자연이 내 속으로 들어오니 무슨 가식이 있고 위선이 있을 소냐는 식이다. 자연을 신(神)처럼 여기고 그 섭리에 순응하는 자세가 아니면 결코 나올 수 없는 독백이다. 여기에 헤세의 표현을 더하면 감동적 울림이 더 커진다. "나는 만년에 이르러서도 여전히 소년의 영역에서 벗어나지 못하고 있다. 소년은 숲에 가면 인디언이 되고 들에 가면 나비가 되며 강가에 가면 어부가 된다." 이는 그가 말년에 전원일기를 쓰며 한 독백이다.

그래 이렇듯 '젊게 늙어가는' 법은 바로 내 곁에 있다. 내게 눈에 넣어도 아프지 않을 천사 같은 손자와 손녀가 있지 않은가. 우리가 애들을 어른처럼 행동하게 만들기는 어려워도 우리가 저들을 따라 하는 것이 훨씬 더 쉽지 않겠는가 말이다. 꿈은 현실보다 강하며 상상력이 때론 지적 능력보다 더 중요하다고 했다. 상상 속의 '어린 내 모습'은 결코 꿈이 아니라 동심으로 다시 돌아가는 동화 속의 주인공이 되는 것이다. 이는 누구나 마음먹기 따라 그릴 수 있는 동화이니 '꿈같은 현실'로 언제든지 접할 수 있다. 그러한 의미에서 우리는 나이가 들수록 낙관주의자가 되어야 한다. 낙관적으로 보면 봄날은 항상 존재하며 석양의 아름다움도 아침 햇살에 결코 뒤지지 않는다.

금아 피천득 선생의 이 점에 관한 언급은 가히 촌철살인이다. "내 나이를 세어서 무엇 하리, 나는 지금 오월 속에 있다." 이 단 한 문장에 모든 것이 담겨있다. 내식으로 풀이하자면 "지난날을 생각하면 무엇 하리. 내일 날을 기다리면 또 무엇 하랴. 난 지금 오월의 푸르름을 즐기고 있다"이다. 우아한 황혼을 꿈꾸기보다는 지금 이 순간을 젊게 노니는 것이 더 가치 있다는 뜻이다. 엄밀히 말하자면 인생의 황금기가 따로 있는 것은 아니다. 어느 시절 어느 때이건 자신의 생을 가장 사랑하는 시간과 공간이 바로 황금기이다. 그래서 동서고금의 수많은 시인묵객들이 세상을 값있고 아름답게 살려면 먼저 자신을 사랑하라고 부르짖었다. 시문학의 기본은 사랑이라고 하면서 이 사랑하는 능력이 살아있는 한 인생은 살만한 가치가 있고 세상은 언제나 좋은 세상으로 남는다는 것이다. "사랑으로 황혼녘을 채우라!"이는 괴테와 러셀 그리고 헤세 문학의 공통된 메시지이다.

물론, 금아의 표현이 훨씬 더 서정적이며 사람 향기가 더 묻어나지만 말이다. 더 해학적으로 풀이한 우리 옛 선비들 시구도 있다. 조선 조 중기 대학자 화담 서경덕은 제자들이 젊게 사시는 비결을 묻자, "마음아, 너는 왜 마냥 젊으냐. 내 늙을 적에 넌들 아니 늙을 소냐? 아마도 너 쫓아 다니다가 남들 웃길까 하노라"했다. 이 얼마나 운치 넘치는 우문현답인가. 비슷한 시기에 어느 무명의 선비가 한술 더 떴다. "뉘라서 날 늙었다고 하는고? 님 보면 반갑고 잔 잡으면 절로 웃음이 난다. 춘풍에 흩날리는 백발이야 낸들 어찌 하리오……."

　　지난날 고비 고개마다 찬란한 고독을 길들이며 살아온 나날들이었지만 나는 늘 주인 된 내 자신을 무엇보다도 사랑해왔다. 깊은 침묵과 명상을 벗 삼아 방랑하면서도 결코 방황하지 않았던 그 발자취 모두를 사랑했다. 오히려 고난이 심할수록 나는 날 믿었고 선택한 길을 사랑했다. 이제 그만큼 더 사랑하는 여생의 여로를 따라갈 것이다. 인생은 결국 자기만족에 있으며 삶에 대한 강한 의지가 행복을 부른다는 생각 자체로 족하다. 오늘도 어제처럼 밝은 해 맑은 달이 비추이고 별이 빛나고 있지 않은가. 오, 나의 하느님, 내게 그처럼 밝고 맑은 눈을 주시고 지키시며 나아가 평생 책임져 주시옵소서, 백발이 되어도 생기가 넘치고 진액이 흐르게 하소서.
　　오늘도 나의 기도는 끊이지 않는다.

언제든 돌아가고 싶은
고향, 순천

'순천 가서 인물자랑 말라'

나의 살던 고향은 순천(順天)이고 내 아호는 순천(順泉)이다. 순천의 '순천'이다. 그리고 내가 즐겨 읊는 옛 사자성어는 순천응인(順天應人)과 낙천지명(樂天知命)이다. 하늘의 뜻을 따르며 천성을 즐기고 운명을 알라는 말이다. 여기에 모두 '順'과 '天'이 들어있다. 따라서 내 아호가 순천(順泉)인 것은 내 고향 순천(順天)이 준 운명과 같은 것이다. 역천자(逆天者)는 망한다고 했으니 나는 고향 이름 그대로 순천자(順天者)로서 상선약수(上善若水)같은 순리적 삶을 살고자 노력해 왔다. 노자도 말했듯이 최선의 삶은 흐르는 물 같은 삶이라 했으니 내게 아호를 내린 고향 순천을 어찌 잊겠는가.

순천, 언제 들어도 따스한 어머니 대지 같은 이름이다. 뛰어난 명승지도 아니요, 심산유곡의 절경이 있는 것도 아니지만 앞으로는 우리나라 자연 생태계 1번지 순천만이 푸른 들처럼 잔잔히 펼쳐져 있다. 뒤에는 천년사찰 송광사와 선암사를 품고 있는 도립공원 조계산이, 그 사이에는 또 하나의 귀한 생태하천 옥천과 동천이 흐르는 이 어머니 대지를 내 어찌 잊으랴.

또한, 이 고장을 수문장처럼 지키며 감싸고 있는 것이 바로 국립공원 1호 지리산이다. 순천은 풍수적으로 지리산의 지기(地氣)와 순천만의 수기(水氣)가 한데 어울려 신비스러운 서기(瑞氣)를 품은 형상이다. 그래서 예부터 순천에 가면 감히 타 지역 인물을 자랑하지 말라는 속언이 전해져왔다. 즉, 순천은 인물의 고장이라는 뜻이다. 나는 이곳에서 15세까지 자랐다. 중학교 마치고 서울로 갈 때까지 나의 어린 시절 물장구치고 숨바꼭질하며 들판을 뛰어다니던 그 시절의 추억이 모두 내 가슴 속에 동화처럼 남아있다.

이 나이에 고향에 가서 무엇을 얻으려 하겠는가마는 일단 가면 다 잊고 그냥 옛길의 자취를 더듬어 보는 것으로도 족하다. 얻으려 가는 것이 아니라 내려놓으러 가는 것이다. 그것이 내겐 진정한 휴식이다. 과거에 살려는 것이 아니라 일종의 내일로 향하는 '시간여행'이다. 누가 기다리는 것도 아니요, 특별히 생각나는 친구가 있는 것도 아니지만(물론 죽마고우는 많다) 고향은 자연 그 자체라서 좋은 것이다.

가끔 고향에 내려가면 마치 시간이 멈추어 있는 듯 모든 것이 여유롭고 자유스러운 느낌이다. 침묵의 여유와 한적함의 미학이 있는 곳, 내겐 이 세상 최고의 슬로시티(slow city)가 아닐 수 없다. 느리다는 의미의 'slow'가 아닌 본래의 모습 그대로 옛 터전의 정취를 느낄 수 있다는 뜻의 'slow city'다. 고향 냇가에서 맞는 화창한 여름날이 주는 유쾌함과 봄, 가을의 아늑함 그리고 그 남녘 겨울의 따스함을 타향인은 쉽게 느끼기 어려울 것이다. 그래서 사람들은 고향을 본향(本鄕)이라고도 부르는가 보다.

좀 더 부연해보자면 나이가 들수록 고향이 '그냥' 좋다. 마치 어린애가 넌 왜 엄마가 좋으니 하고 물으면 '그냥' 하고 자연스럽게 대답하듯이 엄마 품이 좋다는 데 무슨 이유가 있겠는가 말이다. 엄마도 품에 있는 자식이 '그냥' 좋은데, 이 품을 떠난 지 어언 50년, 이제 돌아가련다. 가서 편안한 마음으로 그 품에서 쉬고 싶다. 노천명 시인은 그래서 고향을 이렇게 노래했다.

"언제든 가리라. 마지막엔 돌아가리라. 목화 꽃이 고운 내 고향으로, 조밥이 맛있는 내 고향으로……."

나는 이 구절을 이렇게 바꾸어 부르고 싶다. "시절이 오면 귀향하리라. 누가 뭐래도 돌아가리라. 백일홍 꽃이 사철 피어있고, 옥천 맑은 물이 노래하듯 흐르며, 죽도봉 언덕의 댓잎 메아리 소리 끊이지 않는 그 산하로 돌아가리라"고.

정년에 이르니 이제 모든 굴레에서 벗어나서 남도 삼백 리 길을 구름에 달 가듯이 떠나고 싶다. 죽마고우 누굴 만난들 반갑지 않으랴, 옛 음식 무엇을 먹든 맛있지 않으랴. 벌써 가슴이 설렌다. 봄에 꽃비 내리는 날 꽃술에 취해 고향의 봄을 노래하고, 한 여름에는 소년으로 돌아가 옥 같은 개울에서 피라미 잡고 물장구치며, 가을에는 커피 향 낙엽길 따라 푸른 하늘, 밝은 달 반겨 추억의 동요(특히 따오기와 오빠생각, 기러기 등)를 부르고, 겨울이 오면 화롯불가에 둘러 앉아 군밤과 군고구마를 먹던 그때 그 시절의 그림 속으로 들어가고 싶다.

영국으로 유학을 떠날 때 그 눈물 같은 빗속의 다짐처럼, 중학교를 마치고 눈보라치는 날 서울행 완행열차를 탔을 때 그 어린 심정에는 애틋한 금의환향의 꿈이 있었다. 너무나 힘들게 살다 온 가족이 마치 도망치듯 먼저 서울로 떠나갔기 때문이다. 당시 1967년 겨울은 유난히도 추웠다. 무슨 앞날을 꿈꾸거나 청춘의 희망을 갖기에도 너무나 어리고 어려운 처지였다. 막상 상경해 가족과 합류하고 보니 발조차 제대로 펼 수 없는 3평짜리 단칸방에 5평짜리 구멍가게가 딸린 정릉 아리랑 고개의 판자촌이었다.

고난의 눈물이 무엇인지도 잘 모르던 그 어린 시절, 그래도 난 결심을 했다, 눈보라치는 그 아리랑 고개 한 귀퉁이에서. 반드시 성공해서 꼭 고향에 떳떳이 돌아가 보란 듯이 잘 살 것이라고. 그리고 그 고개의 '어린 맹세'가 나를 '열두 고개'의 도전과 응전으로 이끌어준 50년이 지난 것이다.

은둔과 경세의 균형

　본향에의 귀로는 나에게 어쩌면 이처럼 운명적인 것인지도 모른다. 더 이상 잃을 것도 없던, 그야말로 아무것도 없던 그 시절에 어떻게 우리 여섯 남매를 모두 진학시키고 우등생으로 키울 수 있었는지, 부모님의 은혜에 새삼 뜨거운 눈물을 참을 수 없다. 그래서 가끔 고향에 들릴 때면 부모님께서 장사하시던 공설시장 한 귀퉁이 옛터를 꼭 둘러보고, 그 옆 작은 포장마차에서 막걸리 한잔을 하곤 한다. 그리고 조용히 읊는다. 생전에 부모님께서 힘들고 어려울 때 한잔 술에 부르시던 〈비 내리는 고모령〉과 〈불효자는 웁니다〉를. 다른 곡들도 있었지만 유독 이 노래 가사들만은 바로 그 옛터에서 불러야 진한 감흥이 일어난다.

　이젠 이 조그만 포장마차 주모와 주변 몇몇 상인들은 안다. 이 노신사가 간혹 불현듯 왔다가 조용히 회상하며 혼자서 막걸리 잔을 기울이는 까닭을.

　어느 날은 갔더니 마침 그 시기에 안보위기가 고조되어 내가 TV 뉴스에 자주 등장하는 것을 보고 기억한 상인들이 몰려와서 반갑게 악수를 청하는 작은 소동도 있었다. 평생을 그 작은 시장 바닥을 떠나지 못한 그들에겐 '남씨네 셋째 아들'이라는 나의 인사가 너무나 감동적이고 신기했었나 보다.

물론 내가 무엇을 자랑하거나 자만하여 옛 추억을 더듬고자 귀향하는 것은 아니다. 중국 한나라 무제가 "사내가 부귀공명을 얻어 고향으로 돌아가지 않는다는 것은 비단 옷을 입고 밤거리를 걷는 것과 같다"고 했다지만 이는 나의 생각이 아니다. 나는 지난날 숱한 고난의 고개, 그 고빗길에서 오히려 어렵고 외로울수록 고향을 더 찾았었기 때문이다. "이대로 주저앉을 수 없다"며 새로운 각오와 다짐이 필요할 때마다 홀연히 고향 품에 안겨 재충전을 하곤 했던 것이다. 기쁠 때보다 오히려 슬플 때 더 찾아왔다. 마음의 평화와 겸허한 자신감을 더해주는 이 고향길, 더 이상 무슨 설명이 필요한가. 내용적으로 말하자면 도연명의 〈귀거래사〉 반, 그리고 퇴계 이황의 〈귀향길〉 반이 정확히 지금 내 심정이다.

도연명은 〈귀거래사〉에서 "돌아가리라 전원 고향으로, 세상도 나도 모두 잊었으니 나 어디에 가서 무엇을 찾으랴, 부귀는 내 뜻이 아니요, 권도는 기약할 바 아니로다. 밭에 나가 땅도 갈고 냇가에서 고기를 잡으며 벗들과 잔도 기우리리라. 두어라 내가 이승에 머무름이 그 얼마이겠는가, 가고 머무름을 자연에 맡기고 어찌 한가롭게 지내지 않겠는가"라는 그야말로 불후의 서정시를 남겼다. 그는 450년 경 동진 때 사람으로 잠시 미관말직을 맡았으나 자신의 뜻과 맞지 않아 포기하고 낙향했던 것이다. 이에 비해 그로부터 1100여 년이 지난 조선 중기 퇴계 이황 선생은 몇 번의 고관대직을 역임한 후 더 이상 미련 없이 귀향한 경우이다. 퇴계는 귀향길에 담담히 시 한 편을 썼다.

> 산은 높고 푸르며 물은 깊고 짙푸르다.
> 관복을 벗어 버리고 나니 온갖 시름과 시비 모두 다 벗어버렸네.
> 옛 사람은 알 것이거늘 어찌 후세에 몰라줄까 보냐.
> 이제 에오라지 조화에 따라 자연으로 돌아가니
> 더 무엇을 탐하거나 바라리오.

이 두 편의 시는 고향유정을 쓰는 이 밤늦은 서재를 밝은 등불처럼 비추고 있다. 유가적 명분에 따라 감연히 벼슬길에 나섰으나 뜻은 제대로 펴보지 못하고 낙향해 자연과 인생을 노래한 이가 도연명이었다면, 뜻을 꿋꿋이 펴 경세(經世)의 경지에까지 이르렀으나 이젠 귀향해 제자 기르는 일에 전념하겠다는 이가 퇴계였다. 둘 다 고향으로 돌아간 것은 같지만 전자는 세상과 인연을 끊고 은둔하며 유유히 삶을 즐겼고 후자는 오히려 몸은 떠나도 마음은 장차 세상사를 이끌어갈 학문과 인재의 양성에 여생을 마쳤던 것이다.

이렇게 보면 나는 도연명 반, 퇴계 반인 셈이다. 마치 노자(老子) 반 공자(孔子) 반과 같은 이치다. 즉 나의 귀향길은 한편으로는 세상사에 묶여있고 다른 한편으로는 세상사에서 풀려나 있는 일종의 중용적 길이다. 노자는 자연으로 돌아가라고 외쳤지만 공자는 나라와 민족의 안녕을 잊어서는 안 된다고 가르치지 않았던가! 난 귀향하려 하는 것이지 결코 낙향하려는 것이 아니며, 고향길 그 고요에 이르는 귀로를 잊지 못하는 것이지 세상과 인연을 끊으려 하는 것은 결코 아니다.

다음에 고향에 내려가면 어릴 때 놀던 개울가 어디쯤에 방 한 칸 빌릴까 한다. 굳이 매입할 필요는 없고 월세로 빌리면 된다. 그러면서 서울에서 자주 왕복할 생각이다. 이 또한 도시와 시골생활의 반반 개념이다. 이 중용적 삶의 묘미는 뒤에서 한번 더 다룰 것이며, 오직 고향은 유정(有情)이지 결코 무정(無情)이 아니라는 점만 강조하고 싶다. 문학의 중요 테마가 정(情)인 것처럼…….

내게 부족한 2%

신사의 정장, 미소

나는 늘 내가 많이 부족한 사람이라고 생각해 왔다. 어디 2%만 부족하랴! 생각이 짧은가 하면 어떨 땐 반대로 생각이 너무 깊어 시행착오에 빠진 적이 한두 번이 아니다. 성미가 비교적 급한 것은 말할 것도 없고, 약간 다혈질의 기운도 있음을 솔직히 인정한다. 나아가 언행의 일치 문제에 대해선 할 말이 없다.

말은 그럴싸하게 잘하는 편이지만 스스로 과연 그렇게 행동해 왔는지, 정말 크게 반성하고 회개할 게 많다. 명색이 명망 있는 교수요, 학자라는 사람이 수많은 제자들을 키운 스승으로서 먼저 나 자신을 뒤돌아보고 수기치인(修己治人)을 제대로 해왔는지, 겸허한 자세로 회고해본다.

너대니엘 호손의 《큰 바위 얼굴》을 늘 가슴에 새기고 생활의 자세를 가다듬겠다는 내 젊은 날의 다짐은 다 어디로 가고, 어느덧 은빛머리 흩날리는 평이한 노교수가 되었다. 나보다 나은 좋은 인물을 많이 만나서 배우고 익히리라 다짐했지만, 나그네 인생길 온갖 인연에 얽매이고 어리석은 일들에 한데 섞여 길을 잃고는 했다. 부질없는 잡념과 집착의 굴레에서 벗어나지 못한 일도 많았다. 매일 아침, 저녁으로 기도하며 하나님과 침묵의 대화를 한다면서도, 정말 하나님 말씀대로 살아왔는지 부끄럽기 그지없다. 홀로 사색하며 거의 참선(參禪)에 가까운 자신만의 '산상수훈' 시간을 그토록 자주 가졌음에도 정작 명예로운 위상이나 위엄을 갖추지 못했으니 오직 회한의 한숨만 깊을 뿐이다.

무엇보다도 나는 마음의 여유를 가늠하는 유머가 부족했다. 개인일이든 나랏일이든 세상사를 너무 진지하게 받아들이는 데 익숙하다 보니 합리적 사고나 논리적 접근의 굴레를 벗어난 '여백'이 부족하다. 세상사 따지고 보면 '이 또한 지나갈' 사소한 것, 매사를 심각하게 생각하지 말라는 경구를 잘 새기고 있으면서도 여백의 공간이 부족하니 늘 여유 시간이 부족한 것이다.

그래서 나는 "진정한 성공은 자주, 그리고 많이 웃는 데 있다"라고 한 랄프 에머슨 시인의 지적에 공감한다. 물론 여기서 웃음이란 유머감각과 재치를 말한다. 즉 웃음의 미학은 단순한 농담이나 코미디 같은 인위적인 억지웃음이 아니라 반짝하며 지나가면서도 자연스럽게 우러나는 너털웃음 혹은 방긋한 웃음이나 환한 미소를 뜻한다. 이러한 미학이 어느 정도의 교양과 문학적 소양에 의해 이끌어질 때 인생은 즐겁고 아름다운 것이다. 진정한 생활은 즐기는 것이고, 진정한 지식은 우리를 자유롭게 하는 것이라는 자연주의적 사고는 바로 이를 두고 한 말이다.

아마 이의 대표적인 인물이 윈스턴 처칠일 것이다. 전시 상황에서도 거의 매일 아침은 샴페인 한 잔, 점심은 와인 한두 잔, 그리고 저녁은 반드시 스카치위스키 두어 잔을 즐겼던 처칠은 일일이 사례를 들을 수 없을 정도로 늘 유머와 재치를 잃지 않았다. 루즈벨트 대통령을 만나 대독전 참전을 간청하면서 목욕탕에서 그냥 나신으로 나온 '의도적 실수'를 연출해 "각하 저는 더 이상 숨길 것이 없습니다"라고 능청을 떤 것이나, 내각회의에 자주 지각하는 것을 각료들이 지적하자 "당신들도 내 와이프 같은 미인하고 살면 다 늦잠자게 되어 있어"라고 파안대소를 이끌어 낸 것은 대표적인 사례이다. 그는 어렵고 복잡한 일일수록 쉽고 단순하게 접근하려고 노력했고, 그 과정에서 유머와 재치는 윤활유요, 청량제로 작용했다. 거기에는 그의 폭넓은 지적 교양이 뒷받침되어 있었다.

전설적 희극배우 찰리 채플린은 마치 처칠의 맞수라도 되는 듯 세계의 모든 전쟁과 평화협상을 자기 같은 희극인들에게 맡기면 가장 손쉽게 결론날 것이라고 말해 당시 전쟁에 시달리던 영국인들에게 웃음을 선사한 적이 있다. 서로 웃기 바빠 싸울 여력이 없을 것이라는 뜻이다. 임어당은 제1차 세계대전에서 독일황제 카이저는 웃지 않아 전쟁에서 패했다고 했다. 늘 심각하고 화난 표정이니 어떻게 평화협상이 되겠느냐는 말이다. 이 또한 대단한 재치가 아닐 수 없다. "You are never fully dressed without a smile"이라는 영국 속담은 바로 이를 두고 나온 말일 것이다. 즉 신사도에 있어서 미소는 필수불가결한 '옷'과 같다는 뜻이다. 이 얼마나 멋진 비유인가.

이에 비해 시성 괴테는 문학적 상상력으로 삶을 다스릴 줄 아는 위대한 재상이었지만 삶과 예술을 너무 진지하게만 생각하여 별로 웃지 않았다고 한다. 아마 젊은 베르테르의 슬픔이나 파우스트 박사의 고뇌는 이 천성에 비추어 보면 쉽게 이해될 수 있을 것이다. 이 점은 동시대의 인물로 괴테와 우정을 나누었던 악성(樂聖) 베토벤의 경우도 마찬가지였다.

《괴테와 베토벤》이라는 책에 따르면 괴테는 베토벤이라는 인물을 "나는 지금까지 그보다 더 집중력이 강하고 더 정열적이며 더 내면적인 예술가는 한 명도 보지 못했다"라고 평할 정도로 베토벤은 과묵했다. 나는 우연히 접한 이 책에서 한 줄기 위안을 얻었다.

별로 웃을 줄 모르는 나의 2%의 부족함 때문이다. 유머감각도 없고 미소 띤 모습은 거의 볼 수 없었다던 이 영원한 시성과 불멸의 악성은 서로가 서로의 거대한 심연이었지만, 사람들과의 관계에서는 끊임없이 도피하는 삶을 영위했다. 그들에겐 유머의 여유가 오히려 내면의 성(城)을 깨뜨리는 해악이었는지도 모른다.

자신들 마음속 하나님과 열렬한 영적 대화를 통해 불꽃 같은 충동으로 감동적인 시와 음악적 감흥을 불러 일으켰던 괴테와 베토벤, 그들의 화려한 고독과 무거운 침묵은 아마도 그들 최고의 자산이었을 것이다. 누가 웃지 않았다고 이 두 거인의 향기를 거부할 것인가. 따지고 보면 데이비드 소로의 《월든》도 짙은 고독에서 나온 것이지 밝은 미소 속에 싹튼 것이 아니었고, 톨스토이의 대작 《전쟁과 평화》는 결국 자신과의 고독한 투쟁의 산물이었다.

그래도 유머와 재치는 자신을 사랑하고 인생을 즐기는 데 있어서 반드시 필요하다고 생각한다. 러셀의 명언대로 인생은 기뻐하기엔 너무 짧고 슬퍼하기에는 너무 길지 않은가. 또한 소동파의 말대로 "사람은 가을 기러기 같고 세상사는 꿈속의 약속 같다"는데 모두 잠시 왔다 바람처럼 떠나가는 인생이다. 이 하룻밤 여인숙 같다는 나그네 길에서 삶을 즐기기도 바쁜데 왜 늘 슬픔에 젖어 지낼 것인가 말이다. 푸시킨의 시처럼 "현재는 언제나 슬픈 것, 마음은 미래에 살고 모든 것은 순간에 지나나니……" 하는 여유를 가질 필요가 있다. 그것도 가급적 평범한 유머나 반짝이는 재치 감각으로서.

물론 웃음이 만병통치약은 아니다. 그러나 적어도 그것이 가장 전염성이 강한 질병임은 틀림없다. 전염에 시간, 비용이 전혀 들지 않을 뿐만 아니라 광범위하게 확산될수록 오히려 다른 병들이 절로 치유될 수 있는 인류 최고급 특수 전염병이다.

미국의 과학자들은 의사가 환자를 치료할 때 미소 띤 얼굴로 하면 환자가 훨씬 더 안정감을 갖는다는 것을 여러 차례 증명했다. 그들은 웃음이 의학적으로 면역력을 크게 높일 뿐만 아니라 암 환자 치유에도 놀라운 정서 효과를 낸다고 발표한 바 있다. 그리고 김장환 목사의 《하나님만 바라보라》를 보면 특히 웃음의 묘약이 하나님에 대한 믿음으로 승화된 경우, 즉 종교적 신념과 어울릴 경우에는 그 치유효과가 더 빠르다고 한다.

이 얼마나 기가 막히게 감사한 생활의 발견인가! 소문만복래, 즉 웃으면 만복이 도래한다는 우리 옛 속담이 결국 빈말이 아니라는 뜻이다. 그래, 지금도 늦지 않았다. 빗속의 잔잔한 미소, 햇볕 속의 여유로운 미소, 그리고 술잔 속의 그윽한 미소를 늘그막에 친구삼아 보자. 마치 그림자처럼 늘 함께 따라 다니도록 한번 노력해 보자. 화낼 일 있어도 어디 한 번 웃음 띤 표정으로 화를 내보자. 그 모습이 '우스워' 오히려 내가 먼저 웃음으로써 화를 풀지 모를 일이다. 김수환 추기경 말씀대로 화(火)는 오직 화(禍)를 부를 뿐이다.

▲ 평소 존경하는 기독교계 대표적 원로이신 김장환 목사님을 모시고 특별대담 프로그램을 가졌다. 당시 인터넷 TV로 모두 생중계되었던 화면 사진

　영국 유학 시절, 늘 말없이 혼자 펍(pub)에 앉아 고독을 씹고 있는 나를 보고 영국 친구가 던진 한마디가 생각난다. 절로 웃음 나오게 만드는, 지금도 딱 어울리는 표현이 아닐 수 없다.

　"Please smile, if you smile others will smile, then there will be a mile of smile because you smiled."

　여기에 'smile'이라는 단어가 다섯 개나 나오고 'mile'로만 따지면 여섯 개다. 한마디로 웃음은 가장 강력한 최고급 전염병임을 마일리지(mileage)로 증명한 것이다. 늘그막에 그야말로 항상 새기고 실천할 일이다.

인간사의 변치 않는 유일한 진리는 세상은 끊임없이 변한다는 사실
이다. 하늘 아래 일어나는 모든 일은 때에 따라 변하며 영원한 것은
없다. 한 번 지나간 세월은 다시 오지 않듯 한 번 흘러간 강물도 되돌
아오지 않는다. 그러므로 우리는 주연과 조연이 수시로 바뀌고 또 다
시 뒤바뀐다 하여도 있는 그대로 받아들여야 한다. 이 역시 '잠시' 이
고 또 변화할 것이기 때문이다.

2

갈림길, 정거장에서
_인생론 단상(斷想)

'때'를 가늠할
나이

정년은 없다

벌써 정년이라니⋯⋯. 내가 벌써 65세가 되어 현역에서 은퇴할 때가 되었다는 말인가. 국방대학원 교수로 갓 30이 넘은 나이에 부임한 지 엊그제 같은데 어느덧 34년이 지나갔다는 말인가. 참으로 무상한 것이 세월이요, 풍운유수(風雲流水)같은 것이 우리네 인생인가 보다. 지나간 세월이 아쉬워서 그렇다기보다는 나이듦에 대한 내면적 성찰이 그만큼 준비되어 있지 않았고, 정년이라는 '다가올 오늘'의 의미를 제대로 읽지 못하면서 무작정 내일 날을 그리고 기다려오지 않았는지, 겸허히 옷깃을 여미지 않을 수 없다.

가야산 호랑이라고 불렸던 성철 큰 스님이 생전에 "어제는 지나간 오늘이고 내일은 다가올 오늘이다"라고 말씀한 것은 종교를 떠나 심오한 철학을 담고 있다. 모든 것은 순간에 지나가니 바로 이 순간 즉 먼저 오늘을 깨닫고 살라는 법으로 기독교의 "늘 깨어 있으라"는 성경말씀과 맥락이 같다. 이 '오늘'의 뜻을 잘 헤아리지 못하고 깨어있음의 뜻도 제대로 익히지 못한 채 벌써 정년을 맞이했다.

이제 이 나이에 산전수전 다 겪었으니 극복 못할 고비나 난관은 없으리라는 나름의 자신감을 느끼면서도, 다른 한편으로는 무엇인가 허전한 마음 또한 금할 길 없다. 텅 빈 공간 같은 허전함이라기보다는 아직도 성숙하지 못한 어떤 공백이 마음 한구석에 남아있음을 느낀다. 비어 있는 듯 꽉 찬 인생을 그리며 차라리 마음을 허공으로 둘지언정 아무것으로나 채우지 않으리라고 내심 다짐해 본다. 그러면서도 한편 뒤돌아보면 아쉬움만 가득하다.

그러나 "내 삶의 절정기는 60부터 90까지였다"는 피터 드러커 교수의 말을 곱씹어 보면 정년의 아쉬움보다는 오히려 설렘이 앞서야 옳다. 제2의 삶이 아니라 전혀 새로운 삶의 여정에 대한 설렘 말이다. 지금까지는 어떤 틀과 법칙에 맞게 매우 규칙적인 생활을 해왔다면, 지금부터는 그 굴레에 벗어나 그간 못다 한 것들을 나만의 방식으로 살고 싶은 '여유'가 있을 것이기 때문이다.

이제는 세상을 보는 눈에 균형 감각이 생기고 무엇이 중심인지 분별할 수 있는 지혜가 있을 나이다. 삶의 음과 양, 환희와 환상,

그리고 열정과 냉정이 무엇인지를 구분할 수 있는 나이가 되었다. 그토록 오랜 자기와의 투쟁 끝에, 그 찬란한 고독의 세월 끝에, 이제 인생의 향연이 무엇이고 남아있는 여생 길 시간이 무엇일지 어느 정도 알 수 있을 것 같다. 셰익스피어의 희극 〈좋으실 대로〉에서 "시간은 사람에 따라 각자의 속도로 걸어가는 법"이니까 말이다.

그래서 이제는 나름의 생의 단상(斷想)을 정리할 수 있을 정도의 소양과 교양을 갖추었다고 생각한다. 정년은 이제까지의 경력이 경륜으로 승화되는, 성숙함이 완숙됨으로 가는 이정표와 같은 것이다. 따라서 이제부터는 말을 하고 글을 쓰더라도 단순한 논리와 합리를 떠나 오직 생각이 차고 넘칠 때 자연스럽게 해야 한다. 무슨 원고청탁이나 인터뷰에 의욕에 넘쳐 선뜻 응할 것이 아니라 마음 깊이 동(動)하는 흐름이 잡히기 전에는 나서지 말아야 한다. 옛 선비들도 그랬듯이, 안으로 많이 쌓아놓고, 밖으로 조금씩 풀어 놓아야 한다. "하늘 아래 모든 것은 다 때가 있다"는 성경말씀 대로 이 '때'를 가늠할 줄 아는 것이 바로 경륜이다. 근래에 와서 각종 강연이나 인터뷰, 그리고 기고요청을 정중히 사양하는 경우가 종종 있는 것은 다 이러한 이유 때문이다.

대문호 괴테와 위대한 역사가 토인비도 65세가 넘으면서부터는 글 쓰는 일은 가급적 천천히 오랫동안 생각하면서 대작 《파우스트》, 《역사의 연구》를 고치고 또 고쳐 완성했었다. 그 오랜 세월 동안 그들은 작품연구에만 몰두한 것이 아니라 한편으로는 여생을 철저히 즐기며 보냈다. 황혼이 깊어갈수록 삶의 기쁨을 누릴 줄 아는 여유로움으로 연구를 마무리할 수 있었던 것이다. 그래서 그들에게는 아예 정년이라는 것 자체가 없었다. 생명의 본질을 사랑에 두고, 무엇보다도 자기 자신을 사랑하는 데에서 출발한다고 한 이 위인들의 삶은 정년의 변을 내놓는 나를 무색하게 만든다. 도대체 무엇이 멈추었기에 멈출 '정(停)' 자를 쓴단 말인가.

아직 오지 않은 아름다움

생을 모쪼록 최대한 즐겁게 보내는 것처럼 큰 지혜는 없다. 그래서 만년의 처칠은 이 지혜로운 인생을 아주 쉽게 풀이했다. 인생이란 어느 시기거나 그에 알맞은 그 때만 느낄 수 있는 즐거움이 있으니, 변화무쌍한 세월 속에 아직은 살아가는 많은 즐거움이 남아있다는 것에 감사하라고. 참으로 맞는 말이다. 인생사라야 3만 시간 정도이고 이미 2만 여 시간이 지났다. 5분의 3분이 지난 것이다. 여기에 정년이 뭐 어떻고 하며 시간표를 그리는 것처럼 바보 같은 것도 없다. 누가 누구의 시간을 잴 수 있으며 감히 '계획표' 까지 세울 수 있다는 말인가. 오직 하나님만이 아실 일을……

이 책이 피천득의 《인연》에 인연을 입어서인지 그의 글을 자주 인용한다. 금아는 "지난 것은 항상 아름답고, 오지 않는 것은 언제나 희망적이다"고 했다. 완전히 '열린 마음'을 노래한 것이다. 사연을 구구절절 생각지 말고 인연 따라 사는 것이 우리 인생이고 그것이 바로 아름다운 인생이라는 것이다. "인연 따라 만나고 인연 따라 헤어진다"는 불교에서 나온 말이지만, 가톨릭 신자였던 금아가 말한 인연은 평소 선생 성격대로 잔잔히 미소를 머금고 오늘에 감사하며 또 내일을 기다리자는 담연한 인생론을 말하는 것이리라. 그리고 바로 이것이 그를 '정년도 없이' 98세까지 영원한 현역으로 글 쓰고 강연하며 천수를 누리게 만든 즐거운 인생론이었지 않았나 싶다.

말이 좋아 정년이지, 풀타임(Full time) 교수직을 졸업하는 것일 뿐이다. 가르치는 것이 천직인 교수생활 그 자체를 그만두는 것이 아닌 만큼 인생 공부는 계속 할 것이다. 학문이나 예술에는 정년이 없다. 생의 향연이란 그것의 열락(悅樂)을 즐길 수 있는 어느 정도의 소양이 필요하기 때문이다. 즉 정년퇴임 이후 생을 즐기는 것도 나름의 도(道)가 있어야 한다. 즐거움도 나름의 절제와 금도(禁道)가 있다. 적어도 교양인에게는 삶의 기쁨이란 관능적인 즐거움이 아니라 생활의 맛과 멋을 향유할 줄 아는 여유로움에서 나오는 것이다.

대개 위대한 족적을 남긴 인물들에게는 모두 나름의 도(道)가 있었다. 대표적으로 율리우스 시저와 비스마르크, 그리고 마오쩌둥을 들 수 있다. 이들은 모두 지칠 줄 모르는 열정의 소유자들이자 통일제국 혹은 천하통일을 완성한 인물들이다. 모두 뛰어난 대중 설득력을 지닌 달변의 웅변가였으며 또 그만큼 탁월한 전략과 지략으로 무장한 리더십을 발휘하였다. 이와 동시에 그들은 개인적으로는 인생을 철저히 즐기면서 삶을 스스로 다스릴 줄 알았다.

공과 사를 막론하고 이들은 불멸의 정열과 기개로 사랑과 존경을 받으며 생을 즐길 줄 알았던 것이다. 하지 말아야 할 일을 먼저 분명히 해놓고 나서 해야 할 일을 야심차게 추구했던 이들의 자취를 보고나면, 역시 잘 노는 사람이 일도 잘 한다는 속설이 맞긴 맞나보다. 여기엔 정년이란 개념 자체가 존재할 여지가 없다. 그래서 나이가 더해 갈수록 세월은 빠르나, 오히려 하루 해는 더 길어진다는 노년의 시간을 잊지 말아야 한다.

한편 나이 들수록 단순하고 소박하게 사는 것이 즐거운 여생의 본질이라는 점도 공감한다. 일단 현역에서 물러난 이후부터는 생활의 일정을 단순소박하게 꾸릴수록 여유로움이 더 많아지며 따라서 우주 만물의 법칙이 더 명료해진다는 것이다. 감히 앞서의 거인들 족적을 흉내지 못할 바에는 오히려 이 방법이 더 현실적일는지 모른다. 즉 청복(淸福)의 삶을 말한다. 청복은 적게 갖고 크게 만족하는 삶이다.

무엇이 적고 많음인지는 물론 각자의 성향에 따라 다르겠지만, 여기서 만족의 의미는 지족상락(知足常樂)이나 안빈낙도(安貧樂道)를 말한다. 즉 만족할 줄 알면 늘 즐겁고, 없어도 안락함을 즐긴다는, 평범하지만 어느 정도의 '깨달음'의 경지를 이른다. 영문학에서는 이를 'Less is More'라고 부른다. 사람에 따라서는 적음으로 많음을 향유할 수 있다는 역설의 논리이다. 한마디로 스스로 즐기는 자족자락(自足自樂)이다. 이 한자어들을 보라, 모두 '즐길 락(樂)' 자가 붙어있지 않은가!

법정 스님이 설법했던 '무소유'의 고차원적 삶을 굳이 추천하지는 않겠다. 우리 같은 범인들은 감히 접하기 어려운 득도(得道)의 지경까지 논할 필요는 없다. 그러나 만년에 금아 선생이 잘 보여준 것처럼, 정도와 분수를 아는 정년 이후의 삶, 그 큰 굴곡 없이 이제 평지를 순탄히 흐르는 나의 아호 순천(順泉) 그대로 상선약수(上善若水) 같은 생활이 바로 청복(淸福)이다. 권세든 명예든 모두 건실하게 살아온 지난날의 결실로 주어지는 것이니 이제 우유무심(優悠無心)이 물길 따라 흘러가는 것이다. 일본 학자 나카노 고지가 정년퇴임사로 "정년에 와서까지 명예에 집착하는 자는, 인생에서 가장 중요한 무엇인가를 잃고 있는 자이다"라고 한 말이 공감된다(《행복한 노년의 삶》).

그래서 나를 지금껏 속박해온 집착이나 집념에서 이제 벗어나야 한다. 가족적이건 사회적이건 봉사와 헌신이 어디 끝이 있으랴만 나의 기본 의무와 책임은 어느 정도 최선을 다했다고 생각한다. 아직도 소명의식은 뜨겁게 남아 있지만, 나의 간섭이나 관여가 없어도 세상사 알아서 잘 굴러갈 터인데 무엇 때문에 매사에 나서려는 가 하는 강한 자제심도 있다. 토인비 말대로 장년에 이르러 자유로 운 지성의 방랑은 결코 방황이 아니라 루소가 즐겨 읊던 고독한 산 보자의 꿈이다.

때론 그윽한 한잔 술에 온갖 시름 다 날려 보내고 아상(我相)을 놓아주어야 한다. 공연히 시시비비를 다투다 그윽한 때의 즐거움 을 잃는 어리석음에 빠질 필요가 없다. 세상의 흐름에 초연하고 나 만의 리듬에 장단 맞춰 하루하루가 마치 생의 마지막 날인 것처럼 살아야 한다. 천 리 밖을 내다보는 것보다 한 치 뒤를 되돌아보는 것이 더 어렵다는 말이 있듯이, 이젠 모든 일을 너무 이성에 호소 해서도 안 되고 반대로 지나치게 감성에 얽매여서도 안 된다.

나그네 인생길 그 얼마나 남았다고 노잣돈을 걱정할 것이며 소 위 '노후 대책'을 생각할 것인가. 정년에 이르렀으면 지난날의 뛰 어난 기억력을 자랑하지 말고, 이제 적절한 망각력의 축복을 주십 사고 기도해야 한다. 나이가 들수록 적절히 잊을 것은 잊고 또 털 어버릴 것은 과감히 털어버리는 용기가 필요하다. 관용이 자유보 다 중요하며 가장 큰 보복은 용서라고 하지 않는가.

평상심이라는 그릇

물극필반(物極必反)의 원리가 말하듯이, 어리석은 이는 절정에 이르면 기뻐하지만, 현명한 이는 바로 그 반동을 두려워한다. 즉 세상사 음, 양의 이치를 봐야 한다는 뜻이다. 소동파 같은 구제불능의 낙천주의자는 못 된다 하여도 평안한 마음으로 하나님에 대한 믿음과 인간에 대한 신뢰, 그리고 앞으로 살아갈 날들의 즐거움에 감사하면 그것이 바로 복된 인생이다. 또한 헌신과 봉사의 '남을 위한' 삶이 결국 '나를 위한' 삶이라는 것을 깨달아야 한다. 노년에는 주는 것이 곧 남는 것이니 덕(德)을 베풀수록 복(福)이 커진다는 것도 명심하자.

물론 그간 쌓은 나름의 경륜이 있고 지금의 나라 안팎 위기상황이 나를 마냥 물외한인(物外閑人)으로만 머물러 남게 하지 않을 것이다. 시대사의 주 무대에 올라선 이상, 기왕에 이름을 알린 세상에서 이름 없이 무작정 한량(閑良)으로 살아가기가 쉽지는 않다. 잉게 숄의 시가 읊었듯 "잠시 시대의 어지러움으로부터 눈과 귀를 돌릴 수는 있지만, 이미 세상사에서 물러나 있으면서도 한편으로는 묶여있으니" 세상도 날 잊고 나도 세상을 잊었다는 도연명식 귀거래사를 노래 한다는 것은 결코 쉬운 일이 아니다.

그래서 일찍이 노자는 진정한 은자(隱者)는 초야가 아닌 저자거리에 숨어 있다고 했다. 나아가 공자는 소은은 초야에 묻히고 중은은 저잣거리에 머물며 대은은 조정에 숨는다고 했다. 즉, 보통사람은 현실에서 아예 도피하나, 약간 깨우친 사람은 그래도 속세에서 남아서 은인자중 하지만, 진정 현명한 사람은 결국 나랏일을 잊지 않고 미관말직에 남아 숨어 자중자애 한다는 뜻이다.

내가 어찌 이 성현의 깊은 뜻을 다 헤아릴 수 있겠는가. 나는 정년에 이르러 평범한 군자삼락(君子三樂)의 평상심만으로도 족하다. 예를 들어 조선 숙종 때 영의정을 지낸 신흠의 삼락론 같은 것이다. 신흠은 문 닫고 맘에 드는 책을 읽는 것, 문 열고 마음 통하는 친구를 맞이하는 것, 그리고 문 밖에 나와 마음의 리듬 따라 자연을 찾아 가는 것을 군자삼락이라고 했다. 이 얼마나 그윽한 옛 선비의 도락인가.

이를 지금의 내 방식으로 풀어본다면 오전 중 비교적 머리가 맑을 때는 독서로 마음을 다스리고, 오후에는 산책과 운동으로 몸을 다스리며, 해가 지면 가족이나 지우(知友)들과 한담으로 적절히 휴식을 취하는 것이다. 독서에는 사색 외에도 글쓰기가, 그리고 산책길은 여행길도 포함된다. 또한 저녁 한담은 적당한 음주와 음악이 곁들인 정담이 될 수도 있다. 한마디로 말해서 앞서 언급한 나를 지배한 세 가지 열정에 충실해 모두 낙도화(樂道化)시키는 것을 말한다.

독서도 그간 읽을 만큼 읽었으니 이젠 다독(多讀)보다는 한번 읽었던 고전 등 몇몇 권을 골라 읽고 또 읽어 명상하는 정독이 좋다. 새로운 책을 접하면 새 친구를 사귀는 것과 같지만 읽었던 고전을 다시 접하면 마치 옛 친구를 다시 만난 것 같은 기분이 들 것이다. 정년퇴임 후 취미생활은 수필이나 수상록 쓰는 일로 이미 정해 놨다. 이제 읽은 만큼 써야 한다. 또한 문필생활도 집 서재나 연구실에 처박혀 있으면 오히려 편집증 같은 우울감에 빠지기 십상이니, 가끔 거리의 한적한 카페에서 군중 속에 섞여 읽고 쓰는 것도 좋다. 그러면 세상 구경도 하면서 날마다 새로이 젊게 출발하는 일의 기쁨을 더하리라. '젊은 수필가' 로서 다시 강단에 서리라…….

그러니 지금부터 어떠한 일이 있어도 평상심(平常心)을 잃지 말자. 평상심이 곧 평정(平靜)함이요, 진정한 마음의 평화다. 이 이상 확실한 노후대책이 더 있겠는가. 정년은 길의 끝이 아니라 새로운 길의 시작을 의미하니 그냥 이 '3평론' 을 지향하며 단순 소박하게 3락(樂)을 즐기자. 그것이 바로 나를 지배해 온 세 가지 열정의 논리적 귀착점이다. 셰익스피어 말대로 "끝이 좋으면 다 좋은 법" 이다.

오늘도 어제처럼 붉은 태양이 떠오르고 별이 빛나고 있다. 내 인생 의지와 능력과 무관하게 우주만물의 법칙은 변함이 없다. 변화하는 것은 인간과 세상사이지 하늘의 이치가 아니다. 세월은 충실히 살아온 사람에게는 나름의 평안을 주는 데 그리 인색하지 않을 것이다. 오늘따라 서재에서 바라본 한강물은 유난히 짙푸르며, 동작동 국립묘지의 고요함은 더욱 신비롭게 느껴진다. 해질녘 찬란한 금빛으로 변하는 저 관악의 봉우리는 새삼 더 깅조해서 무엇하리…….

나는 조연이다

나는 당신 인생의 조연이다

'나는 조연이다' 라는 표현은 인생을 연극 무대로 간주한 셰익스피어 작품 이래 종종 사용되어 왔지만 여기서 "나는 당신 인생의 조연이다"라는 소제목은 일본 작가 엔도 슈사쿠의 〈인생론〉에서 따왔다. 셰익스피어는 "인생이란 한낱 걸어 다니는 그림자, 가련한 배우일 뿐…"이라고 《맥베스》에서 썼다. 그렇다면 도망가면 쫓아오고 잡으러 가면 도망가는 그 그림자 같은 인생에서 우린 모두 잠시 등장한 무대 위의 배우에 불과하니 주연이면 어떻고 또 조연이면 어떤가. 지금까지는 내 인생의 주인 된 의식에서 글을 썼으니 이제 조연의 입장에서 한번 써보자.

나는 나 자신이 항상 주인이지만 남의 인생에서는 오직 조연에 불과하다는 평범한 상식 같지만 이 심오한 진리를 통달한 사람이 과연 몇이나 될까. 저마다가 다 개성 있고 인격 있는 주연급으로 행세해온 것이 인간사인데 이 역지사지(易地思之)를 익힌다면 크게 다툴 일도 없을 것이다. 인간의 본성이란 상대방을 있는 그대로 받아주면 굳이 나쁜 인연을 맺을 일도 없다. 한번 조연으로 돌아가 보라! 비록 화려한 조연일지는 모르지만 조연은 조연이다. 이는 가족관계에 있어서도 마찬가지다. 나는 사랑하는 아내의 조연이요, 그만큼 사랑하고 아끼는 아들과 딸의 조연이다. 믿음직하고 든든한 조연일지는 모르지만 어쨌든 조연이다.

　이렇게 나를 조연급으로 낮추면 어느새 가족이 기적이고 가정이 천국이 된다. 나아가 인생이 집을 향한 긴 여정이라면 스위트 홈 (sweet home)이 있는 한 내게는 언제나 봄날이고 데이비드 소로의 말대로 일 년 내내가 추수감사절이 된다. 조금만 낮추면 이렇듯 복되게 살 수 있는데 우리네 생활은 너무나 자기중심적이다. 낮추면 스스로 높아지는 데 높아지려다 오히려 낮아지는 일이 다반사인 것이 우리 인생사이다. 낸들 예외 일쏜가! "높아지려면 먼저 낮추라"는 성경 말씀이나, "뜻을 펴려면 먼저 몸을 굽히라"는 사마천의 경구를 새기고 있으면서도 늘 이기적인 주연의식이 앞서온 것 같다.

인간사의 변치 않는 유일한 진리는 세상은 끊임없이 변한다는 사실이다. 하늘 아래 일어나는 모든 일은 때에 따라 변하며 영원한 것은 없다. 한 번 지나간 세월은 다시 오지 않듯 한 번 흘러간 강물도 되돌아오지 않는다. 그러므로 우리는 주연과 조연이 수시로 바뀌고 또 다시 뒤바뀐다 하여도 있는 그대로 받아들여야 한다. 이 역시 '잠시'이고 또 변화할 것이기 때문이다.

이 나이되니 잘나고 못남이 다 무엇이며 또 많고 적음이 다 무엇인지 굳이 분별하는 것 자체가 그야말로 '분별' 없어 보인다. 잘났다고 큰 권세를 부리다가 훗날 결국 칼이 돼서 돌아와 쉽게 몰락하는가 하면, 많다고 부를 남용하다가 그 독성에 취해 요절한 사례를 수도 없이 많이 보아왔다. 무릇 사대부(士大夫)의 환난은 권세에서 비롯되고 필부(匹夫)의 재앙은 대부분 재물에서 비롯된다는 격언은 정말 틀린 말이 아니다. 동서고금의 역사가 오랜 영달이나 부귀영화는 반드시 화(禍)를 부른다는 것을 너무나 잘 증명하고 있다.

훌륭한 삶에는 쉼이 있어야 하고 더러 흠도 있는 법이다. 우리들 인생살이에서 한두 가지 정도 깊은 마음의 상처가 없는 이는 거의 없을 것이다. 모두 인연 따라 마음 편하게 생각하고 있는 그대로 받아들였다면 "이 또한 지나갈 것"인데도 이를 쉽게 잊지 못한다. 필연이건 우연이건 간에 주연, 조연 모두 다 본질적으로는 '인연'이다. 인간지사란 살다보면 불가의 표현대로 다 인연 따라 만났다가 인연 따라 헤어지는 법이다. 따지고 보면 헛된 인연도 없고 억지로 된 인연도 없다. 모두 생의 일부분으로 우리 의지와 무관한 하나의 거대한 자연 동화현상으로 받아들일 수밖에 없다.

인연 따라 흐르는 인생, 오면 담담히 받아들이고 가면 말없는 미소로 보내면 될 일이다. 그러니 가급적 좋고 선한 인연을 많이 맺는다면 인생이 더 아름다워질 것이다. 그것이 바로 장수의 비결이 아닌가 싶다.

천년의 시시비비도 바람이려니

사람은 운이 다하면 퇴(退)하고 복(福)이 다하면 죽는다고 했다. 그래서 관가에서는 운칠기삼(運七技三)이라는 속어가 있다. 소위 출세하려면 관운이 70%이고 개별적 능력은 30%밖에 작용 안 된다는 것이다. 통계학적인 산술평균치이니 아마 맞을지도 모른다. 먹을 복이 다하면 명(命)이 다 된 것이라는 지적도 마찬가지다. 이렇게 본다면 나와 내 주변의 사람들 사이에 주연이 어떻고 조연이 어떻고 하는 논쟁 자체가 다 부질없다.

잠시나마 장관직까지 오르고 차관직을 두 번이나 하면서 많은 사람들을 만났고, 그간 학교와 외부특강 등으로 가르친 사람도 많기 때문에 나는 인복(人福)이 많은 편이다. 그렇지만 그들에게 가급적 주인공이나 '주빈' 된 행세를 하지 않으려고 노력해왔다. 오히려 그들을 되도록 나의 지도를 받는 일종의 '귀빈'으로 대하려고 최대한 성심껏 노력해 왔다. 물론 간혹 일탈도 있었겠지만 인위적인 권위를 내세우려 하지 않았다는 점은 자신 있게 말할 수 있다. 그래서 세월이 흐른 지금도 나를 거쳐 간 실로 많은 이들로부터 자주 안부를 듣고 나름의 존경도 받고 있다고 생각한다.

세계적인 자선단체를 운영하고 있는 인터넷 혁명의 대부격인 빌 게이츠가 "이젠 우리는 우리네 삶이 불공평하다는 사실에 익숙해져야 한다"고 말한 적이 있다. 그로서는 충분히 할 수 있는 경험에서 우러난 말이다. 수백억 달러의 부를 쌓아놓고 보니 이제부터는 이를 뜻있게 쓰는 일에서 존재의 이유를 찾아야 한다는 점을 깨달은 것이다. 참으로 '위대한 게이츠'다. 재산은 퇴비와 같아서 쌓아놓으면 썩지만 뿌리면 거름이 된다는 옛말을 그대로 행동으로 옮긴 것이다.

이러한 그에게 있어서 지금부터의 인생은 그의 도움이 필요한 이들이 바로 주연이고 그는 단지 조연에 불과할지 모른다. 이를 내게도 한번 원용해 본다면, 작게는 가족과 집안, 주변의 친구나 지인, 그리고 크게는 국가와 민족을 위해 조언을 하고 지원하며, 나아가 봉사와 헌신을 하려는 내 자신은 어디까지나 조연이지 결코 주연이 아니다. 나는 그들 '주인'을 모시는 일종의 머슴에 지나지 않는다.

서울의 동작동 국립현충원에는 전직 대통령들이 영면해 있다. 우남 이승만 초대 대통령을 비롯해 생전에 그토록 치열한 경쟁관계에 있었던 양 김, 즉 김영삼, 김대중 전 대통령이 잠들어 있다. 지금 이 두 분은 앞서거니 뒤서거니 하면서 지근거리에 누워있다. 우리는 특히 이 두 분의 주연이니, 조연이니 하는 쟁투가 얼마나 현대 한국 정치사에 큰 곡절을 남겼는지 잘 알고 있다. 불과 백 년도 못사는 인생을 이들은 천년의 시시비비를 다투다 바람처럼 떠나갔다. 그리고 이제 우리도 다 잊었다. 그 부질없는 뜬구름 같은 싸움을.

그래서 죽은 자가 스승이고 먼저 간 자가 선배라는 말이 실감난다. 강 건너 국립현충원을 내가 자주 찾는 이유도 여기에 있다. 지금도 새해 아침과 국경일 때는 거의 빠짐없이 참배한다. 특히 현충일에는 눈물짓고 올 때가 많다. 나이 들면 눈물도 많아진다는데 지금 내가 그러나 보다.

내 전공인 '전쟁과 평화' 그리고 '위기관리'에 관한 외교안보학을 가르치다 보면, 세상일은 극단으로 흐르다가도 때가 되면 스스로 균형을 찾아간다는 이른바 절충적 과정(muddling through)의 해답적 지혜를 자주 느끼곤 한다. 모두 이 상대적인 해답을 찾아가는 과정에서 논쟁과 투쟁이 벌어지는 것이지 결코 절대적인 '정답'은 존재하지 않는다는 것이 세상사의 이치임을 배우게 된다. 타협에 대한 확고한 의지 없이 민주주의는 불가능하다. 세상사 중 특히 정치는 불가피하게 어느 정도 기회주의적 속성을 지닐 수밖에 없다. 오해는 대개 모두가 다 주인 행세하고 주연급 역할을 자임하는데서 발생하고, 싸움은 그 누구도 스스로 조연급으로 낮춰 이 절충적 과정의 대가를 치르려 하지 않는데서 시작된다는 것이 역사의 진리이다.

시대가 바뀌고 세대가 바뀌면 주연, 조연도 바뀔 뿐만 아니라 어제의 해답이 오늘의 오류가 되고 또 그 반대의 경우도 될 수 있다는 이 바람 같은 상식을 우리는 너무 자주 잊고 있다. 그러한 의미에서 나는 일종의 절충주의자이다. 따지고 보면 세상사 가운데 바람이 아닌 것 없다. 옛 현인들의 깨우침은 어제도 바람이고 오늘도 바람이며 내일 또한 바람일 것이니라 하셨다.

그래서인지 요즈음 농자천하지대본, 즉, "농사는 천하의 큰 근본이다"라는 표현이 너무 실감난다. 땅 위거나 물 위거나 사는 것이 따지고 보면 다 농사이기 때문이다. 뿌리고 심거나 거두고 잡은 일이 모두 우리의 몸과 마음을 다하는 일이며 계절의 변화에 순응하면 결국 다 선(善)이 된다는 평범한 진리이다. 문자 그대로 순천응인이요, 시절도래(時節到來)다. 하늘 아래 모든 일은 다 때에 따라 흐른다는 뜻이다. 나도 정년퇴임 후 이 '때'를 따라 여행길에 나서야겠다. 길고 먼 길을 떠날 것이 아니라 먼저 짧으나 가까운 길부터 자주 찾아야겠다. 이제 낙천지명(樂天知命)의 때가 됐지 않는가…….

교양으로서의
철학

철학이라는 의자에 앉아

2015년 봄 학기에 10년 만에 학부 교양과정 과목 한 개를 맡아 〈현대 정치사상〉을 강의한 적이 있다. 1학년부터 4학년까지 20명이 수강했는데 오랜만의 학부 강의라서 그런지 매우 신선한 감이 있었다. 지난 날 익히 알고 있었던 내용이지만 새 세대 새 시대에 맞게 쉽게 정리해 다시 강의하다 보니 내 자신이 오히려 가르치며 배워가는 보람도 있었다.

그간 내 나름의 쌓은 경험과 경륜에 의해서 고전철학과 현대사상 등을 새롭게 조명하며 무엇이 이론이고 또 무엇이 실제인지를 분별하여 설명하니 마치 대학원생 시절로 돌아간 기분이었다. 중국의 문호 왕명의 "나는 학생이다"는 외침이 실감났다. 사실 선비는 영원한 학생이다. 배움에 끝이 없고 항상 새롭게 해석하고 분석하는 것이 학문 연구이기 때문이다. 특히 인문학과 사회과학 분야는 시대성과 역사성에 민감하기 때문에 어떠한 절대적 정의를 내리기가 쉽지 않다. 그래서 버트란트 러셀은 전술하였듯이 《서양철학사》에서 "우리가 알 수 있는 것이 과학이고 우리가 모르는 것이 철학이다"라고 했다. 과학은 검증하나 철학은 검증할 수 있는 연구 대상이 아니라는 뜻이다.

고대 희랍의 철학사상의 원조 격인 플라톤 이후 약 2500년 동안 대부분의 서양철학자들은 이상주의 사회, 유토피아를 어떻게 구현할 것인지에 관해 연구했다. 인간의 불완전성을 전제로 도덕적 진보와 신과의 관계를 추구하는 한편 영혼의 불멸성을 믿고 신의 존재를 증명하려고 노력했다. 물론 이 모두 상상 속의 관념으로서 끊임없이 논리적 탐구로만 이어졌다. 플라톤의 이상국가론에서 중세 토마스 무어의 유토피아, 그리고 칼 마르크스의 공산주의 이상사회론에 이르기까지 모두 관념적 유희로만 존재했다. 데카르트의 "나는 생각한다. 고로 존재한다"는 이성적 판단의 큰 전환점이 되기도 했지만 이 역시 소크라테스의 문답식 변론술이 '진보'한 것에 지나지 않는다.

군이 이렇게 설명한 이유는 러셀의 말대로 철학이 논리적 인식론을 벗어나지 못하고 인간생활의 진정한 진보에 답을 줄 수 없다는 한계성 때문이다. 그래서 토인비는 철학은 일종의 '고등종교'라고까지 했다. 철학과 종교가 모두 인간의 가장 기본적 문제인 자기중심성의 극복에 초점을 두고 있다고 생각했기 때문이다. 실제로 데카르트 이성론부터 20세기 실존주의 철학에 이르기까지 '나는 누구인가'라는 근본적 문제에 대해서 철학과 종교는 서로의 진실성을 입증하기도 어렵고 또한 윤리적 진리도 변한다는 사실을 스스로 인정하고 있다.

인생에 의미와 가치를 부여한다는 철학 논리와 인식론의 명제는 따지고 보면 종교적 관념에서 파생된 것이다. 칼릴 지브란도 그의 《예언자》에서 지적했듯이 일체의 철학적 명상이 바로 종교가 아니면 무엇인가. 즉, 윤리가 종교의 본질이라는 점에서 신의 존재(하나님)와 인간관계를 탐구해 온 철학의 종교성은 부인할 수 없다(이와 관련, 토인비가 우주 배후 하나님의 존재를 인정했다는 점은 전술한 바와 같다).

그러나 이보다 더 현실적인 철학의 근본문제는 학문의 미명 아래 지나치게 언어학적인 몰두와 집착에 있다. 하나의 극명한 예를 들자면 임마누엘 칸트의 《순수이성비판》을 보자. 그 뛰어난 논리적 분석에도 불구하고 내용상으로는 너무나 난해하기 그지없다. 데카르트의 《방법론 서설》도 고단위 지적 상상력을 요구하기는 마찬가지다. 마르크스의 《자본론》도 무슨 뜬 구름 잡는 '꿈나라'를 말하는 것인지 얼른 감이 잡히지 않는다. 임어당이 칸트의 책을 도저히 3페이지 이상 읽기가 어렵다고 고백한 것에 나는 충분히 공감한다.

그래서 고대 중국의 사상가들은 "현자는 담(談)하고 어리석은 자는 논(論)한다"고 했나보다. 즉 지혜로운 사람은 인생담론을 즐기지 이론적인 논쟁을 하지 않는다는 뜻이다. 동양철학의 특성이 바로 여기에 있다. 동양의 현자들은 먼저 세상을 '이해'하는 데 사상의 명제를 두었지 무슨 거대한 이상적 논리로 세상을 '변화' 시키려고 애쓰지 않았다. 한마디로 임어당의 지적처럼 동양의 사상가들은 현실생활인으로서 철학을 담한 것이지 서양처럼 이상으로서 철학을 논한 것이 아니라는 말이다. 물론 이는 지극히 일반론적 판단이며 획일적인 이분법은 아니다.

동서고금을 통해 위대한 인물들은 주로 독서와 명상으로 나름의 생활철학을 이해하고 정립했었다. 예를 들어 율리우스 시저와 나폴레옹 그리고 처칠과 모택동은 지독한 독서가였다. 심지어 전쟁 중에도 책을 놓지 않았고 그야말로 '배우며 싸웠던' 것이다.《삼국지》의 조조와 제갈공명도 춘추전국시대의 유불선 제자백가를 거의 섭렵하고 그 지혜와 전략으로 난국을 헤쳐 나가려 했었다는 것도 잘 알려진 사실이다. 이들 모두의 공통점은 누구를 가르치기 위한 기문지학(記問之學)으로서의 철학이 아니라 그저 행운유수(行雲流水)

처럼 읽고, 쓰고 행동하였던 것에 있다.

이들은 고전 철학 지식을 주어진 현실에 맞게 적절히 소화하여 단순생활화 시킴으로서 대중의 감동과 감화를 이끌어내는 데 뛰어난 웅변력을 발휘했던 것이다. 체계적인 철학적 사고 대신 세상을 이끌어 가는 데 필요한 만큼의 철학지식을 적절히 활용했던 것이다. 시저가 "누구나 모든 현실을 볼 수 있는 것은 아니다. 대부분의 사람은 자기가 보고 싶어 하는 현실만을 본다"고 말한 것이 이의 좋은 예이다.

물론 교양으로서 철학은 자유로운 지성의 풍부한 상상력의 산물이기 때문에 우린 그 가치를 인정해야 한다. 셰익스피어의 희곡은 극장에서 공연되는 것보다는 서재에서 상연될 때 훨씬 더 아름답다는 말이 있다. 인생을 '꿈꾸게' 하기 때문이다. 우리가 셰익스피어를 사랑하는 것은 바로 이 꿈이 주는 꿈에서 꿈을 이끄는 지적 상상력에 있다. 꿈은 언제나 현실보다 강한 법이니까 말이다.

우리가 알고 있는 생각의 틀을 통해서 우리가 모르고 있는 것을 상상 속으로 철학적 탐구를 하게 되면, 꿈속의 정취 또한 현실과 크게 다르지 않을 것이다. 지적 상상력은 문제해결의 논리적 사고보다 훨씬 더 생명력이 강하기 때문이다. 일찍이 아리스토텔레스도 기본적으로 앎에 대한 순수한 호기심에서 학문이 출발한다고 하지 않았는가.

역사는 문제해결의 연속과정이다

나는 모든 시대에는 그 시대의 혼불이 있고 나름의 신학적이고 철학적인 정신이 존재한다고 믿는다. 따라서 지금 우리가 믿고 따르는 신념과 가치도 때가 되면 변화하거나 진화될 것이며 예기치 않은 평범한 시간에 역사의 소용돌이에 휘말릴 수 있다. 또한 동서양 철학사상이 뭐라고 하건 국가는 결코 신(神)이 아니라는 점도 강조하고 싶다. 국가가 사회현상의 모든 문제를 해결할 수 없는 것이다. 국가가 개개인의 문제를 해결할 수 있다는 마르크시즘의 유토피아 논리는 한마디로 허황된 과대망상에 불과하다. 구소련과 동구라파의 체제 해체가 이를 단적으로 증명했으니 더 이상 설명이 필요 없을 것이다.

인류역사가 계급투쟁의 역사이고 변증법적으로 발전해 나간다는 마르크시즘의 이데올로기적 역사결정론은 한마디로 추상적 이론일 뿐이다. 헤겔의 역사 진보론을 맹신하여 이에 계급투쟁론을 대입시킨 마르크시즘은 현실성이 전혀 없는 정치적 선동 이데올로기로 점차 변질되었다.

칼 포퍼 교수가 《열린사회와 그 적들》에서 명확히 진단했듯이, 이러한 계급적 증오와 정치투쟁으로 국가와 사회체제가 운영되는 데는 분명한 한계가 있기 때문에 구소련의 경우에서 보듯이 마르크시즘은 시한부 생명으로 끝난 것이다. 이는 이미 중국이 사회주의 시장경제로 절충점을 찾아 체제가 실질적으로 변환되면서 다시 한번 증명되었으니 더 이상 설명할 필요가 없다.

이러한 엄연한 역사적 사실에도 불구하고 우리 사회 정치권 일각과 재야 제도권 세력에 마르크시즘의 공허한 역사 진보주의에 매달려 있는 한심한 부류가 존재하고 있다. 이미 사라진 마르크스의 계급투쟁론을 신봉하는가 하면 소위 '강남좌파'라는 그룹들은 예언적 진보주의까지 내세우고 있다. 한마디로 이데올로기 열병과 광풍의 미몽에서 아직 깨어나지 못하고 있는 것이다.

그래도 나는 '낙관주의자'이다. 이 또한 모두 '지나갈 것'이기 때문이다. 역사는 진보하는 것이 아니라 진화하는 것이다. 즉 계속 발전만 하는 것이 아니라 때론 퇴화(退化)하면서 앞으로 나아가는 것이다. 시행착오가 있다고 꼭 퇴행하지는 않는 법, 길게 보면 역사는 '혁명(Revolution)'이 아닌 '진화(Evolution)'하는 것이다. 나는 이것을 헤겔의 역사 진보주의 대신 점진적 변화를 뜻하는 '사회적 진화론'이라고 부른다. 칼 포퍼 교수는 이를 역사는 문제 해결의 연속 과정이라고 정의한 바 있다. 따라서 여기서 내가 생각하는 낙관론은 단지 현재에 대한 낙관주의이지 미래에 대한 예언이나 예측이 아니다. 인간은 주어진 현실에 부단히 적응하려는 뛰어난 본능적 생존력을 갖고 있기 때문에 펼치는 현재에 대한 낙관론이다.

세계사의 흐름을 조감해보면, 지난 100여 년간 영미식 경험주의와 실용주의가 전통 유럽대륙의 이상주의와 혼합되고 절충되어 시행착오의 갈등 속에서도 이제 어느 정도 균형을 잡아가고 있다고 볼 수 있다. 정통 공산주의가 완전히 몰락한 지금 우리는 이 균형 감각을 유지해 가면서 보다 나은 '현재'를 위해서 노력할 뿐이지 무슨 좌파식 역사 진보론에 도취해 투쟁하거나 미래를 감히 예단하려는 어리석음에 빠져서는 안 된다. 결코 미래는 함부로 예측할 수 있는 철학 사상 분야가 될 수 없다. 진정한 의미의 지적 상상력은 우리 마음속 깊은 구석에 있는 무의식의 예지능력에 있으며 이는 오직 명상과 기도의 일깨움에 달려있다.

우리는 나이가 들어갈수록, 지혜와 경륜이 쌓일수록 모두 낙관주의자가 되어야 한다고 생각한다. 모든 것을 희망적으로만 보자는 낙관이 아니라 세상은 극단으로 치닫다가도 때가 되면 스스로 균형을 찾아간다는 그런 의미의 조심스런 낙관론이다. 변증법적 논리가 아니라 중용적 절충주의를 말한다. 이러한 경지에 이르면 생과 사를 동전의 앞뒷면 이치처럼 동시 현상으로 볼 줄 아는 세상사 전체 흐름에 대한 나름의 예지력이 생기기 마련이다. 드러커 교수가 소련 해체를 거의 정확히 예측하고도 "나는 결코 예측이란 것을 하지 않았다. 그냥 창문 밖을 내다 봤을 뿐이다"라고 말한 것이나, 포퍼 교수가 공산주의 체제는 결국 소멸되어 갈 것이라고 단언하면서도 "나는 아무것도 모른다. 오직 추측했을 뿐이다"라고 겸허해 한 것은 모두 이를 말한다.

이러한 대관주의, 즉 시대의 흐름을 가늠하는 안목은 일반적인 민심동향이나 군중심리 연구와 큰 차이가 있다. 소위 요즘 세상의 여론조사 종류와는 전혀 다르다는 말이다. 대관적 의식은 철학적 사고와 교양에 기반한 뛰어난 통찰력을 이름이지 무슨 정치적 여론이나 시류적 민심파악이 아니다. 로마의 위대한 웅변 철학가였던 키케로는 이와 관련, "민중만큼 불확실하고 여론만큼 우매하며 정치가만큼 거짓된 것도 없다"고 한 적이 있다. 참으로 옳은 지적이다.

뜬구름 같은 인생길의 바람 같은 것이 인심이거늘, 요즈음 유행하는 각종 여론 조사는 그 내용과 관계없이 세상의 아류 동향에 지나지 않는다. 언제부턴가 우리 사회에는 모든 길이 정치로 통한다는 개탄스러운 풍조가 생겼다. 정작 국민들이 제일 불신하는 것이 정치이고 정치인이 가장 부패해 있다고 믿고 있으면서도 또한 누구나 그리고 아무나 할 수 있는 것이 정치라는 풍토병이 생겼다. 막스 베버의 '직업으로서 정치' 같은 전문성과 책임성은 아예 없고 단지 권세와 부를 동시에 쥘 수 있는 이른바 벼락출세의 길로 정치에 나서는 것이다. 그래서 정치망국(政治亡國)이라는 한탄이 나오고 있다.

우린 가끔 푸른 하늘을 우러러 보면서 아래로 대지의 힘을 느끼며 살아야 한다. 밤하늘의 별을 헤아리면서 우주의 신비에 경외심도 느껴야 한다. 굳이 철학 사상가가 아니라도 시집 한 권 들고 숲길을 거니며 숲과 하나가 될 줄도 알아야 한다. 걷다보면 어느덧 나도 몰래 철학적 사색인이 되어 있음을 알 것이다. 그리고 그것이 고독 속에서 한 시대를 살아가는 바로 최소한의 교양수준 철학임을 저절로 터득하게 될 것이다.

시대가
선비를 부른다

밤나무와 대나무

퇴계 이황은 사대부 후학들에게 다음과 같은 금언(金言)을 남겼다.

> 대저 모든 일이란 하늘이 아니하는 것이 없으니 어찌 스스로 굳게 지키지 못하고 공명(功名)만을 추구할 것인가. 자연은 큰 스승이요, 배움은 큰 즐거움이니 자강불식(自强不息)하며 날마다 자신을 돌아 볼 것이다. 벼슬이란 도(道)를 행하기 위함이지 녹(祿)을 먹기 위함이 아니니 오직 여건과 도리에 따라 나서야 한다. 그렇지 않으면 벼슬자리가 도리어 사람을 해친다. 《퇴계 어록 문집》

450년이 넘은 지금에 읽어봐도 생생히 살아있는 듯하다. 스승이 제자들 앞에서 당부하는 큰 가르침이 아닐 수 없다. 하늘의 뜻을 알고 먼저 수기치인의 도(道)를 닦으라. 그렇지 않고 권세를 탐한 벼슬자리는 나라에도 불행이고 본인에게도 불행이다. 예나 지금이나 변함없는 지고의 진리이다. 여건과 도리에 따라 벼슬길에 나서라는 계명은 바로 시대가 선비를 부르는 법이니 무엇이 시대의 소명이고 세상의 흐름인지 가늠할 수 있는 안목을 먼저 키우라는 훈계이다. 이 무렵 퇴계의 어머니가 내린 당부도 사뭇 의미심장하다.

"헛된 이름과 공명을 쫓지 말고 작은 벼슬에 그쳐서 분수에 맞게 살아라……. 네 뜻이 너무 높고 고상하여 세상이 널 몰라줄 수도 있다."

퇴계의 뛰어난 고명함 뒤에는 바로 이러한 위대한 모정이 있었던 것이다. 나아가 나랏일을 위한 능력을 갖추는 데도 몇 가지 주요 요건이 있다. 대저 무엇인가를 이루어 내는 자는 항상 세 가지 조건의 도움을 받는다고 한다. 하늘이 주는 때(天時)와 땅이 주는 이로움, 그리고 사람들과의 조화가 바로 그것이다. 이 세 가지가 균형을 이루면 치인치국(治人治國)의 준비가 됐다고 하며 어느 하나라도 부족하면 아직 여건이 성숙되지 않았다고 보는 것이다. 아무리 때가 좋아도 주어진 입지(立地)가 있어야 하고, 또 아무리 입지가 좋아도 인덕(人德)이 반드시 따라야 꿈을 이룰 수 있다는 천시불여지리(天時不如地利), 지리불여인화론(地利不如人和論)을 말한다.

물론 이는 고전적인 평가이며 오늘의 시대상황과 반드시 부합되지는 않는다. 고도로 동적(動的)인 지구촌의 세계화 시대에 그것도 SNS가 모든 제도적 소통의 벽을 넘어서고 있는 오늘의 여건에서 위와 같은 정적(靜的)인 고전적 개념은 다소 현실성이 뒤떨어진다고 할 수 있을지도 모른다. 그러나 보다 적극적인 관점에서 퇴계의 가르침과 함께 해석해 본다면 아직도 우리를 크게 깨우치게 하는 점도 적지 않다. 우선 하늘은 스스로 돕는 자를 돕는다는 격언을 보자. 천시(天時)는 스스로 자력갱생의 입지를 개척하고 주위의 신망을 얻으려고 노력하는 자에게 주어진다는 뜻이 아닌가. 즉 기회는 기다리는 것이 아니라 스스로 만들어가는 것이다. 기도는 우리가 몸과 마음을 다하여 노력할 때 응답되는 것이지 단순 기도 그 자체만으로 꿈이 이루어지는 것이 아니다.

퇴계의 가르침은 이 세 가지 요소가 인과관계(因果關係)를 맺고 있으니 무릇 나랏일을 생각하는 선비는 이 이치를 먼저 깨닫고 시대에 부름에 응해야 함을 깨우치고 있다. 천지(天地) 간에 만물이 더불어 상생하는 것이 자연일진대 바로 이 자연으로 돌아가 천지인(天地人)이 삼위일체를 이루는 것이 가장 이상적인 삶임을 설파하고 있다. 이것을 일명 천인합일(天人合一) 정신이라고도 한다. 앞서 언급한 인연 따라 흐르는 인생론은 이러한 자연 속 인과관계를 따라가는 것과 다름이 아니다. 쉽게 풀이해서 권세와 명예, 그리고 부귀는 억지로 구하는 것이 아니며, 만약 인위적으로 취하게 되면 반드시 대가를 치르게 된다는 명백한 진리를 말한다. 다산 정약용도 《목민심서》에서 준엄히 훈도(訓導)했듯이 목민(牧民), 즉 백성을 지도하는 자리는 함부로 구하려고 해서는 아니 된다. 모두에게 불행을 초래하기 때문이다.

시대가 선비를 부른다고 할 때 언급되는 또 다른 논리는 율죽론(栗竹論)이다. 밤나무(栗)와 대나무(竹)는 성장속도가 초기에는 매우 늦다. 움이 트기까지도 늦지만 무성하기까지도 비교적 늦은 편이다. 그러나 일단 줄기와 가지 형태가 갖추어지면 무섭게 자라기 시작해 그 결실의 용태를 당당히 자랑한다. 그래서 이를 일컬어 옛 선비들은 군자(君子)의 도(道)를 율죽론(栗竹論)이라고 불렀다. 더디 가더라도 옳게 가면 결코 늦은 것이 아니라는 수신(修身)의 도(道)를 말한다. 더디지만 끝내 자라고야 말며, 느리지만 결국 도달하고야 마는 이치, 군자는 그릇을 갖추고 때가 오기를 기다린다는 말과 같은 뜻이다.

나는 공직에 머무는 기간 내내 퇴계의 어록과 다산의 《목민심서》 그리고 서애 류성룡의 《징비록》을 끼고 살았다(《징비록》은 별도 장으로 후술). 외(畏)와 경(敬) 그리고 신(愼)은 이 위대한 조상들이 남긴 세 개의 키워드이다. 즉 모든 일에 경계하고 또 경계하며 삼가고 또 삼가며 나아가 참고 또 참으라는 당부이다. 비록 그간 나의 행적이 많이 부족하고 크게 반성, 회개할 점도 없지 않지만 적어도 늘 깨어있어야 한다는 강박관념에 사로잡혀 성경책과 더불어 이 세 가지 선현들의 기록(번역본이 다양해 주로 정본 위주로 했음)을 읽고 또 읽어 가슴에 새기려 노력했다. 그래서 부하직원 통솔과 대통령께의 충언, 그리고 강의 시 마다 이 귀한 말씀들을 가급적 많이 인용했으며 또 우리 현실에 맞게 원용하고 응용해서 국가 대전략 수립에 기여하기도 했다.

지금까지 나를 지배해 온 예의 세 가지 열정도 물론 그 근본에는 이러한 선현들의 기개와 기상을 본받고자함이 있었다. 내가 적절히 심신양생에 힘쓰면서 나라의 앞날을 위해 기회 주어진 대로 충언과 고언을 아끼지 않았던 것은 조상들의 우국충정(憂國衷情)을 오늘에 되살리고자 함이었다. 주유천하는 그렇게 함에 있어서 세상의 흐름을 관조하는 데 필요한 마음의 행로(行路)였다. 한발자국 떨어져서 초연한 듯, 의연히 천하의 대세와 대사(大事)를 가늠하는 대관주의를 말한다.

강화도 초막의 그날들

지자희언(知者希言) 혹은 불언(不言)이라는 옛 격언도 있듯이 선비는 굳이 문밖을 나서지 않아도 자신의 가슴속에 온 역사가 살아있음을 느껴야 한다. 곧고 굳은 신념이 있다면 당당히 서재에 앉아 세상의 변화를 이끌어 낼 수 있어야 한다. 천하가 내 글방에 있나니 하면서 흐름을 관조하고 사물의 본질을 깨달으면 냉정이나 열정 어느 한 곳으로만 치우치지 않을 것이다.

여기서 내가 2008년 초 장관직 용퇴 후 강화도 초막에 은거하며 절치부심할 때, 허허한 심사를 달래기 위해 썼던 옛글을 따라한 짧은 산문 한 편을 인용해 볼까 한다. 앞의 문단과 맥을 같이 하고 있기 때문이다.

순리자적(順理自適)의 생활, 월색(月色), 산광(山光), 송현(松絃)의 삼우(三友)와 더불어 강화도에 은거하니 우유무심(優悠無心)하다. 공자의 천상지탄(川上之歎)이 말하듯 흐르는 물처럼 변화하는 세상 이치 고정 된 모습이 없나니 이 몸도 흐름 따라 자중자애(自重自愛)하며 삼우(三友)와 노니고 있다. 그야말로 달빛에 산 그림자 황홀한데 소나무 스치는 바람소리 마치 거문고 가락처럼 운치를 더하는구나. 종일토록 마니산을 바라봐도 물리지 않으니 왕안석의 시처럼 이참에 그 산 한 자락 사다가 그 속에서 늙어 가고픈 심사 간절하다.

산을 바라보는 이 애달픈 심사, 일찍이 고산 윤선도가 완도 보길도에 유배 될 때 멀리 해남 대둔산을 바라보고 읊은 시와 별반 다르지 않다.

"잔 들고 홀로 앉아 먼 뫼를 바라보니

그리던 임이 오다 반가움이 이러하랴.

말씀도 웃음도 아녀도 못내 좋아 하노라."《고산유고(孤山遺稿),

산중신곡(山中新曲) 중 만흥(漫興)》

관직을 내던지고 '입산수도'를 하고 있는 이 몸이니 삭탈관직 당한 후 낙도에 유배된 고산의 심정은 모두 일엽편주(一葉片舟) 같은 처지라 공감이 된다. 어느 옛 시인은 편안한 마음 오래도록 간직하려면 고독하게 살아야 한다고 했다지만 텅 빈 가슴을 오래 달래기도 쉽지 않다. 데이비드 소로는 "나는 고독만큼 다정한 벗을 알지 못한다"고 했는데 이는 결코 외로운 고립이 아닌 스스로 빛나는 홀로 있음을 말한 것이리라.

한 잔 술 들고 고산의 심정으로 돌아가 보니 일순 마음이 너그러워지면서 온갖 시름과 아류가 이 봄날의 정취 속에 다 일소에 부쳐지는구나. 춘망(春望)의 그윽한 마음 청풍명월과 하나 되니 그 무엇이 부러울 것인가. 아스라이 해무 속에 영종도 인천공항을 뜨고 내리는 비행기 불빛이 아름답고, 병풍처럼 감싸는 마니산 운무는 가히 천하절경이로다. 총총히 포구로 귀환하는 저 작은 어선들의 만선 고동소리는 내게 술 한 잔 더하는 늙은 어부의 권주가로구나…….

지금 읽어봐도 가슴 적시는 짧은 산문이지만 또 다시 쓰라면 못

쓸 것 같은 자연 속의 나의 노래, 나의 시이다. 범부는 환경에 따라 마음이 변하고 현자는 마음에 따라 환경이 변한다고 했는데 이 몸은 아직 현자가 못되나보다.

무릇 선비는 그릇을 어느 정도 갖추고 인정받아 신임을 얻으면 미처 생각지도 못한 무한한 능력을 발휘할 수 있는 법이다. 땅 속을 흐르는 물이 눈에 보이는 물보다 더 많은 것처럼 인간의 마음속에 잠재한 이상적 능력 또한 크다. 안으로 쌓인 수기치인(修己治人)의 역량이 우국 충정심으로 승화되면 거역할 수 없는 시대적 사명이 불꽃처럼 타오를 것이다. 그렇게 되면 순수하고 강력한 충동심이 발로되어 나라가 어려울 때 나서서 뛰어난 위기관리 능력을 발휘할 수 있을 것이다. 성웅 이순신 장군의 국난극복 의지와 능력이이의 대표적인 사례임을 우린 잘 알고 있다.

충무공이 40대 중반까지도 소위 출세를 못하고 외곽의 한직만 맴돌며 몇 번이고 사직을 결심했을 때 스스로 달랜 독백이 있다. "대장부가 세상에 태어나서 쓰이면 죽기로 자신을 바칠 것이요, 쓰이지 못하면 농사를 지어도 족(足)할 것이다." 이를 바꾸어 풀이하자면 세상이 어지러워지면 내가 반드시 쓰일 일이 있을 것인즉 자중자애하며 자강불식(自强不息) 하리라는 뜻과 같다.

'교룡(蛟龍)이 연못 속에 있음은 때를 기다려 하늘에 오르기 위함이다'는 격언은 바로 충무공의 위국헌신의 때를 기다리는 비장한 각오를 말함이리라. 시성 소동파는 이를 "세속의 안목은 너무 비천하고 하늘의 안목은 너무 고상하다"고 은유했다. 하나님을 믿었던 괴테는 같은 맥락에서 "기다려보세, 때가 오면 하나님이 우리에게 무엇을 보낼지. 그러나 그런 일들은 결코 서둘러서는 안 된다네"라고 기도와 믿음의 중요성을 강조했다. 이 두 표현 다 그야말로 씹을수록 단맛이 우러나는 《채근담》 같은 옥음(玉音)이 아닐 수 없다.

생각이 여기까지 미치면 영국 시인 셸리의 "If winter comes, can spring be far behind"를 또한 빼 놓을 수 없다. 겨울이 오면 봄도 멀지 않았다는 이 단 한마디로 셸리는 우리에게 희망의 속삭임을 주었다. 이제 겨울이 막 시작됐는데, 벌써 봄을 기다린다니 하고 의아해할지 모르지만 셸리의 마음은 항상 봄날이기 때문에 우리에게 이 '늘봄'의 꿈을 잊지 않도록 해준 것이다. 춥고 긴 혹독한 시련의 겨울이 가면 천지간에 따스한 기운이 가득한 날들이 오지 않겠는가 한 것은 계절의 수순을 말하는 것이 아니라 세상사 변함없는 이치와 본질을 꿰뚫고 있음이다. 한마디로 사계절에 순응하면 모두가 다 봄이요 선(善)이라는 말이다.

그분의 시간표를 따라

정년에 무엇인가 새로운 다짐을 한다는 것은 매우 큰 용기가 필요하다. 실천할 의지와 능력도 갈수록 나이 들어가기 때문이다. 불과 몇 년 전만 하더라도 나는 하늘이 나 같은 재목을 낸 것은 어느 땐가 필히 긴요하게 쓸모가 있을 것이라고 스스로 자위하곤 했다. 그도 그럴 것이 한 번 내 강의나 강연 그리고 인터뷰 해설을 들으면 거의 대부분 "명확하고 명쾌하다"는 반응을 보이며 내게 감화되는 현상까지 나타나기도 했기 때문이다. 특히 나의 부족한 경력을 나름의 수준 있는 경륜으로 받아들이는 자연스러운 움직임까지 있곤 해서 나를 그 만큼 더 부끄럽고 조심스럽게 만들었다.

대표적인 사례로 앞서 얘기하였듯이 지난 2016년 1월 초 북한이 4차 핵실험을 감행한 직후 나와 생방송 특별 단독 인터뷰를 한 주요 TV방송 매체가 골든타임 메인 뉴스에서 이 몸을 '최고 외교 안보 전문가'라고 스스럼없이 소개시켰던 것을 들 수 있다. 똑같은 일이 5차 핵실험 때(9월 9일)도 있었다. 내가 당시 순간적으로 크게 겸연쩍게 당황했음은 물론이다. 본의 아니게 가는 곳 마다, 만나는 사람마다 거의 비슷한 인사와 반응을 보이곤 하여 나를 더욱더 겸허히 낮추고 또 낮추게 만들고 있다. 교만은 나의 최대의 적이고 예의 외(畏)와 경(敬), 그리고 신(愼)은 내 스스로의 맹세이다. 헛된 이름이 세상에 공연히 요란스럽게 될까 봐 두렵다.

나는 믿는 자로서 오직 하나님의 계획과 시간표를 믿을 뿐이다. 이제 와서 무슨 권세와 명예를 기대하는 것이 아니라 낮은 자리에서 빛과 소금 같은 봉사와 헌신을 위해 기도하고 있다. 언제나 새롭게 체험하는 그 크신 은총, 이를 믿으면 우리 마음 속 깊은 구석에서 기도 중에 무의식의 예지능력이 피어오른다고 나는 믿는다. 기독교 신학자들도 인정하듯이 성령이 임재하면 꿈의 예지력이 생긴다 한다. 그러나 세상사 사람들의 뜻도 어떨 때에는 제대로 헤아리지도 못하면서 어찌 감히 하나님의 그 크고 비밀스러운 뜻을 알 수 있을 것인가. 단지 이 몸의 천성이 위기에 강하니 나라가 안보 위기에 처할 때 부름이 있다면 기꺼이 헌신할 각오는 되어 있으며 무엇을 어떻게 해야 할지를 항상 준비하고 있다는 점은 말할 수 있다.

그렇다. 운명의 수레는 잠시도 쉬지 않는다. 아직 손에 펜이 있고 하나님 주신 기개와 기상이 살아있는데 선비로서 두려움 없이 군자유종(君子有終)하자. "신은 재기를 위해 쓰러트린다"는 장영희 교수 말처럼 나도 아직은 쓸모가 남아있다고 긍정적으로 생각하자. 이 긍정의 힘으로 어둔 밤 어느 곳엔 항상 빛나고 있는 작은 별이 있다는 것을 잊지 말자. 한낮에도 별은 떠있지만 보이지는 않는다. 별이 영롱하게 빛나는 것은 오직 어둠이 찾아왔을 때이다. 지금 나는 한반도에 거대한 어둠의 혼돈과 혼란이 다가오고 있음을 직감하고 있다.

그래서 나는 통일은 '대박' 이기 이전에 먼저 안보 '대란' 으로 다가온다고 경고하고 있다. 지금은 막연히 통일을 노래할 때가 아

▲ 국민훈장 모란장(1999.12.)

니라 철저한 안보 위기관리 능력을 구비해야할 때이다. 자세한 것
은 제3부에서 후술하겠다.

이러한 나의 신념이 점차 폭넓은 국민적 공감대를 이루어가고
있던 시기인 1999년 말, 정부는 내게 일반인이 받을 수 있는 최고
의 훈장인 국민훈장 모란장을 수여하였다.

지금까지 공적이라기 보다는 더욱 분발해 앞날에 대비하라는 뜻
으로 새기며 감사히 받았다.

만년의 슈바이처의 강인함과 아인슈타인의 날카로움, 그리고 처칠의 여유로움을 잊지 말자. 그들의 빛나는 풍모와 위풍당당한 언변 그리고 겸허한 섬김 자세를 잊지 말자. 이 목적이 이끄는 위대한 삶의 발자취를 기억하자. 그것이 지금 시대가 선비를 부른다는 지론을 펴는 내가 알아야 할 전부이다.

걸어보지
못한 길

갈림길과 정거장

　나는 한가한 시골역이나 복잡한 도심의 정거장을 구경하는 것을 좋아한다. 시골역은 옛 정취가 남아있어서 그 한적함이 좋고 도시 환승 정거장은 사람 냄새 물씬 풍기는 세상 구경이라서 좋다. 특히 역 구내나 플랫 홈이 내다보이는 근처 카페에서 커피나 맥주 마시기를 좋아한다. 그 자체가 한폭의 수채화 그림 같은 느낌이 들기 때문이다. 정거장에서 잠시 길을 멈추고 지나는 사람물결, 그 오가는 총총 걸음을 보고 있노라면 '쉼'의 의미가 더욱 더 생생히 다가온다. 세상구경 중 가장 볼만한 구경은 사람구경이라는 옛말이 실감나는 곳이 바로 정거장이다.

영국 유학시절 런던의 빅토리아역(Victoria Station)과 지금 서울의 용산역이 바로 그런 곳이다. 둘 다 내 살던 곳 그리고 지금 사는 곳과 지근거리에 있다. 빅토리아역은 런던 남부로 통하는 관문이고 용산역도 경부, 호남선과 전철이 통과하는 남행 관문이다. 빅토리아역은 그 유명한 영국영화 〈애수〉(Waterloo Bridge)를 찍은 곳으로 이 다리 밑 선상카페('Old Caledonian')는 내가 한 때 파트타임으로 일했던 곳이다. 용산역은 민자 역사로 개축한 뒤부터 분위기가 빅토리아역과 비슷하고 특히 플랫폼 매점에 맥주가 있어서 간혹 비 오는 날 찾고는 한다.

비 오는 날 용산역 플랫 홈에서 맥주 한 캔을 마시노라면 불현듯 40여 년 전 빅토리아역 카페에서 비터(Bitter, 영국산 싸구려 쓴 맥주)한잔 마시던 젊은 날의 내 초상이 겹쳐 떠오른다. 손님들이 마시다 남긴 맥주를 한데 모아 홀짝거리며 마시던, 빗물인지 눈물인지도 모른 그 쓴잔을 기울이던 내 초라한 모습이 떠올라 초심(初心)을 잃지 않게 한다. 그런데 벌써 40여 년이 지났다는 말인가. 용산역의 저 쉴 새 없이 오가는 기차들처럼 그 풍운의 수많은 젊은 날들이 다 어디가고 이제 인생이 점차 교차로 없는 종착역을 향해가고 있다는 말인가.

비 오는 날 한번 플랫 홈에 서서 오가는 열차의 경적소리를 들어보라. 그리고 타고 내리는 사람들의 분주한 모습을 쳐다보라. 적어도 나의 경험으로 볼 때 이는 조용한 산 계곡에서 부는 바람소리 들으며 산사에서 하는 참선 못지않은 정취가 우러난다. 나아가 서재에 앉아 독서 삼매경에 빠져 지적 상상력을 더하는 것 못지않게 서정적인 흥취가 돋아 오르기도 한다. 그래서 옛 선비들이 진정한 은자(隱者)는 저잣거리에 숨는다고 했나보다. 나의 사랑하는 생활은 이렇듯 서민적이다. 매우 단순, 소박하다. 어디 정거장만 찾는 것뿐이랴. 앞서 언급했듯이 재래시장과 뒷골목 서민식당도 자주 찾는다. 어려서부터 그렇게 자랐고 또 고생하신 부모님의 정과 한(恨)이 물씬 묻어나기 때문이다.

인간 세상에 정거장과 갈림길이 그 얼마나 있는지 생각해보라. 물론 많은 이들이 한 길을 걸어 왔겠지만 모든 길에는 정거장이 있고 또 교차로가 있다. 쉬었다가 가고 돌아서도 가며 바꾸어 타기도 한다. 비록 한 길을 간다 해도 그것이 외길이지는 않다. 그만큼 세상에는 큰길, 작은 길 그리고 샛길도 많다. 모두 스스로 택하기 나름이다. 마치 높은 산을 오르다 중턱에서 잠시 쉬면 산 위와 산 아래 길이 모두 보이듯, 분주한 생활 속에서도 한시도 쉬지 않고 움직이는 정거장에 가보면 오히려 내가 더 한가해짐의 여유를 느낄 수 있다. 세상의 길들이 모두 보이는 듯한 착각이 들 정도로 순간적인 마음의 여유가 생긴다는 말이다.

이러한 뜻에서 나는 지금도 미국의 시인 로버트 프로스트(Robert

Frost)의 〈걸어보지 못한 길〉을 좋아한다. 지금도 읽는 이에 따라 세상 길 만큼 다양하게 받아들여지기 때문이다.

> 노랗게 물든 숲속에 두 갈래 길이 있었습니다.
> 몸이 하나니 두 길을 다 가 볼 수는 없어
> 사람이 걸은 자취가 적은 길을 택했습니다. (중략)
> 아, 나는 다음날을 위해 한길을 남겨 두었습니다.
> 길은 길로 이어지는 것이기에 다시 돌아오기 어려우리라 알고 있었지만,
> 오랜 세월이 흐른 다음 나는 한숨지으며 이야기 할 것입니다.
> 두 갈래 길이 숲속으로 나 있었다.
> 그래서 나는 사람이 덜 밟은 길을 택했고
> 그것이 내 운명을 바꾸어 놓았다라고.

언제 다시 읽어도 잔잔한 감동이 어리는 시구다. 여기서 프로스트가 말하고자 하는 길은 거친 야생 길도 아니고 웅장한 숲길도 아닌 그냥 우리 주변의 너른 들판에서 보는 숱한 평범한 길이다. 앞서도 회상했듯이, 개척되지 않는 길을 간다는 것이 커다란 도전이요 모험이었지만 나의 경우는 그 길밖에 없다고 판단했기 때문에 당차게 유학의 길을 떠났다. 그래서 지금까지 나의 삶에는 이 고뇌에 찬 결단의 체험이 가장 크고 긴 그림자를 드리워왔다. 나

를 지배해 온 냉정과 열정도 이 그림자 속에서 피고 지고 또 피어
왔다.

이슬비 촉촉이 내리면

나는 가끔 번잡한 정거장에서 나를 이끌어온 이 길을 돌이켜 보
며 내가 지금 어디에 서 있으며 또 어디로 가고 있는지를 조용히
눈감고 가늠해 보곤 한다. 나무에 열리는 과일은 매년 같은 열매이
지만 그 맛이 언제나 새롭듯이 온고지신을 생각한다. 슈바이처의
표현 대로 강물이 모두 새어 없어지지 않는 것은 그 아래 지하수가
흐르고 있기 때문인 것처럼, 지나온 길을 되돌아보는 여유로움은
곧 앞날의 갈 길을 인도하는 작은 불빛이 되리라고 생각한다.

우리네 인생은 끝이 있어도 길은 끝이 없다. 길은 길로 이어지기
에 길손이 길 위에서 길을 묻는다. 비 내리는 정거장 플랫폼에서
떠나가는 열차처럼 저만치 멀어져가는 풍운의 지난날을 추억하며
우수에 젖어본다. 독불장군 아니, 단기 필마 식으로 난파선 타고
폭풍우를 헤쳐 나온 문자 그대로 풍파의 삶을 살아온 것 같다. 우
리 사회를 지배한다는 소위 인맥, 학연, 혈연, 지연 등 그 어느 것
도 혜택 받지 못하고 홀로 강단 안팎에서 열정의 강의와 강연, 인
터뷰 해설 등으로 나름의 명망을 얻고 명예를 쌓아왔기 때문이다.

장영희 교수의 표현을 빌리자면, '살아온 날들의 기적'이라고 할 수 있다. 나의 LSE 박사논문이 1983년 당시 LSE최우수 논문으로 선정돼 400여 년 전통의 케임브리지대 출판부에서 출간된 것은 바로 기적과 다름 아니다. 논문 원본을 수정 보완해 1986년 출간된 책(*America's Commitment to South Korea*)은 지금 전 세계 유명대학과 도서관에 소장되어 있고 한국의 외교안보사를 연구하는 학생 및 학자들 사이에서 이미 일종의 'Bible'로 인식되어 왔다. 모두 하나님이 인도하신 '그 가지 않은 길'을 택한 결과임은 말할 나위가 없다. 아직도 많은 이들이 이 책을 읽고 면담을 요청해 오는 경우가 있고 그 중에는 주한미군 장교나 외교관들도 있음을 참고로 밝혀둔다. 이미 30여 년 전에 오늘의 한미동맹과 한국 안보의 진로를 거의 정확히 예측했다는 정평을 얻었기 때문이다.

정거장에 서면 프로스트의 또 다른 명시 〈눈 내리는 밤 숲가에 서서〉가 떠오른다. 특히 그 마지막 부분인 "숲은 어둡고 깊고 아름답다. 그러나 내게는 지켜야 할 약속이 있다. 잠들기 전에 가야할 먼 길이 있다. 잠들기 전에 몇 마일을 더 가야 한다"는 저 멀리 다가오는 열차소리에 공명을 더해준다. 즉 정거장에 서면 저만치 멀어져가는 과거뿐만 아니라 저 멀리 다가오는 미래가 동시에 보인다. 과거와 현재 그리고 미래가 서로 교차되면서 오가는 가운데 서 있는 셈이다.

그래, 내게도 지켜야 할 약속이 있다. 장차 어디에서 무엇을 할 것인지, 저 다가오는 욕망이라는 전차가 아닌 '미래라는 기차'를 타기 전에 스스로 다짐할 약속이 있다. 무작정 차에 타 편안히 잠들며 가기 전에 아직도 내게 남은 사명이 무엇인지 다시 한번 헤아리고 되새겨 봐야 한다. 무슨 운명의 별을 믿는 것은 아니지만 적어도 윤동주 시인 말대로 "오늘도 가고 내일도 가야 할 내 길은 언제나 새로운 길"이 되리라는 생각은 끊이지 않는다.

이슬비 촉촉이 내리면 다시 정거장에 나가 볼 생각이다. 손에는 가벼운 수필집 한 권 들고 나가보련다. 그리고 우산 속에 한잔 술을 하련다. 나름대로 운치가 있을 것이다. 당당히 홀로 있음으로 내가 주인 됨을 새삼 느낄 것이니까 말이다.

중용적(中庸的) 삶의
태도에 대하여

치우침이 없다

　중용(中庸)이라는 단어는 동양철학과 정치사상에 있어서 가장 중심적인 위치를 차지하고 있다. 그만큼 중용의 의미는 우리의 삶에 주는 가치가 크고 나아가 서양 철학사에 미친 영향도 적지 않았기 때문이다. 공자가 2500여 년 전에 확립한 유교사상의 핵심인 중용은 토인비의 고백대로 그의 역사학 연구에도 지대한 영향을 끼쳤을 만큼 동서고금을 통해 공통의 명제였다. 결코 모자라지도, 넘치지도 않은 '중심과 균형'을 강조하는 이 중용 정신은 그 자체가 미(美)이고 묘(妙)로서 아름답고 지혜롭다.

　이를 쉽게 풀어 해학적으로 가사화시킨 명나라 때 이밀암의 〈중용가〉를 여기서 한번 요약해 보자.

세상만사 정도껏 살아왔어라. 매사는 반반으로 서둘지 않고 여유
있으니 맘도 편하다. 집도 도시와 농촌 간의 중간, 마누라는 미인
도 아니고 박색도 아니며 자식들은 똑똑하지도 모자라지도 않은
중간 정도……. (중략) 천지간에 내가 주인, 정도를 살고 분수를
아는 영감, 그리고 보니 나는 부처님 반 노자 반이런가……. 술도
반쯤 취하면 기분 좋고 꽃도 반쯤 피는 것이 더 아름답다네. 돛도
반쯤 올린 배가 가장 안전하며 재산도 너무 많으면 걱정도 많고
없으면 또 어려우니 단맛 쓴맛 모두 고루 깨닫고 나면 오직 반미
(半味)가 으뜸이로구나!

이 얼마나 명쾌한 중용의 풍자적 해석인가. 우린 얼마나 더 경륜
을 쌓아야 이러한 달관의 경지에 이를 수 있는가. 도연명의 〈귀거
래사〉가 서정적 자연주의를 읊었다면 이밀암의 〈중용가〉는 담박한
생활주의를 노래하고 있다. 담박(淡泊)이란 문자 그대로 담담한 마
음 즉 평안한 평상심을 뜻하는 것으로서 옛 선비들은 이것이 바로
행복임을 가르쳤다. 그래서 〈귀거래사〉와 〈중용가〉는 소동파의 〈적
벽부가〉와 더불어 고려시대와 조선왕조 약 일천 년 동안 우리 선비
문화에 커다란 영향을 끼쳤다. 숱한 피비린내 나는 정쟁과 사화 그
리고 탄핵과 유배로 점철된 봉건 왕조 역사에서 이러한 중용지도

(中庸之道)의 자족자락(自足自樂)한 삶의 노래는 권세와 명예 및 부를 초월한 생활 속의 자연인의 가치를 일깨워 줬던 것이다.

지족상락(知足常樂)이니 지족불욕(知足不辱) 혹은 지지불태(知止不殆)라는 옛 문구 모두 이 중간 정도의 만족을 말하는 중용정신을 닮고 있다. 이는 세상사 있는 그대로 받아들이고 하늘의 뜻을 따른다는 순천응인(順天應人)과 맥을 같이 한다고 볼 수 있다. 그래서 무릇 중용지도(中庸之道)를 따르는 자는 일은 완벽하게 끝을 보려 하지 말고, 세력은 끝까지 의지하려 하지 말며, 말도 끝까지 다하고자 하지 말고, 그리고 복도 끝까지 향유하려 들지 말라고 했다. 이 역시 구구절절이 옳은 말이지만 막상 범인(凡人)들에겐 이처럼 어려운 일이 어디 있을까 싶다. 공자도 간혹 시속을 따랐다고 하는데 하물며 우리 같은 보통사람들이 이 도(道)에 가까운 중용을 생활화한다는 것이 얼마나 어려운 일인가.

노자는 이러한 관점에서 그의 《도덕경》에서 후학들에게 대성약결(大成若缺)의 중요성을 강조했다. 큰 성공은 어딘지 약간 부족한 듯이 보이는 법이라는 뜻이다. 항용유회(亢龍有悔), 즉 하늘 끝까지 올라간 용은 바로 내려와야 하기 때문에 반드시 후회하게 된다는 점을 그렇게 설명한 것이다. 마키아벨리도 그의 《정략론(政略論)》에서 중간정도의 성공에 만족하는 자는 영원한 승자로 남을 것이라고 했는데 이는 자신의 역량보다 조금 모자라는 자리에 앉는 것이 진정한 성공이라는 뜻으로 노자의 대성약결과 같은 의미이다.

이 모두 내게는 금과옥조(金科玉條)와 같은 큰 깨달음을 준다. 김영삼, 이명박 정부에서 장·차관급 정무직을 겪었지만 내게는 큰 관운이 따라주지 않는 것 같다고 아쉬워하는 주변의 지인들이 적지 않았다. 우리 사회 주류인 보수층에서 내가 통일부 장관에 그대로 있었으면 많은 것이 달라졌을 것이라고 공공연히 열변을 토하는 이들이 많았고, 나중에 국정원 제1차장으로 오자 이번엔 더 중요한 일을 하게 되기를 바라는 격려를 많이 받았다. 그도 그럴 것이 한때 외교안보 분야에 거의 문외한인 소위 권력실세나 백면서생의 측근들만 중책에 임명해 온 풍토가 있었고, 심지어 김대중, 노무현 정부 때에는 아예 '좌파' 코드에 맞는 운동권 부류 중심으로 임면하다 보니 당연히 정책과 전략의 시행착오 대가가 너무 클 수밖에 없었다. 그리고 우린 지금 이 대가와 희생을 단단히 치르고 있다. 북한은 이미 핵무장했고 실전배치 단계까지 이르고 있으니 말이다. 이 문제는 제3부에서 자세히 다루도록 하겠다.

어쨌든 이는 모두 나의 '관운(官運)'으로 치부하고 예의 대성약결의 겸허한 자세로 돌아가면 그만이다. 소위 권력실세들에게 굽힐 줄도 모르고 대통령 앞에서도 조심스럽지만 충언과 진언을 서슴지 않았던 내 성격이 어디로 가랴마는, 적어도 자리나 직위의 변동과 관계없이 내가 배우고 익힌 소신과 신념에는 큰 변화가 없었다. 각종 역사적 교훈과 타국의 사례 연구 분석, 그리고 북한 내부

상황에 대한 나의 외교안보와 정보 분야에서 쌓은 적지 않은 실전 경험에 학자로서 체계적인 이론적 무장까지 더해져 확고한 전략현실주의가 정립되어 있었기 때문이다.

살짝 비어있음이 좋다

좀 여유롭게 풀이하자면 나는 무엇이나 꽉 차있는 것보다는 어딘지 조금 부족하다싶은 비어있음이 좋다. 넘치는 것보다는 약간 모자라는 것이 좋다. 팔방미인보다는 한두 가지는 숙맥인 것이 좋다. 그래야 안정감이 있고 안전하다고 믿는다. 나아가 적당한 동정심과 격려 및 용기를 받을 수 있을 뿐만 아니라 그만큼 더 스스로 분발하게 만드는 강한 인센티브로 작용될 수 있기 때문이다. 이와 관련 1600년대 초 일본의 춘추전국시대를 끝내고 천하통일을 이룩한 도쿠가와 이에야스가 남긴 유명한 유훈을 한번 들어보자.

"인생은 무거운 짐을 지고 먼 길을 가는 것과 같다. 결코 서두르지 말지어다. 마음에 욕망이 샘솟거든 곤궁할 때를 생각할 지어다. 참고 견딤은 무사장구의 근원이요, 노여움은 적이라고 생각하라. 차라리 미치지 못하는 것이 넘치는 것보다 나으니라."

400여 년이 지난 지금 읽어봐도 공감이 가는 내용이다. 이는 그가 도요토미 히데요시 밑에서 굴종의 십수 년 그리고 그의 아들 밑에서 십여 년을 절치부심하면서 때를 기다리다 드디어 천하통일의 대업을 이룬 생생한 경험을 유훈화시킨 것이다. 그는 나름의 중용지도(中庸之道)로 중심을 잡고 있다가 기회가 오자 전격적으로 중앙을 석권했다. 그래서 나는 이를 중용지략이라고 부른다.

일찍 핀 꽃은 그만큼 일찍 시들고 출세가 빠른 자는 퇴락도 빠르다는 역사적 사례를 우리는 수없이 많이 봐왔다. 총칼로 뜻을 이룬 자 결국 그것으로 망하고, 말(言)로 흥한 자는 말로 그 거품이 꺼지며, 그리고 펜으로 명성 얻는 자도 필화(筆禍)로 사라진다는 것은 인간사의 변함없는 진리이다.

김수환 추기경은 평소 신도들에게 다음의 다섯 가지를 생활화시키는 것이 중요하다고 강조했다. 언(言), 소(笑), 화(火), 애(愛), 기(祈)가 그것이다.

일종의 중용적 생활 자세를 당부하신 것인데 우선 언(言)은 말은 가급적 아끼고, 또 하더라도 신중히 하라는 뜻이다. 소(笑)는 미소와 웃음을 말하며 자주 그리고 많이 웃고 살라는 미소철학이다. 그리고 화(火)는 화내지 말라, 화는 오직 화(禍)를 부를 뿐이라는 것이다. 애(愛)는 서로 사랑하라는 종교의 본질을 말하며, 기(祈)의 기도는 믿는 자의 권리이자 신성한 의무이니 반드시 생활화하라는 당부이다. 이 다섯 가지만 잘 지키면 그것이 바로 중용이 아니고 무엇이겠는가. 우리가 성인군자가 아닌 바에야 물론 이 모두를 잘 따르기는 어렵겠지만 미소 띤 얼굴로 어려워도 주어진 현실에 순응하고 감사하며, 나아가 서로 사랑하고 더불어 기도하는 공동체를 꾸린다면 그것이 바로 생활 속의 천국일 것이다.

특히 우리처럼 가르치는 것을 업으로 삼은 학자들에게는 언(言)이 중요하다. 말을 아끼는 것은 물론 말을 해도 신중히 해야 한다. 정확한 용어와 개념을 사용해야 하고 과언은 절대금물이다. 그래서 지자(知者)는 불언(不言) 혹은 희언(希言)이요, 부지자(不知者)는 과언이라고 했다. 촌철살인의 미소 띤 조언으로 영국 빅토리아 여왕을 보필한 19세기 중반 명재상 벤저민 디스레일리도 '큰일을 하는 자는 작은 일에 매달리거나 결코 평정심을 잃어서는 안 된다'고 했다. 특히 화를 잘 내는 사람은 명(命)도 짧으니 그와 더불어 큰일을 도모하지 말라고도 했다. 김 추기경의 당부와 같은 맥락이다.

그렇다. 다시 한번 강조하시만 중용적 삶의 키워드는 바로 평정심이다. 평안함은 마음의 안정됨을 의미하니 우선 '정(定)', 즉 차분해져야 한다. 그리고 이것이 일상화되면 그것이 곧 평정심이 된다. 이론적으로는 이렇듯 쉬우나 실천하기는 결코 쉽지 않기에 옛 선비들은 늘 수기치인(修己治人)을 강조하며 군자지도(君子之道)는 곧 중용지도(中庸之道)임을 되새겼다. 군자는 항상 마음이 평안하나 소인은 늘 근심하고 걱정한다. 평안하면 인생을 밝은 빛 속에서 사나 그렇지 않으면 어둠 속에서 여생을 마친다고 가르쳤다. 세상사 따지고 보면 지나는 바람처럼 사소한 것, 이 또한 지나갈 것이기에 매사를 너무 심각하게 생각하지 말라는 계훈은 그래서 나왔나 보다.

중용, 정말 씹을수록 단맛이 나는 단어가 아닐 수 없다.

주 캐나다 대사 시절:
짧은 재임, 긴 경험

명예로운 특명

대사(특명전권대사)라는 직책은 매우 고귀하고 또한 화려하다. 특명전권대사는 최고의 외교관으로 주재국에서 대한민국을 대표하며 주권국가의 치외법권적 지위를 갖고 국익의 최전선을 담당하는 위엄과 권위가 모두 주어지는 자리이다. 그것도 강대국이거나 우리 교민이 많이 거주하는 나라일수록 그 권한도 커지는, 문자 그대로 나라의 '특명'으로 '전권'을 위임받은 대단히 명예스러운 직책이다. 그래서 나는 비록 짧은 재임기간이었지만 주 캐나다 한국대사직을 역임했다는 사실 자체를 매우 자랑스럽게 여기고 있다. 즉, 짧은 재임기간이었으나 나름대로 '긴 경험'을 한 소중하고 명예로운 시간이었다고 생각한다.

어떤 의미에서는 유학시절의 꿈이 부분적으로 이루어졌다고 할
수 있다. 당시 내게 주 영국대사 자리가 그렇게 높아 보일 수가 없
었다. 말이 좋아 유학생이지 가난한 고학생에 불과했던 내 눈에 현
지 대사는 대단한 고관대작이었고 그 화려한 의전적 위엄은 마치
'현지의 한국 대통령'을 대하는 듯 위압감이 들 정도였다. 그래서
그 때 난 꿈꾸었다. 언젠가 나도 한번 저 위치에 꼭 서보리라고. 그
리고 마침내 '그 꿈'이 이루어졌다.

▲ 주 캐나다 특명전권대사 임명장을 받고 이명박 대통령 내외와 함께 한 우리 부부
(2011.8.)

2011년 7월 1일 주 캐나다 대사로 내정된 것이다. 만 59세, 장관직을 용퇴한 지 3년여 만이요, 꿈을 처음 꾼 지 34년 만의 일이다.

2008년 3월 초 통일부 장관직을 비감하게 용퇴한 후 한때 대사 직 보임이 거론된 적은 있었지만 행여나 조급해 한다는 인상을 줄 까봐 일단 쉬어간다는 생각이었다. 또한 원한다고 아무 때나 갈 수 있는 자리가 아닌 만큼 어디에 언제 공석이 생기는지도 알아보고 움직여야 하고 특히 강대국의 경우는 대통령의 결심이 있어야하기 때문에 매우 신중하게 처신해야 한다.

그래서 일단 대통령께 부담도 드리지 않으면서 명예도 회복할 수 있는 자리로 국제안보대사직 보임을 받았다. 대외직명 대사로 비상근이나 정부의 외교안보정책 수립에 조언을 할 수 있는 공식 직책이었다. 무엇보다도 큰 무리 없이 활동하며 정치적 공세로 황 당히 실추된 나의 명예를 회복할 수 있기 때문에 제의를 기꺼이 받 았다. 2009년 12월 초의 일이었고 임기는 2010년 1년으로 연장도 가능했다. 이 기간에 대통령의 제1차 핵안보정상회의(2010년 4월 초 워싱턴)를 수행했고 청와대서 분기별 대통령 주재 자문회의에 참가 하여 적극적인 의견도 개진하였다. 또한 국제안보대사 직책으로 베이징에서 열린 한중전문가 회의와 일본 특강 출장도 다녀왔다. 그리고 방송 출연 등 공식적인 대외정책 홍보활동도 적극 나서며 나의 '건재함' 을 국민들에게 알리는 것을 물론 게을리 하지 않았다.

그렇게 2010년을 보내자 이번엔 정식 특임공관장으로 나가 본격적인 특명전권대사 역할을 하고 싶었다. 욕심이 없었다면 거짓말이다. 시퍼렇게 기개가 살아있고 아직 기상이 넘치는데 왜 일 욕심이 없겠는가 말이다. 언제부턴가 내 가슴 속에는 "구하라. 그리하면 얻을 것이요, 찾으라. 그러면 찾을 것이고, 두드려라. 그리하면 열릴 것이다"는 성경 말씀이 깊이 새겨져 있었다. 그래서 결국 캐나다 대사직을 보임 받았던 것이다.

캐나다는 G7국가로서 사실상 강대국이다. 면적으로 세계 2위 국가이고 방대한 천연자원을 보유하고 있는 '미래의 국가(A Country of Future)' 라고 불리는 부국이다. 우리 교포도 25만 명이나 살고 있고 미국과 바로 국경을 대고 있어서 생활권이 서로 묶여있는 이민 선호 1위국이다. 우리 외교관들도 한 번쯤은 근무하고 싶어 하는 선진국이기 때문에 대사직을 받는다는 것은 상당한 영광이 아닐 수 없다. 더욱이 직업 외교관 출신이 아닌 특별히 주어진 특임 공관장으로서 캐나다 부임은 박정희 대통령의 사위 한병기 대사 후 32년 만의 일이다. 그러니 설레는 기대감 못지않게 나의 각오는 클 수밖에 없다. "그래 이제 본격적으로 다시 시작해 보는 거야" 다짐하면서 마음의 준비를 단단히 했음은 물론이다.

그래서 부임하자마자 나는 나름의 중장기적인 계획을 세우고

▲ 주 캐나다 대사 재임 시 집무실에서(2011.10.)

매우 체계적으로 움직였다. 그도 그럴 것이 보통 특임공관장은 약
3년 정도 재임한다지만 나는 언제라도 '조국의 부름'이 있으면 응
할 수밖에 없는 이른바 안보통일전문가이기 때문에 재임기간과 관
계없이 일단 최선을 다해야 할 상황이었다. 다른 직업외교관 출신
대사들처럼 시간을 갖고 취미생활도 하는 등 인생을 적절히 즐길
여유가 없었던 것이다.

　사실 나는 부임 초부터 왠지 오래 재임할 것 같지 않다는 예감을
갖고 있었다. 우리 안보상황이 김정일 와병과 후계 권력 분화조짐
으로 점차 예측불허의 상황으로 접어들고 있었기 때문이다. 나의

이런 예감은 불과 10여 개월 후 국정원 제1차장으로 전격 이동함으로써 결국 적중하고 말았다.

평화, 실용, 공공 외교

대사라는 자리는 화려한 의전과 품격 있는 예우를 받는 최고 엘리트 직분이면서도 한편으로는 국익을 위해서는 무슨 일이든 찾아나서야 하는 특성의 두 얼굴을 갖고 있다. 그래서 나는 이른바 '3P' 외교활동 방향을 설정하고 직원들을 독려하며 부임 초부터 동분서주 하였다. 여기서 3P란 평화, 실용, 공공(Peace, Pragmatic, Public)의 외교를 말한다. 우선 'Peace'는 문자 그대로 평화 외교로 한반도 평화와 안보를 위해 캐나다 정부와 각국 외교관들에게 최대한 지원과 협조를 구한다는 방침을 말한다. 이는 우리 외교의 전통과 부합되는 것이지만 급변하는 남북한 관계와 북핵 위협, 그리고 역동하는 주변 강대국들과의 관계 등을 실시간 감안한 매우 적극적이고 전략 현실주의적 외교활동 요구를 수반한다. 더욱이 이 분야는 나의 전공이기 때문에 누구보다도 더 전문적이고 고도로 세련된 외교활동을 해야 한다는 사명감 같은 것이 있었다.

두 번째 'Pragmatic'은 실용외교를 뜻하며 주로 경제 분야에 관한 것이다. 캐나다는 방대한 영토에 걸맞은 천연자원을 보유하고

▲ 캐나다 6.25참전용사탑 헌호 및 격려(2011.9.)

있는 자원부국이다. 따라서 캐나다와 자유무역협정(FTA)을 조속히 추진하는 것이 국익을 위한 길이며, 다양한 크고 작은 경제협력과 교류를 증진해야 하는 과제를 안고 있었다. 이 분야야말로 상생의 동반자 관계를 '윈-윈(Win-Win)' 모델로 구축할 수 있는 명분이 서기 때문에 나는 나름대로 자신이 있었다.

그리고 세 번째 'Public' 외교는 공공외교를 말하며 비단 정부차원 뿐만 아니라 민간 부문 및 비정부 기관과 단체(NGO)간의 교류 협력의 활동 영역을 넓혀 양국 간 인적, 물적 상호 동반자 관계를 21세기형으로 한 단계 업그레이드 시키겠다는 야심찬 계획이다.

캐나다는 6.25 참전국이며 우리의 전통 우방이다. 뿌리는 영연방이며 줄기와 가지는 우리의 유일한 동맹국인 미국과 한 배를 탄 입장이다. 따라서 나의 이러한 3P외교는 한 · 캐 수교 50주년(2013)을 맞이하여 시의 적절한 방향이었으며, 캐나다 정부 관계자 및 의회지도자들의 반응도 매우 호의적이었음은 물론이다. 나는 이 3P 외교 방침을 우리 대사관 홈페이지에 올리고 본국정부에 보고함과 동시에 우리 교민들에게도 대사 담화문 형식으로 적극적인 동참을 독려하였다. 또한 현지의 외교전문지와 특집 인터뷰를 갖고 오타와 외교가에도 대대적인 홍보를 하는 것도 잊지 않았다.

▲ 주 캐나다 특명 전권대사로 부임하여 존스턴 총독에게 신임장을 제출하고 기념촬영했다. (2011.9.5.)

여기서 외교활동을 일일이 다 설명할 수는 없겠지만 적어도 나는 짧은 재임기간이나마 수많은 만남과 초청, 그리고 회합을 가졌음을 매우 자랑스럽게 말할 수 있다. 지금 생각해보니 단 하루도 헛되이 보내지 않고 주재국 주요 인사들에 대한 예방 및 면담을 가진 것 같으며, 각종 NGO단체 및 참전용사들과의 회합도 수없이 가졌다. 이는 또한 그만큼 우리 관저로 초청한 오·만찬 행사도 빈번했음을 뜻한다. 본국정부에서도 나의 이러한 부지런함을 각종 전문보고를 통해 물론 잘 알고 있었다. 여기서 나는 사랑하는 아내의 훌륭한 내조 덕을 톡톡히 봤다.

아내는 부임 초부터 각국 대사들의 배우자들 모임인 HMSA(Head of Mission Spouses Association)와 상하원의원 배우자들의 모임 PSA(Parliamentary Spouses Association) 사이의 가교역할(liaison)을 맡을 정도로 활동적인 내조 외교를 펼쳐 나를 '감동' 시켰다. 나 못지않게 천성적으로 부지런한 아내는 영문학 교수답게 유창한 영어를 구사해 쉽게 오타와 외교가에 동화되었으며 특히 예의 공공외교 부분에서 나름의 뛰어난 두각을 나타냈다. 특히 상원의장 부인, 여성인 대법원장, 여성장관 및 의원들뿐만 아니라 미국, 독일, 일본, 프랑스, 스위스, EU, 터키, 인도 대사 부인 등과도 매우 친밀한 인간관계를 맺고 활동하는 바람에 캐나다에 한국 대사가 '두 명' 이라는 호평까지 받을 정도였다.

아내가 오타와를 떠날 때, 공항에 여성인 캐나다 의전장이 배웅하며 마치 친자매가 이별하듯 눈물의 작별인사를 나누었다. 이것은 아마도 냉엄한 외교 현장에서 쉽게 볼 수 있는 장면은 아닐 것이다. 그 이야기를 조금 더 이어보면, 2013년 2월 한 · 캐나다 수교 50주년 행사에 김황식 총리가 오타와를 방문했을 때였다. 상원의장 부인이며 장관들, 대사들 부인들이 "서울 가면 '미숙'에게 안부를 전해 달라"고 해서 총리는 '미숙'이 누구인지 확인하고는 내게 소식을 전해 주셨다. 내 아내의 이름이 '엄미숙'이다.

'병가(兵家)의 팔자'

돌이켜보면 주 캐나다 대사 시절이 내 인생의 화려한 외출이자 '따뜻한 양지'의 한 때가 아니었나 싶다. 모든 것이 하나님의 은혜로 감사하고 또 감사할 일이다. 그러나 겉으로는 이렇듯 화려하고 따뜻했지만 안으로는 3P론에 보듯 매우 긴장되고 신중한 경험을 쌓던 귀중한 한 때였다. 뜨거운 가슴 못지않게 차가운 머리로 국익을 대표해야 하는, 퇴계 말씀대로 냉관(冷官)이 되지 않으면 안 되었다. 퇴계와 다산은 관리는 반드시 이 냉관의 자세를 잃지 않아야 한다고 가르쳤었다. 아마 3년 정도로 예정된 대사임기를 다 채웠었더라면 나는 전혀 새롭게 변신된 모습으로 귀국했을지도 모른다.

지금도 유튜브 동영상으로 떠있는 당시의 활동상을 보노라면 실로 만감이 교차한다. 아! 세월은 이토록 빠르고 세상은 이렇듯 자주 변해 가는가.

운명의 여신은 이러한 양지를 마치 질투라도 한 듯 어느 날 갑자기 나를 '음지'의 책임자로 이동시켜 버렸다. 앞서 언급했듯이 부임 10여 개월 만에 국가정보원 제1차장을 맡으라는 대통령의 전격 발탁이었다. 김정일 사망(2011.12.) 이후 대북 정보와 공작 역량이 시급히 보강될 필요가 있어 대통령께서 내린 고뇌에 찬 결심이라 생각하고 기꺼이 부름에 응하였다. 그리하여 나는 5월 15일 부로 새 임무를 맡기 위해 서둘러 오타와를 떠났다. 뒤에 별도의 장에서 제1차장 시절을 자세히 다루겠지만, 예정된 임기의 1/3정도밖에 채우지 못하고 대사직을 이임해야하는 마음 한 구석에 왠지 서운하고 허전함을 금할 길 없었다.

캐나다 전역을 누비며 3P외교전선 현장을 뛰어다니다 이제 겨우 한숨 돌리고 골프 등 취미생활을 해보려하니 느닷없이 더 무섭게 뛰어야하는 대공전선 사령관으로 가게 된 것이다. 왜 너털웃음 속이나마 서운함을 감출 수 없었겠는가 말이다. 아무래도 내 팔자는 놀면서 일할 팔자는 못 된다는 생각에 그냥 한잔 술에 허허 하고 웃고 말았다. 아니 오히려 부족한 나를 그만큼 인정해주신 대통령께 감사할 뿐이었다. 당시 정부 안팎에서는 정권 초기에 부당하게 정치공세에 희생양이 된 나에 대한 폭넓은 동정심이 있었고, 특히 나의 독특한 경력에 쌓인 역량을 높이 평가하는 기류가 있었던 것은 사실이다. 앞서 '열두 고개' 인생길에서 밝혔듯이 이 몸처럼 외교, 안보, 통일, 정보 각 분야에서 정무직 실무를 겪고 동시에 대학원장 출신의 전문 학자 관료는 거의 없었다고 해도 과언이 아니다. 한 마디로 나는 매우 독특한 경력의 소유자였던 것이다.

그리고 바로 이 경력이 나를 숙명처럼 지배해 잠시도 쉬고 놀게 내버려두지 않았던 것이다. 이것이 나의 운명의 '별'인가 생각하고 나는 외곽에 예의 순천응인의 자세로 겉돌며 머무르는 듯하다가도 늘 정 위치로 돌아오곤 했다. 새삼 세상사는 모두 거친 파도와 같고 인심 또한 거친 바람과 같다는 옛말이 생각난다. 지금까지 걸어온 길, 그리고 앞으로 가야할 길에 대해서 너무 회한에 젖거나 고심할 필요가 없다. 언제나 내 길은 내게 새로운 길이고 나는 늘 감사한 마음으로 그 길을 갈 각오가 되어있기 때문이다.

키케로의 지적대로 권위란 명예롭게 살아온 날들의 자연스런 결실일 것이다. 나는 내게 주어진 작으나마 소중한 경험들을 오직 감사해 할 뿐이다. 지난날의 양지를 아쉬워 할 필요가 없고 앞날의 음지를 함부로 예단할 필요도 없다. 성경 말씀대로 내일 일은 내일에 맡기면 되는 것이다. 어떤 분이 나이 80에 주요국 대사를 맡은 것을 보니 나 역시도 언젠가 또 다시 대사직을 맡을지 아직 나는 모른다.

하나 분명한 것은 주 캐나다 대사시절 비록 그 재임기간은 짧았
지만 참으로 길고 깊은 경험을 쌓은 것이다. 그리고 이 경험은 곧
경륜이 되어 어떠한 형태이든 나라의 앞날에 보탬이 될 것으로 확
신한다. 이러한 신념은 특명을 받은 지 3일 만에 새 임지로 떠나는
내게 보내준 캐나다 수상실 관계자와 외교장관 및 보훈처 장관의
격려 전화에서도 힘을 얻었다.

그들은 서둘러 떠나는 나에게 "캐나다 국익에는 당신이 떠나면
손실이지만 한국안보의 앞날을 위해서는 빨리 새 임무를 수행하는
것이 옳다"며 용기를 주었던 것이다. 지금도 그 목소리가 생생히
기억나는 참으로 감동적인 격려였다. 세월이 가도 내 어찌 그들의
뜨거운 관심과 우정을 쉽게 잊으랴……

현실을 직시할 용기가 서면 모든 것은 단순하고 분명해진다. 또 다른 재앙적 실수를 되풀이 하지 않기 위해서 우리의 정책은 선 안보 후 통일 정책이 되어야 한다. 즉, 안보정책의 결과로 통일이 주어지는 것이지 그 반대가 아니라는 뜻이다.

3

안보와 통일은 일체다
_우국론(憂國論) 소고

《징비록》
산실에서

지난 1993년 초 관직에 나오면서부터 나를 지배해 온 3권의 고전이 있었다. 이미 언급했다시피 퇴계의 어록과 다산 정약용의《목민심서》그리고 서애 류성룡의《징비록》이 바로 그것이다.《퇴계어록》이 선비와 사대부의 수기치인(修己治人)의 도를 다룬 것이라면 다산의 목민심서는 목민(牧民) 즉 관직(官職)에 있는 자의 덕행(德行)과 인치(仁治)의 중요성을 강조했다. 이에 비해 서애의《징비록》은 한마디로 국난 극복의 의지와 능력, 즉 위기관리 문제를 구체적으로 적시한 생생한 사실적 훈계록이다. 따라서《징비록》은 이 분야를 전공한 나 같은 몇 백 년 후학들에게는 대단히 귀중한 살아있는 역사교훈이 아닐 수 없다.

《징비록》을《퇴계어록》과 다산의《목민심서》를 먼저 읽고 나서

읽어보니 더욱더 가슴에 와 닿음을 느낀다. 평시(平時)의 도를 바탕으로 전시(戰時)의 책략(策略)을 논하니 국가와 민족의 백년대계를 위한 하나의 큰 그림이 그려지기 때문이다. 그래서 이 3권의 불후의 고전은 지금까지도 그래왔던 것처럼 내가 관직에 있건 없건 아마 평생 나의 사고방식과 행동양태를 지배할 것이다.

2015년 8월 15일 광복절에 나는 《징비록》의 산실인 안동 하회마을 서애 고택을 방문하고 집필하신 바로 그 방인 원락제(遠樂齋)에서 이틀 밤을 아내와 함께 보냈다. 광복절의 의미를 되새길 역사적 장소로 이곳을 택했으며 아예 뜻 깊은 여름휴가로 생각했다.

2박 3일간 이곳을 지키고 있는 서애의 종손들과 같이 식사도 하고 대화도 나누며 서애 조상의 숨결을 느끼고자 했다. 선생의 족적과 그 기상을 잇고자 원락제 구석구석을 거닐고 맴돌며 깊은 명상에도 잠겨봤다. 당시 《징비록》을 집필하다가 생각을 멈추고 앉았던 큰 바위돌과 직접 심으신 이젠 낙락장송이 된 그 거목 밑에서 나름의 기운도 느껴봤다. 발 아래 유유히 흐르는 낙동강을 바라보며 이 원락제 언덕에서 얼마나 깊은 시름에 잠겨 나라와 민족의 앞날을 걱정했을까를 생각하면서 서애의 우국충정과 애민의 한에 새삼 숙연히 고개 숙여졌다.

《징비록》은 우리가 익히 알다시피 1592년 발발해 7년간 지속된 임진왜란 시 서애 류성룡이 영의정 겸 도체찰사(총사령관)로서 몸소 겪은 비감한 국난극복사이다. 《징비록(懲毖錄)》은 문자 그대로 "지난날의 잘못을 징계해 후일의 어려움에 대비하자"는 뜻의 역사기록이다. 다양한 번역본과 해설서가 있지만 여기서는 내가 이 대부분을 읽고 나름대로 요약한 내용만 간략히 인용하면서 나의 감회를 덧붙여볼까 한다. 특히 송복 선생의 《류성룡, 나라를 다시 만들 때가 되었나이다》를 많이 참조하였다.

왜적이 침략하자 아무런 대책도 없이 우왕좌왕하던 조정을 보고 "나라가 나라가 아니다"며 "정말로 어떻게 해야 할 바를 알지 못하겠다"고 발을 구르며 한탄했던 서애, "아무것도, 아무도 없다. 무엇을 어찌해야 하며 또 어디로 갈 것인가, 백 번을 생각해도 계책이 서지 않는다. 오직 하늘이 돕지 않고는 살아갈 길이 없다"며 피를 토하듯 절규했던 이 위대한 조상의 한이 가슴에 생생히 울리는 듯하다. 그 가슴 메어지는 심정, 오직 천찬(天贊), 즉 하늘의 도움만 바라보며 수없이 천찬을 외칠 수밖에 없었던 서애의 절규는 아직도 내 가슴속에 비장히 살아 움직이고 있다.

과거는 지나간 오늘이고 또 내일은 다가올 오늘이라는 나의 철저한 전략현실주의 역사관 때문이다. 즉 역사는 단순히 지난날 기록이 아니라 그 큰 흐름은 세상사의 진리로서 마치 길이 길로 이어지듯 계속 변함없이 살아 움직인다는 뜻이다.

20만 왜군이 침략했는데도 정작 싸울 수 있는 조선군은 통틀어

2천 명도 되지 않았으며 그나마 제대로 된 무기도 없고 식량마저 없었으니 어찌 통한의 천찬을 부르짖지 않았겠는가. 돌이켜보면 이는 1950년 6.25전쟁 당시 이승만 대통령이 북한 공산침략군에 속수무책으로 당하면서 오직 하늘만을 우러러 간절히 구국기도를 올린 것과 크게 다르지 않다. 아무것도 없이 무작정 '북진통일'만 외치다 북한군의 일방적인 기습 공격을 당했으니 그 얼마나 황망했을 것인지 능히 짐작이 간다. 또한 구한말 불과 수백 명도 안 되는 신식군대를 갖고 막강한 일본제국 군대 십 수만의 내침(來侵)을 그냥 지켜봐야했던 충정공 민영환이 결국 자결을 택한 것도 같은 맥락의 비극이었다고 할 수 있다.

 "우리가 하는 것도 오늘에 달려있고 망하지 않는 것도 오늘에 달려있으니 뒷날로 미룰 수는 없습니다"하며 무능한 선조를 보좌 아닌 '지도'한 서애 정신이 바로 위에 지적한 전략현실주의의 원조격이다. 군인이 아닌 선비 출신으로서 정무와 군무를 총괄하며 영의정 겸 도체찰사로서 전시체제를 이끈 서애는 조선왕조 500년 역사상 거의 유일한 국난극복의 명재상이었다. 그가 부르짖은 망전필위(忘戰必危)와 군국기무(軍國機務) 정신과 자주, 자립, 자강력 원칙은 무려 416년이 지난 지금의 현실에서도 그대로 적용된다고 할 수 있다. 작금 우리의 실로 한심한 안보현실이 이를 잘 증명하고 있지 않은가.

나를 비롯한 적지 않는 학자들이 그토록 경보를 울렸음에도 불구하고 무능한 지도자와 부패한 정치인들은 북핵 위협의 심각성을 그간 과소평가 해왔다. 특히 내가 벌써 10여 년 전에 내놓은 졸저 《통일은 없다: 바른 통일의 생각과 담론》은 북한 후계 리더십의 예측불허의 행동양태로 인해 우리가 통일의 구호에만 매달릴수록 오히려 북의 핵 공갈, 협박이 더 현실화 된다고 구구절절 경고했었다. 정확히 작금의 상황을 예고된 현실로 미리 내다보고 경보한 것이다. 그러나 내가 무슨 극우 '반통일주의자'인 것처럼 매도했던 이들이 아직도 야당 정치권에서 큰 소리치고 있고 이에 묵시적으로 동조하듯 방관한 여권의 인물들이 지금도 주요 위치에 있다.

이들은 모두 서애가 《징비록》에서 외친 망전필위, 즉 전쟁을 잊으면 필히 위기가 온다는 점을 제대로 깨닫지 못한 것이다. 나아가 군국기무, 즉 안보를 모르면 나라를 운영할 수 없다는 철칙을 통일 환상에 젖어 아예 잊은 듯 해왔다. 그래서 그들은 나의 '선 안보 후 통일'의 전략현실론을 곡해해 '통일이 궁극적인 안보다'라는 지극히 비현실적인 정치적 논리로 일관해 온 것이다.

북한은 핵무기 개발 단계를 넘어 이미 실전배치를 준비완료 했고, 육해공(ICBM, ALBM, SLBM) 3면에 걸쳐 동시다발로 핵무기로 공격할 능력까지 갖추었다. 김일성이 생전에 자주 썼던 표현인 "핵무기로 남조선을 인질삼고 미제와 담판하겠다"는 호언장담이 이제 구체적인 현실로 드러나고 있다. 6.25전쟁의 교훈을 쉽게 잊은 자들이 오로지 6.15(2000년 남북정상회담의 '낮은 단계 연방제' 합의 선언)식 추상적 통일 환상에 젖어 우리 안보의 구체적 현실을 철저히 왜곡해 온 것이다. 북 지도부는 6.25식 직접 침략은 어려우니 이제 6.15식 간접공략으로 바꾸라는 대남공작 지침을 이미 내린 상태였다. 즉 6.15합의문에 대한 우리 측 선의의 기대를 악용해 대남 통일전선 전략 명분으로 삼은 것이다. 나는 바로 이 위험을 경고했었다.

어떤 의미에서 적(敵)은 우리 내부에도 있는 셈이다. 그리고 이 뼈아픈 지적은 이미 서애가 《징비록》에서도 분명히 남기지 않았는가 말이다.

서애가 "지도자가 군사를 모르면 나라를 적에게 넘겨주는 것과 같다"고 경종을 울린 것은 바로 권력투쟁과 탁상공론만 일삼던 내부의 적에 대한 경고나 마찬가지였다. 주인의식이 없는 자들과 국사(國事)를 논할 수 없었던 것이다.

안보가 국권과 국체의 기본이 되어야 한다며 군국기무처와 훈련도감을 설치하고 변방에는 높은 성벽을 쌓고 포를 많이 배치하라고 했던 것은 바로 곧 닥칠 병자호란(1636년)을 정확히 예측한 실로 위대한 선견(先見)이었다. 나아가 왜적은 중국이 약해지거나 반대로 저들 내부의 힘이 축적되면 반드시 밖으로 침략행위를 저지르는 천하의 몹쓸 족속이니 백년 후를 대비하라고 한 것도 19세기 말일제의 침략까지 내다본 가히 뛰어난 역사적 혜안이 아닐 수 없다.

이 위대한 조상 서애 류성룡은 선비의 뜻은 담대하며 기개는 곧고 바르다는 청개(淸介) 정신의 대표적인 표상이다. 그래서 일찍이 퇴계선생은 서애를 "하늘이 내린 인재(人材)"라고 극찬했었다. 자고로 명예와 위상이 높으면 그만큼 질투와 시기심도 높아진다고 했던가, 정말 더 무서운 적은 내부에 있었다. 간신모리배들은 전쟁이 끝나자마자 황당하게 서애를 탄핵하고 나섰다. 소위 왕을 잘못 보필한 책임을 묻겠다는 것이다.

이에 서애는 구차한 변명도 필요 없이 청개함 그대로 주저 없이 물러났다. "아무도 류성룡을 대신 할 수 없습니다"(영의정 이원익), "류성룡은 값을 매길 수 없는 사람입니다"(도승지 이항복과 대사헌 이덕형)는 탄원에도 불구하고 서애는 홀연히 떠났다. 그야말로 무사심(無私心)의 극치가 아닐 수 없다.

그리고 바로 그날(1598.11.18.) 서애가 그토록 아끼고 믿었던 이순신 장군도 장렬히 전사했다. 온 백성들이 오직 믿고 따랐던 두 영웅이 홀연히 떠난 것이다. 서애의 뛰어난 지인지감(知人之鑑)이 이순신을 발탁하여 청사에 빛나는 군신(軍神)으로 만들었고, 그리고 이순신의 진충보국(盡忠報國)이 서애를 구국의 명재상으로 만들었음을 백성들은 너무나 잘 알고 있었다. 한마디로 이 '위대한 만남'이 없었으면 조선도 없었음을 백성들은 가슴깊이 알고 있었다. "우리 강토의 땅은 한 치도 적에게 넘겨줄 수 없다"며 명과 왜의 조선분할 강화음모를 저지하는 한편, 백성을 구휼하고 선무하느라 피를 토하듯 동분서주 했던 서애와, "단 한 명도 살려 보내지 말라"며 끝까지 왜적을 격파히디 최후를 및은 이순신, 오늘날 우리가 있기까지 이 두 위대한 조상이 이룬 역사적 공덕은 결코 잊을 수 없을 것이다.

"소매 속에 적을 이길 계책은 있지만 가슴속에 백성을 구할 대책이 없노라"며 장탄식을 한 이순신의 비감함은 바로 서애 선생의 절규와 다름 아니었다. 바르고 빠른 판단력과 두려움 없는 용기의 결단력은 하늘이 내린 이 두 영웅의 닮은꼴이었다. 여기서 새삼 당시 역사의 뒤안길을 모두 짚어 보려고 하는 것은 아니나, 적어도 이 영웅들의 위업을 기리는 차원에서 인간적인 면모와 고뇌를 다시 한번 되새겨 보는 것도 큰 의미 있는 일일 것이다. 그래야 오늘날 우리가 직면한 위기를 대처하는데 필요한 사적(史的) 통찰력을 구할 수 있기 때문이다. 이것이 바로 서애가 뜻한 《징비록》의 참된 유산이다.

안보 없는 민생 없고 민생 없는 종묘사직은 없다는 군국기무의 확고한 신념을 바탕으로, 국난에 처해 위기관리를 위한 거시적 안목과 전략전술에 관한 미시적 시각까지 갖추었던 서애 류성룡은 500여 년 조선왕조 역사에 있어서 거의 유일무이하게 문무(文武)를 겸비한 재상이었다. 전시 재상으로서 위로는 무능력한 임금과 대

▲ 차관직인 민주평화통일 자문회의 사무차장직 임명장을 받고 김영삼 대통령과 함께 한 공식촬영. 그간 비슷한 직급인 국가안전기획부 안보통일 보좌관(특보)의 '음지'에서 이제 '양지'로 나온 셈이다. (1995.12.)

신들을 준엄히 일깨우고 꾸짖으며 무기력한 군 지휘관들을 직접 통솔하는 한편, 밑으로는 민초들을 선무해 의병으로 구국의 대열에 앞장서게 한 그 불꽃같은 기개와 기상은 구국제민(救國濟民)의 가장 뛰어난 표상이라고 할 것이다.

내가 1995년 당시 국가안전기획부 특보 시절에 썼던 《통일의 길, 그 예고된 혼돈》은 바로 다가올 위기에 대비할 내 나름의 '징비록'이었음을 여기서 겸허히 밝혀둔다. 징비는 비단 과거의 교훈에만 국한된 것이 아니라 미래의 국란에 대해서도 '예고된 현실'로서 경계해야 하기 때문이다. 뒤에서 후속 편인《통일은 없다: 바른 통일의 생각과 담론》에서 다시 상술하겠지만 내가 통일은 대박이기 이전에 반드시 먼저 대란(大亂)으로 다가온다고 경고한 것도 다 같은 맥락이다.

서애는 평소 "내 평생 꿈꿀 적에 어떤 예지적 징험(徵驗)이 많았다"고 회고 한 적이 있었다. 항상 나라와 민족의 앞날을 생각하고 현실을 걱정하다보니 절로 생긴 일종의 하늘이 내린 예지력을 말함이리라. 이 또한 나를 다시 한번 크게 깨우치게 하는 구국, 호국의 '혼불' 같은 말씀이다. 나 역시 두 번이나 대통령 선거참모로서 당선에 기여하고 국정을 보좌한 경험이 있어서 그런지 몰라도 위기 시마다 대통령과 숙의하는 꿈을 자주 꾼다. 심지어 김일성과 김정일, 특히 김정일과 논쟁하고 담판하는 꿈까지 간혹 꾸곤 한다. 이 무슨 기이한 일인가 싶지만 남북 간에 파고 높은 긴장감이 조성되고 북의 핵과 미사일 위협이 갈수록 도를 더하다보니 나온, 일종의 직업적 잠재의식의 발로라고 생각할 수도 있겠다.

그러나 내게도 신비롭게도 어떠한 꿈의 예지력이 있지 않은가 하고 '꿈'을 꿀 때가 있다. 돌이켜보면 지난 30여 년간 주요 위기 시마다 내가 진단하고 예단한 일들이 거의 대부분 현실로 드러나 있기 때문이다.《통일의 길, 그 예고된 혼돈》과《통일은 없다: 바른 통일의 생각과 담론》은 다 그래서 붙여진 제목이다. 이 또한 작금 김정은의 벼랑 끝 핵 공갈 협박이 잘 증명해주고 있지 않은가. 그래서인지 언제부턴가 지인들 사이에서 나의 별명은 조선조 남명 조식 선생의 예명을 감히 빌려 이 시대의 '칼 찬 선비'라고 불리고 있다. 누구나 직업의식이 투철하다 보면 몰입의 경지인 프로정신이 생기고, 그러다 보면 어느새 나름의 예지력이 깃들기도 할 것이다. 그러나 어찌 감히 그 위대한 선각자의 예명을 사칭할 수 있겠는가. 잠시라도 그분께 누를 끼치지나 않았는지 송구스럽기만 하다. 아인슈타인도 이 영감, 즉 창조적 상상력이 지적 탐구의 가장 기본적 동력이라고 말했다. 서애의 표현대로 징험에서 징조를 보는 본능적인 예지력을 말한다. 꿈은 현실보다 더 강하다고 하지 않았던가.

나는 이 몽조(夢兆)를 단순히 일몽(一夢)현상으로만 여기지 않는다. 하나님을 믿는 자가 성령이 충만하면 하나님 음성을 듣게 되듯이, 서애의《징비록》을 읽고 또 읽으면서 오늘의 현실을 진단하고 내일의 '예고된 현실'을 감히 예단해 본다. 그리고 간단없이 밀려오는 심대한 안보위협과 위험의 파고를 경보한다. 하나의 거대한 역사의 소용돌이가 다가오고 있음을 내다보고 있는 것이다.

탄핵당하고 관직을 주저 없이 내던진 후 낙향 길에 나선 서애는 이제 권세와 세상사를 다 잊기로 했다. 국란에서 나라를 구했으니 더 이상 무엇을 바랄 것인가. "전원으로 돌아가는 3천릿길, 유악의 깊은 은혜 40년, 도미천에 말 멈추고 뒤돌아보니 낙산의 산색은 여전히 의연하구나……." 서애는 원락제 벽에 걸려있는 이 귀향 시에 내 가슴이 심히 애달프다. 원락제 앞 뜨락에 소나무 한그루를 심으며 "편안하고 조용하게 자연의 조화(造化)로 돌아가고" 싶었던 것이다. 이제 400년이 넘어 낙락장송이 된 저 당당한 풍상에서 서애의 《징비록》이 아직도 생생한 현실로 살아있음을 온몸으로 느낀다.

이 위대한 선구자의 애끓은 우국충정의 심사가 나에게 잠재하고 있는 풍운의 거친 꿈을 마치 일깨워주고 있는 듯하다. 저 일송거목 (一松巨木)의 꼿꼿한 푸르름이 내게 늘 강하고 담대하게 깨어있으라고 재촉하는 것 같다. 하늘의 뜻은 고상하고 인간의 안목은 비천하다고 했거늘, 하늘이 나를 이 땅에 낸 것은 필히 어떤 숙명적인 사명이 있을 것인지. 만약 아직도 해야 할 일이 있다면 기꺼이 그 천명(天命)을 받들 것이라고 숙연한 자세로 다시 한번 《징비록》을 가슴에 새겨본다.

늘 국가와 민족의 안위를 걱정하는 일을 본업으로 삼아오면 자신도 모르게 어느덧 국가와 민족의 지도자로 스스로 자랄 수 있다는 어느 선각자의 말씀처럼 "나는 이렇듯 이 나라 이 민족을 사랑한다, 고로 내가 존재 한다"라는 고백이 절로 우러나오는 것 같다.

시간은 과연
우리 편인가

　남북한 관계의 현주소를 논할 때 늘 따라다니는 근본적인 문제가 "시간이 과연 누구편인가"라는 질문 아닌 의문이다. 단순히 낙관이니 비관론 같은 질문이 아니라 당면한 안보문제와 닥쳐올 통일대란을 어떠한 관점에서 다루고 대처할 것인지 남북한 양측의 위기 관리력에 관한 근본적 의문을 말한다. 양측이 서로 상반된 힘의 우열의식(superiority-inferiority complex)을 갖고 있을 뿐만 아니라 아직도 철저하게 제로섬게임(zero-sum) 룰을 따르고 있기 때문이다.

　우리 사회의 큰 병폐 중의 하나가 이 위기관리 문제를 너무 쉽게 생각하거나 소홀이 취급하는 경향이다. 이 경향은 정치권일수록 심하고 좌파운동권 세력들의 경우는 아예 통제 불능의 중증 병세

현상까지 보이고 있다. 한마디로 시간은 무조건 우리 편이니 우리가 '형'이고 북한은 '동생'이며 나아가 우리가 '갑'이고 북은 '을'이니 무조건 포용하고 지원해야 한다고 주장한다. 심지어 여권 내부에서 조차 북핵 위협에 대한 안보 대응책을 따지기 전에 일단 대화와 협상으로 풀어야 하며, 돈을 주고서라도 평화를 사야한다는 일종의 변종 햇볕정책인 선 평화 후 안보정책을 주장하는 이들도 많다. 밑도 끝도 없는 유화론이다.

전략학을 가르치는 내 입장에서 논할 때 국가경영(national management)은 결국 위기관리(crisis management)에 관한 것이며 이는 다시 시간관리(time management)에 관한 것이라고 말할 수 있다. 이 점은 특히 외교안보분야에 있어서는 더욱더 절실한 문제로 거의 모든 선진국들도 이 수순을 숙지하고 정책우선순위(setting national priority)를 정하고 있다.

이는 단순히 여론조사나 민심동향을 따르는 것이 아니라 무엇보다도 지도자의 뛰어난 역사인식과 안목, 고도로 정예화된 전문 관료 집단의 프로정신, 그리고 이를 뒷받침하는 깨어있는 여론주도층의 주인의식의 건재를 요구한다.

만약 이 세 가지 요소를 다 갖추고 서로 균형을 이루고 있다면 말할 필요도 없이 시간은 우리 편이라고 단언할 수 있다. 그렇지 않고 어느 하나라도 부족하거나 균형이 맞지 않는다면 우리는 바로 자기착시현상(self-prophecy)에서 빠져 시간개념을 혼돈할 수밖에 없게 된다.

그렇다면 지금 우리는 어디에 서있는가? 우선 큰 흐름으로 대세를 가늠해보자면 시간이 갈수록 북한의 입장은 물론 불리해질 수밖에 없다. 공산주의 이론에도 없고 타국의 전례에서도 찾아볼 수 없는 시대착오적인 전제적 봉건 왕조체제를 3대에 걸쳐 유지하고 있다는 것 자체가 북을 점차 고립무원의 지경에 빠져 들어가게 하고 있다. 더욱이 유엔과 국제사회가 거의 한목소리로 북의 도발적인 핵 및 미사일 실험 지속을 규탄하고 강력한 제재를 가하고 있는 마당에 갈수록 북한이 설 땅은 좁아질 것이다. 철부지 김정은의 '핵 도박 벼랑 끝 전략'에 이제 국제사회도 강도 높은 각국의 독자제재까지 동원해 벼랑 끝 전략으로 맞서고 있는 형국이다. 이 치킨 게임에서 김정은은 절대로 이기지 못한다. 중국이 아무리 도와준다 해도 당장 체제 생존은 가능할지 모르지만 결코 이 핵 게임을 이길 수는 없다. 후술하겠지만 중국도 김정은을 통제하는데 엄연한 한계가 있기 때문이다.

중국은 북핵 불용이라는 원칙은 확고히 하면서도 정작 북 체제 불안정은 원치 않는다는 상호 모순된 입장을 견지하고 있다. 그래서 유엔의 대북제재에는 동참하겠지만 북 체제 생존만은 보장하겠다는 현실적으로 이율배반적인 정책을 견지하고 있다. 영악한 북

▲ 신규 도입한 최신예 F-15기에 탑승하여 국방대학원 제자들인 공군지휘관들과 함께.
(2007.봄)

지도부는 바로 이 간극을 이용해 작금의 핵무장을 기정사실화시키려는 틈새전략을 구사하고 있다. 이에 대응해 미국은 이제 '체제변동(Regime Change)' 전략밖에 없음을 분명히 하고 있다. 무력으로 정권을 전복하는 것이 아니라 강압적인 방법을 동원해서라도 김정은 정권을 옥죄겠다는 것이다. 이것이 그 유명한 '세컨더리 보이콧(Secondary Boycott)', 즉 미국 단독의 대북 압살전략이다. 오바마 행정부에 이어 트럼프 행정부도 이 점을 분명히 하고 있다.

최근 중국의 홍샹그룹이 북한과 핵 물자 거래를 했다는 이유로 우리와 미국의 강력한 제재를 받은 것과 우리 정부의 5.24 대북제재 조치나 개성공단 철수, 그리고 새로운 유엔 대북제재 결의안 2321호에 맞춘 일련의 추가제재 발표도 우리식 'Secondary Boycott'이며 일종의 초보적인 '체제 변동' 전략이라고 할 수 있다.

따라서 만약 북한이 지난 2016년 9월 9일 5차 핵실험에 이어 추가 핵실험을 감행하고 실전배치까지 하게 되면 군사적으로 한미 양국과 전면 대립하게 되고 중국의 일방적인 북한 정권 보호 명분과 실리도 모두 한계치에 이르러 어떠한 형태이건 '조선반도 비상사태'를 대비하지 않을 수 없을 것이라는 판단이 가능해진다. 미국은 지금 북핵시설에 대한 외과수술적인 예방공격까지 심각히 검토 중이다. 이러한 거시적 정세판단이라면 장기적인 관점에서 시간은 확실히 우리 편이라고 말할 수 있다. 2016년 8월 말 북한 SLBM 실험 발사가 성공하자 중국과 러시아가 한목소리로 강력한 유엔의 제재를 지지한 것은 이의 좋은 예이다. 그러나 보다 구체적인 각론적 관점에서 남북 양측의 위기관리 의지와 능력을 비교분석해 보면 반드시 그렇지도 않다.

앞서 지적한 세 가지 필수요소, 즉 뛰어난 리더십과 전문엘리트 관료 집단의 존재유무, 그리고 사회동원력 등의 효율성을 따져볼 때 속단은 아직 금물이다. 결론부터 미리 내리자면, 김정은 정권은 연이은 탈북행렬과 강력한 외부제재에도 쉽게 전복되지 않는 내부통제 구조를 유지하고 있고, 설사 정권이 와해된다 하여도 체제 그 자체는 그렇게 간단히 붕괴되지 않는 병영국가 체제임을 간과해서는 안 된다. 또한 우리도 지금 위 3가지 필수요건이 불비 되어 균형을 잃고 있을 뿐만 아니라 정치사회 전반에 걸쳐 갈수록 좌, 우 이념대립이 양극화돼 내부 분열현상이 총체적으로 국가 위기관리 의지와 능력을 마비시켜 가고 있는 엄연한 현실을 직시해야 한다. 실로 어이없는 '최순실 국정농단사건' 과 이로 인한 박근혜 대통령 조기퇴진으로 가는 작금의 탄핵정국은 이의 단적인 증거이다.

김일성, 김정일 그리고 김정은 3대 후계 세습정권을 정책전략 현장에서 가까이 지켜본 나의 경험에서 판단하자면, 단·중기적 관점에서 시간은 반드시 우리 측에게 유리하게만 작용하지 않을 것이다. 그리고 만약 우리가 이 문제점을 솔직히 인정하고 극복하려는 체계적인 노력을 서두르지 않으면 장기적으로도 매우 심각한 정신적 및 물적 비용의 대가를 치를 각오마저 하지 않으면 안 될 것으로 생각된다. 보다 구체적으로 설명해보자.

무엇보다도 김정은의 병영 국가적 공포 통치는 위로부터든 밑으로부터든 근본적인 혁명을 불가능하게 만들고 있다. 연이은 피의 숙청 바람은 주요 엘리트 계층의 동요를 일으키고 체제 균열적 탈북사태를 초래하지만, 이는 반대로 그만큼 당·정·군의 핵심 지휘·명령·정보 및 통신체제(C3&I) 결속을 가져와 맹목적인 충성을 공고히 하는 반사작용도 일으킨다. 하층계급의 탈북자가 급증하고 중간엘리트 계층의 탈출행렬도 점차 늘어나고 있지만, 상층 핵심부에서 이탈현상은 1997년 황장엽 전 노동당 국제비서 이탈 후 크게 두드러진 움직임은 없는 편이다. 물론 태영호 영국주재 공사와 39호실 비자금 관리책, 국가안전보위부 고급간부, 그리고 정찰총국 고위직군에서 개별적 탈북은 간헐적으로 이어져왔지만 아직 그것을 전반적인 조직이완이나 총체적 체제 균열조짐으로 단정할 수는 없다.

전략정보 차원에서 분석해 볼 때 김정은의 공포 통치가 피의 숙청 못지않게 각종 파격적인 보상 및 위무작업도 병행하고 있어서 (예: 군 총정치국 및 보위부와 정찰총국 절대 신임, 과학기술자들의 특별예우 등) 앞서 말한 지휘·명령·정보 및 통신체제(C3&I)가 그렇게 쉽게 흔들릴 상황은 아니다. 더욱이 조평통을 국가기관으로 격상시켜 대남 공작사업을 대대적으로 보강하여 내부긴장을 외부로 배출할 동력을 마련했을 뿐만 아니라, 7차 당대회 후 국무원으로 개편된 새 통치기구에 거의 대부분 현역 군 지휘부를 보임시켜 명실상부한 병영국가 체제를 구축한 상태이다. 2017년 남한 대선정국에 북의 모든 대남기구가 총동원되어 선전선동 공작을 공세적으로 추진하고 있는 작금의 공개적인 난수표 지령 재개는 이의 좋은 예이다.
이렇게 되면 북은 매우 긴장되나마 강력한 리더십 발휘가 가능해지고 그만큼 통제적인 사회 동원력도 어느 정도 유지할 수 있다. 한마디로 지금 김정은은 이라크 사담 후세인의 실패사례를 연구하고 시리아 아사드 정권의 내전주도권을 장악한 '성공' 사례를 분석해 나름의 장기적인 철권통치를 구축해가고 있다고 봐야 한다. 주지하다시피 사담 후세인은 걸프전을 일으키는 바람에 망했고 아사드는 비록 내전을 치르고 있지만 아직도 확고한 통치력을 유지하고 있다. 그래서 만약 후세인이 미국을 상대로 전쟁만 일으키지 않았다면 상당 기간 건재했을 것이라는 평가도 나오는 것이다. 이 점은 뒷장 북한 급변사태 가능성 부분에서 별도로 상술하도록 하겠다.

우리는 상대를 너무 과대평가해서도 안 되지만 과소평가해서도 안 된다. 마찬가지로 우리를 스스로 과대평가하거나 반대로 과소평가해서는 더더욱 안 된다. 우리는 전략 현실주의적 관점에서 철저히 객관적인 분석 자세를 취해야 한다. 우리의 경우 적어도 단, 중기적 관점인 향후 10년 안팎을 평가해 볼 때 북한의 불안정성과 또 다른 성격의 정치적 불확실성을 많이 안고 있다. 우선 리더십 측면에서 분석해 보자면 우린 5년마다 정권교체에 따른 대북정책상 시행착오를 겪게 되어있다. 새삼 재론할 필요가 없을 만큼 지난 20여 년 간 우리의 대북정책은 때론 극(左)에서 극(右)으로 급변하며 내부 혼선을 겪었다. 김대중, 노무현 정권은 북한을 적이기 이전에 동족으로 간주하려 했고 이명박, 박근혜 정부는 그 정반대였다.

심지어 같은 보수정권인데도 이명박 정부의 대북정책을 박근혜 정부가 거의 제로베이스(zero base)에서 다시 짜는 황망한 일도 있었다. 그렇다 보니 현실적으로 지도자의 전문적 청사진이 부족한 상태에서 정책의 일관성은 고사하고 전략방법론 마저 혼란스러워 무엇이 우선순위인지 현안에 따라 갈팡질팡 하는 경우가 비일비재했다. 북핵 위협 대응과 사드배치 문제가 이의 대표적인 사례이다. 이제 또 2017년 대선 향배에 따라 무엇이 어떻게 바뀔지, 혼미한 정국으로 갈수록 정치적 불확실성이 확대되고 정책과 전략의 불안정성도 그만큼 커질 것이다.

고도로 정예화된 전문 관료집단의 부재현상도 우리에게 리더십 문제 못지않게 심각하다. 최고 리더십이 주기적으로 교체되고 그에 따른 참모진 및 외교안보팀이 자주 바뀌다 보니 정책의 일관성은 물론이고 전문성마저 부족하거나 단절되는 현상이 나타날 수밖에 없다. 지도자의 상황에 따른 정치적 결심이 정책방향을 정하게 되니 자연히 관료집단도 그만큼 정치화되어 고도로 숙련된 중장기 전략판단을 하기 어렵게 만든 것이다. 한마디로 절체절명의 국가 안보 문제에 있어서 정치가 정책 전략을 지배하고 이끌어 가는 매우 위험한 현상이 우리 사회의 뿌리 깊은 병폐로 남아있다. 주요국가의 외교안보 정책 결정 과정에서는 볼 수 없는 실로 개탄스러운 우리식 정치 만능주의 패악이다.

그렇다 보니 극히 일부를 제외하고는 외교안보 부서 책임자를 대부분 비전문가인 이른바 실세 측근 중에서 임명하게 되고 그나마도 수시로 바꾸어 안팎으로 혼선이 일어날 수밖에 없게 되어있다. 이는 북한의 경우와 극명히 대비됨은 전술한 바와 같다. 즉 북한은 그 극단적 폐쇄성에도 불구하고 대남정책과 전략만큼은 체제 안보의 절대적 관건으로 여기고 나름대로 노련한 전문가 집단을 대를 이어 키우고 관리하며 실전책임을 맡겨왔다. 이미 사망한 전 대남비서 김용순과 김양건, 외무상 강석주 그리고 통전부장 임동옥과 아태위 부위원장 송호경 등은 생전에 남조선 문제를 수십 년 이상 다루었던 최고의 베테랑들이었다.

지금의 김원홍 보위부장이나 김영철 대남비서 그리고 김계관 외무성 부상 등도 말할 것도 없다. 특히 김계관은 23년 전 내가 안기부 특보 시절 때부터 상대한, 제네바 합의문을 맡은 북측 실무책임자였으니 그의 노회한 대남공작 역량이 어느 정도일지 우리 측 정치적 성향의 관료수장들은 아마 감도 못 잡을 것이다. 바로 이 김계관이 남한은 핵문제 당사자가 아니라고 강변하며 한미 간 이간질을 하면서 북핵 무장은 궁극적으로 인도, 파키스탄 모델을 따를 것이라고 주장했던 장본인이다.

사회 동원능력에 관한 단·중기적 평가에 있어서도 우리가 직면한 문제점 또한 간단치가 않다. 효순, 미순 양 미군 탱크사고 사망건, 광우병 파동, 평택 미군기지 이전, 한미 FTA반대투쟁, 제주 해

군기지 건설, 그리고 작금의 사드배치 문제에 이르기까지 우리 사회는 합리적 논리와 현실적 판단을 떠나 천편일률적인 좌우이념 대립과 반미논쟁으로 점철되어 왔다. 위로는 리더십의 전략 비전 부족, 그리고 아래로는 무기력한 관료 집단에 이르기까지 이러한 극단적인 사회분열상을 제대로 치유하거나 통제하지 못했다. 거의 모든 안보현안을 반미투쟁으로 연계시켜 북한 대남 공작기관이 총동원되어 통일전선 전술식 선전선동 공세를 펼쳐도 적절히 대응하지 못했다. 김정은의 2017년 신년사에서부터 '남조선혁명'을 위해 이제 대남공작을 공개적으로 지령하는 극단적인 상황까지 왔다.

이러한 분란 경향은 만약 또 다시 대선정국에서 좌·우 간에 심각한 사상적 내전 같은 대혼란까지 유발되면 북 지도부가 오히려 우리의 '체제균열 조짐'을 주목하고 나설지 모를 일이다. 여기에 국법질서를 뒤흔든 '최순실 국정문란 사건'은 우리 사회의 총체적 분열현상까지 초래하고 미래 불확실성을 더해 가고 있어 앞날이 불길하다. 참으로 황당한 이 희대의 국정난맥상과 혼란으로 지금 우리는 국가의 리더십 공백에 가까운 위기를 겪고 있다. 북의 급변보다도 우리의 격변을 먼저 걱정할 상황이다. 따라서 만약 이 세 가지 변수 모두가 점차 현실화돼 간다면 과연 우리는 시간이 우리 편이라고 자신 있게 말할 수 있겠는가?

결론적으로 말해서, 장기적으로 볼 때 남북문제를 우리가 낙관적으로 생각할 근거는 물론 충분히 있다. 그러나 향후 10여 년의 단·중기적 관점에서 상대적으로 비교 평가해 보면 우리의 취약점도 만만치 않다는 사실을 솔직히 인정해야 한다. 즉 시간개념을 철저히 전략 현실주의적으로 분석해 상대평가 해야 한다는 것이다. 한마디로 앞으로 변수가 많으니만큼 우리는 더 겸허한 자세로 안보통일정책에 내실을 기하지 않으면 안 된다. 지금은 북한이 어디로 가고 있느냐를 묻기 전에 먼저 우리가 정작 어디에서 있는지를 물어야 할 때이다.

대저 일을 꾸미는 것은 사람이지만 그것이 이루어질 것인지 여부는 오직 하늘의 뜻에 달려 있다는 진지한 자세로 지금부터라도 자기 내실화 과업에 우리가 충실히 임한다면, 능히 시간을 우리 편으로 만들 수 있을 것이다. 이것이 지금 우리가 알아야 할 위기관리의 기본책무이고 국가안보 경영의 요체이다. 다시 한번 강조하지만 절체절명의 안보통일 문제에 있어서 국가경영은 곧 위기관리이고 위기관리는 바로 시간관리이다. 오직 이 인식이 올바로 서야만 정책 우선순위가 제대로 정립될 수 있는 것이다. 실로 백 번 강조해도 부족함이 없는 격언임을 우리 모두 명심해야 한다.

예고된 혼돈

앞서도 언급했듯이 통일에 관해 단행본으로 내가 맨 처음 쓴 것이 《통일의 길, 그 예고된 혼돈》이다.

1995년 당시 국가안전기획부 특보시절 집필한 것으로 김일성 사망 후 불확실하게 전개되는 한반도 안보 상황에 대한 치밀한 전략정보 분석을 바탕으로 다가오는 남북한 간의 위기를 내다보고 그 대응책을 논한 정책 지향적 전문서이다. 2006년에 내놓은 《통일은 없다》는 그 후속작이다. 모두 내 나름의 일종의 '징비록'이다.

통일에 관하여 내가 가장 최근에 쓴 공개적인 칼럼은 조선일보 2014년 1월 29일자 시론이다. 여기서 이를 먼저 소개시키고 추가 설명과 분석적 예단을 덧붙이는 방식으로 이 장을 써볼까 한다.

〈'빠른 통일'이 아닌 '바른 통일'로 가야〉

1991년 12월 제3차 남북총리회담 참석차 서울에 온 연형묵 북한 총리는 독일 통일 열기에 젖어있는 남측 관계자들에게 "조선반도는 독일이 아니다. 독일식의 '먹고 먹히는 통일'은 불가능하다"며 "만약 남측이 흡수통일을 꿈꾸고 있다면 우린 전쟁밖에 없다"고 독설을 독백처럼 내뱉은 적이 있다. 비슷한 맥락에서 김일성도 1994년 봄 서방 언론과의 인터뷰에서 "우리는 안 망해, 절대로 안 망해, 우린 달라"라고 언성을 높이며 체제 유지에 강한 자신감을 표명한 적이 있다. 김정일도 미국과 핵동결에 관한 1994년 가을에 나온 '제네바 합의문'을 '미제의 항복문서'로 폄하하였고 우리와의 '6.15공동선언'도 "드디어 남조선의 발목을 잡았다"고 당·정·군 간부들에게 교육시켰다.

이 모두는 통일에 관한 북 지도부의 사고방식이 우리와 근본적으로 다르다는 것을 말해주며 통일과정이 정치, 군사적 측면에서 결코 간단치 않을 것임을 시사하고 있다. 북한 헌법이나 노동당 규약은 통일을 '남조선 해방'으로 규정하고 있기 때문에 우리가 생각하는 '민족 공동체' 통일관과 상극일 수밖에 없다. 그래서 우리가 통일을 명분으로 화해 협력과 인도주의를 내세우면 저들은 체제안보 논리로 맞서왔고, 우리가 이번엔 안보중요성을 강조하면 저들은 반대로 소위 '우리 민족끼리' 통일전선 전략으로 대남선

전, 선동을 강화해왔다. (한마디로 작용–반작용의 악순환이다.)

그래도 이대로 분단 70년을 맞이할 수는 없으며 조만간 (어떠한 형태이건) 평화적인 현상타파가 있어야 한다. 박근혜 대통령의 표현대로 통일이 '대박'인 것은 틀림없다. 그러나 이는 (어디까지나) 통일과정을 우리가 순리적으로 주도할 수 있다는 것을 대전제로 한다. 즉 북핵문제가 해결되고(위의 악순환 고리가 선순환 구조로 전환되어) 상호신뢰기반이 구축되어야 하는 것이다.

그렇지 않고 북핵 위협이 (가중돼 가는) 상황에서 남과 북이 (무슨 정치적) 합작을 성급히 시도하거나 북한 급변사태만 상정해 '빠른 통일'을 추구한다면, 통일의 추상적인 거대담론이 국가안보의 구체적 현실을 (현저하게) 왜곡할 염려가 있다. 북한 정권도 나름의 급변비상대책을 세우고 (처절히) 체제생존 투쟁을 벌일 것이기 때문이다. 지금 우리에게 필요한 것은 '빠른 통일'이 아니라 '바른 통일'이다.

오랜 기간 북 정권 내부를 지켜봐 온 전략정보 전문가들은 북 지도부의 핵 도박이 결국 실패할 것으로 보고 있다. 그리고 그 실패가 점차 체제의 핵분열 과정으로 치달을 것으로 판단하고 있다. 장성택이 급작스럽게 제거된 이유 중 하나는 군부가 주도하는 핵무장과 경제개발 병진의 선군노선에 이의를 제기했기 때문이라는 분석도 있다.

그러므로 우리는 최선의 경우와 최악의 경우 모두를 상정해 통일을 대비해야 한다. 최선의 경우는 '통일이 미래'라는 확고한 신념으로 실행 시나리오를 착실히 준비하는 것이고 최악의 경우는 북 체제의 핵분열 과정에서 우리가 위기관리 주도권 행사에 시행착오를 겪어 상당한 대가를 치르지 않으면 안 될 때이다. 이러한 의미에서 이번에 부활한 청와대 국가안전보장회의(NSC) 사무처의 역할은 실로 막중하다. 한반도 신뢰프로세스는 우리의 위기관리 능력에 대한 국민적 신뢰에 바탕을 두고 있기 때문이다. (※위 괄호 안은 본문 해석을 돕기 위해 별도로 추가한 것임)

지금도 나의 생각은 위 기고문 내용과 큰 변함이 없다. 나는 박 대통령이 '통일 대박론'을 말할 때 거의 본능적으로 북 지도부는 패쇄적인 편집증상으로 조만간 '통일대전(大戰)'으로 맞받아 칠 것이라고 내다봤다. 남쪽에 '대박'이면 그것이 북쪽에서는 사실상 '쪽박'을 의미한다고 받아들일 수 있기 때문이다. 이 예측은 바로 현실로 나타났다. 박 대통령의 발언이 2014년 1월 초 신년기자회견 때 나온 지 불과 2주 만에 북이 '그렇다면 우리에게 통일은 대전(大戰)이다'라고 받아치고 나왔기 때문이다. 나아가 북은 2015년 광복 70주년을 아예 통일대전의 해로 선포해 버렸다. 문자 그대로 '예고된 혼돈'이다.

우리가 말한 대박론은 남북이 기존에 합의한 〈남북기본합의서〉(남북

불가침 및 교류와 협력에 관한 합의서, 1992년 2월 비준)의 충실한 이행을 전제로 한 것이지만 북 지도부에게는 위의 김일성과 연형묵 총리 발언에서 보듯 그 합의서는 남한의 독일식 흡수 통일 기도를 막고 시간을 벌기 위해 급조한 것에 불과하다. 우리의 대박론 '이상'에 북이 대전론의 '현실'로 대응한 것이다. 박근혜 정부의 이른바 한반도 신뢰프로세스 안은 남북기본합의서 내용과 거의 유사하며 단지 핵문제를 추가했지만 이것도 이명박 정부의 비핵개방 3000정책과 별반 다르지 않다.

한마디로 독일 모델은 우리에게 우리도 할 수 있다는 희망과 용기를 주었다면, 북 지도부에겐 우리도 동독처럼 당할 수 있다는 일종의 '악몽'이었던 셈이다. 통일이란 이렇듯 똑같은 사례를 놓고도 서로 상반적인 해석을 내리고, 이로 인해 이상과 현실 간 상극관계가 형성돼 작용—반작용 하는 악순환 상황이 오늘의 남북한 관계의 현 주소이다.

우리는 바로 이 시기, 즉, 독일 통일의 후유증 속에서 북한이 1993년 NPT(핵 비확산조약)를 탈퇴하고 핵 개발을 공언하며 급기야 1994년 봄 '서울 불바다' 협박까지 했던 사실을 기억해야 한다. 그렇게 해서 한반도 핵위기가 본격적으로 시작되고 1994년 가을 급조된 〈제네바 합의문〉으로 북핵 개발이 일시적으로 '동결'되게 되었음은 우리가 익히 알고 있는 바와 같다. 핵문제를 '해결'하지 못하고 북한의 시간벌기 계략에 빠져 미봉책인 동결에 그치는 바람에 결국 북한은 이후 5차례나 핵실험을 감행하고 운반수단인 단·중·장기리 미사일 실험까지 마치고 이제 실전배치를 눈앞에 두는 상황까지 왔다.

김일성이 "우리는 안 망해, 우린 달라" 했던 호언장담과 김정일이 "드디어 미제의 발목을 잡았다"고 한 기고만장이 결국 현실로 드러난 셈이다. 간단히 말해서 북한의 핵무장 완료와 핵사용 의지의 공갈, 협박 표명은 바로 그들 나름의 통일대전이 시작되었음을 의미한다고 볼 수 있다. 이렇게 본다면 〈남북기본합의서〉도 애초부터 독일의 '악몽'을 벗어나고 핵개발에 필요한 시간을 벌기 위한 통일대전 준비용이었음이 명백해진다. 즉 철저히 계산된 장기적인 위장평화 공세였던 것이다. 그리고 이 공세의 효력이 다했다고 여길 때에는 어김없이 또 다른 합의문을 끌어내 '새로운' 평화공세를 펼치곤 해왔는데 그것이 바로 2000년 6월의 〈6.15공동선언〉이고 2007년 10월의 〈10.4선언문〉이었다.

레이건 미국 대통령의 "공산주의자와 일단 믿고 협상하라, 그러나 반드시 그 언행을 검증해야 한다"(Trust But Verify It) 경구는 괜한 말이 아니라 뿌리 깊은 그야말로 '검증된' 경험에서 우러나온 것이다. 우리의 경험도 더했으면 더했지 결코 모자라지 않다. 구소련은 미국과 일련의 협상과 합의문에 의해 무너진 것이 아니라 자체 체제 모순과 내부 분란에 의해 스스로 무너졌다는 사실 또한 우리는 잊어서는 안 된다. 고르바초프가 내세운 페레스트로이카(개혁)와 글라스노스트(개방)는 '고르비 혁명'이 되어 소련 체제 해체로 이어졌고, 이것이 도미노 작용을 해 결국 베를린 장벽이 붕괴되고 동독이 무너져 독일 통일을 가져온 것이다. 한마디로 독일은 소련해체와 동구권의 연쇄적인 와해 속에서 나온 일종의 '대란'의 과정을 거쳐 전격적으로 통일된 것이다.

물론 1972년 〈동서독 기본 관계조약〉의 효과가 없지는 않았다. 우리의 〈남북기본합의서〉도 이것을 본 따 만들어졌지만 가장 큰 차이점이 있다. 두 개의 독일은 이를 충실히 이행해 신뢰구축의 기반이 쌓여진 상태에서 고르비 혁명이라는 외부의 충격이 가해져 그야말로 폭발적인 핵융합 작용을 통해 통일을 이룰 수 있었다. 이에 비해 남북한은 정반대 길로 내달았음은 이미 설명한 바와 같다. 물론 '통일 대박론'의 긍정적 측면도 없지 않다. 그간 좌파운동권 세력들이 정치권에 대거 진출하고 정부요직을 차지하면서 통일을 마치 그들의 전유물처럼 여기고 자의적으로 북의 통일전선전략에 편승한 감이 없지 않았다.

이에 '통일 대박론'은 우파가 주도함을 나름대로 분명히 한 적극적인 측면도 있다. 그동안 햇볕론자들은 통일 지상주의에 빠져 소위 '내재적' 접근으로 북을 이해하려다 못해 아예 대변하는 듯한, 실로 황당한 국익 자해행위까지 서슴지 않았다. 노무현 대통령의 "북핵 개발은 방어용이고 일리가 있다"는 주장과 김대중 대통령의 "북한은 핵무기 개발 의지도, 능력도 없다" 및 "북핵은 미·북 문제이지 우리 문제가 아니다"라는 억지 주장은 이의 난석인 예로서 이젠 더 이상 논평할 가치조차도 없는 내용들이다. 두 차례에 걸친 남북정상 회담이 국민적 공감대를 형성하지 못하고 오히려 우리 내부분열상만 초래했다는 지적은 그래서 나왔다.

이렇듯 건국이념과 헌법정신에 맞는 주인의식도 없고 국가와 민족 안위의 백년대계에 관한 《징비록》 정신의 통찰력도 없었던 공백기를 벗어나 '통일 대박론'은 나름대로 우리에게 자신감을 갖게 하고 청사진을 그리게 하는 긍정적 효과도 있다. 그러나 여기서 내가 강조하고자 하는 대박은 오직 바른 통일의 길로 가야 가능하며 행여나 빠른 통일을 서두르면 오히려 더 늦어질 뿐만 아니라 현실적으로 '대란'에 가까운 안보상 위기마저 초래할 수 있다는 점이다. 북한은 망해도 그냥 망하지 않을 것이고 조선인민군이 그렇게 쉽게 무너지지 않을 것이라는 전문적인 전략정보에 기반한 '예고된 혼돈' 판단 때문이다. 이 점은 북한 급변사태 문제에 관해 뒷장에서 상술하도록 하겠다.

우리가 또한 지금 필요한 것은 '빠른'이니 '바른'이니 하는 방향도 중요하지만 큰 통일 이전에 '작은 통일'을 먼저 착실히 추진하는 방법론도 중요하다는 사실을 인식하는 일이다. 큰 통일이 남과 북이 하나가 되는 민족동질성 회복 과정이라면 작은 통일은 우리 사회 내부에 만연한 이념갈등을 극복하고 국민통합을 이루는 것을 말한다. 즉 앞서 지적한 우리 내부 분열을 치유하고 급증하는 탈북자들을 정착시키는 사회동화 작업에 더 심혈을 기울이는 것이 통일의 진정한 기반조성이라는 뜻이다. 이미 3만 명이 넘어선 탈북자가 우리 사회에 제대로 정착되지 못하고 중국에서 떠도는가 하면 일부는 아예 다시 북으로 돌아가는 경우가 지금 속출하고 있다.

앞으로 수만 아니 수십만이 통일과정에서 난민으로 들어올 텐데 과연 어떻게 할 것인지 아직 아무런 국민 통합적 실질대책이 없는 상태이다. 무조건 "가자 북으로, 오라 남으로"식의 추상적인 거대 담론이 정치권이나 제도권 안팎에서 오랫동안 횡행하다 보니, 금강산 관광이나 개성공단은 주요 전략적 변수를 고려함이 없이 오직 통일의 당위성 차원에서만 자기합리화를 시켜오다 결국 북핵 무장으로 안보문제가 터지고 나서야 좌초된 것이다. 이러한 혼돈은 이미 충분히 예고된 것이다.

통일의 당위성이 안보의 현실성을 지배하게 되면 이렇듯 통일 '조급증'에 빠져 통일을 아예 남북 양측이 정상회담 등을 통하여 협상이 가능한 영역인 것처럼 생각하는 환상이 생긴다. 정치권의 소위 리더라는 인물들이 시도 때도 없이 정상회담 필요성을 주장하는 것도 바로 이러한 자기착시 현상이다. 독일 통일과 예멘의 내

전통일, 그리고 베트남의 무력통일의 사례에서 생생히 입증되었듯이 통일은 대화와 협상을 통한 이상적인 방법론이나 방안의 절충문제가 아닌 현실적으로 내적인 통합 여건 성숙과 외적인 통일 분위기 조성의 결과라는 사실을 모르고 있는 것이다.

즉, 상이한 제체 간에 통일은 현실적으로 결국 힘과 의지의 싸움인 안보정책 결과로 주어지는 것이지 이상적인 통일정책상 대화나 협상과 타협으로 이루어지는 것이 아니다. 한마디로 남과 북의 통일 방안은 현실적으로 절대 협상이 불가능하다. 통일개념을 상대방 존재의 부정에서 출발한 자기 정통성 확립에서부터 찾고 있는데 그것이 어떻게 협상 가능하다는 말인가! 독일의 흡수통일이 최선의 시나리오라면 베트남식 무력통일은 제2의 6.25 같은 최악의 경우다. 둘 다 지금 우리 상황에서는 현실성이 전혀 없다.

정치권 안팎의 좌파운동권 출신 부류들이 정상회담을 마치 전가(傳家)의 보도(寶刀)처럼 자주 거론한다. 물론 필요하다면 해야 하겠지만 이는 자칫 정상회담을 여러 차례 임의로 강행하며 통일방안을 정치적으로 절충해 통일을 급조했으나 곧이어 남과 북 간에 내전이 발생하여 엄청난 피의 대가를 치렀던 예멘 통일의 '악몽'을 떠올리게 한다. 실제로 북 지도부는 2000년 남북정상회담의 6.15 공동선언이 가장 적합한 통일 방안이라고 지속적으로 선전, 선동해 왔는데 이는 이 선언이 남과 북이 이른바 '낮은 단계 연방제' 통일을 합의한 것으로 해석됐기 때문이다.

말할 필요도 없이 이 방안은 애당초 우리 측 선의와 관계없이 결국 우리의 발목을 잡기 위한 통일전선 전략과 다름 아니다. 한마디로 우리 뜻과 무관한 북이 일방적으로 노리는 예멘식 내전통일 음모가 숨어 있다. 우리가 호의적으로 추진한 정상회담을 저들 방식의 '하나의 조선' 논리로 둔갑시킨 것이다. 이 음모는 그 뒤 북 내부 간부교육 자료에서도 이미 여러 차례 강조된 적이 있었다.

이제, 결론을 내려 보자. 로마 황제 아우구스투스는 "천천히 서두르라"는 명언을 남겼었다. 여기서 '천천히'는 신중하되 치밀하게 단계적 접근을, 그리고 '서두르라'는 확고한 목표의식을 갖고 중단 없는 전진을 하라는 것으로 해석할 수 있다. 이 격언을 그대로 따른다면 통일은 남과 북이 하나가 되는 긴 과정, 즉 대장정(大長征)을 말하는 것이고 이는 현실적으로 북한을 변화시켜가는 과정을 뜻한다.

무엇을 언제 어떻게 변화시켜 갈 것인지 현재로선 단언할 수 없지만 고대 카르타고의 명장 한니발의 "길이 없으면 만들어서 가라"는 명언도 한번 되새겨볼 필요가 있다. 예를 들어 지금까지는 가급적 북한과 합의 하에 교류 협력 사업을 시행하거나 그들이 요구하는 것을 어느 정도 들어줘 가면서 지원을 해 '자발적' 변화를 추구해왔다. 이러한 의미에서 나는 햇볕정책의 기본 의도는 굳이 곡해

하지 않는다. 애당초 그 동기의 순수성마저 전부 부정할 수는 없다고 본다. 다만 그 추진 과정과 결과가 북을 변화시킨 것이 아니라 오히려 반대로 우리를 변화시킨 황당한 현상을 시석한 것이다. 핵무장으로 북은 더 강해졌고 우리는 거꾸로 더 약해진 안보 현실을 개탄한 것이다.

그러나 이제부터는 설사 북측 지도부를 '자극' 하는 한이 있어도 우리가 판단해 합리적이고 현실적 명분이 있는 현안은 일방적으로라도 추진해 압력을 가할 필요가 있다. 그렇게 해서라도 강압적 변화를 이끌어 내야 한다. 그것이 우리식 '체제 변동' 이다.

북한 인권문제가 그 대표적인 사례이다. 인권문제는 북의 체제변화 문제와 직결되고 또 유엔 및 국제기구와 공조체제를 구축할 수 있는 대의명분이 있으므로 핵문제와 연계해 다루어야 한다. 북한의 위협은 북 정권 본질에서 초래된 것이기 때문에 안보와 인권을 분리해서 다룰 수 없다. 세계 최악인 북한 인권상황 개선을 명제로 북의 체제 변동(Regime Change)을 공론화시킴은 물론 북 내부 실상을 각종 정보투입을 통해 폭로함으로써 밑으로부터 북 체제의 변화를 유도하고 나아가 체제 균열을 촉발해 내는 것이 바로 "천천히 서두르며 길을 만들어가는" 방법이다. 그리고 이 방법을 가장 적극적으로 활용하는 것이 강압적인 미국의 북한 인권개선 조치이다. 그러나 지금 우리 정부의 북한 인권법은 아직 이에 미치지 못하는 기록보존 수준에 불과하다.

천하대사 필작어세(天下大事 必作於細)라는 말이 있듯이 큰일은 대개 작은 일에서부터 시작되는 법이다. 인도주의는 명분과 실리 모두를 주는 작고도 큰일이다. 나는 북한의 심각한 영양실조 상태에 있는 영, 유아들에 대한 인도주의적 차원의 분유 및 이유식 지원만큼은 국제기구를 통해서라도 시행되어야 한다고 생각한다. 통일은 어차피 공짜가 아니며 어떠한 형태이건 우리의 피와 땀과 눈물의 대가를 요구한다.

이와 같은 최소한의 대북 인도적 지원으로 우리는 북의 심각한 인권문제와 연계시킬 명분을 구할 수 있을 뿐만 아니라 북 체제 '핵분열' 유도의 체제 변동을 위한 국제 공조를 주도하는 실리 효과도 낼 수 있다. 한마디로 인도, 인권 문제와 통일은 동전의 앞뒷면 같은 이치에 있기 때문에 언제부턴가 나는 이를 '평화적 핵 카드'라고 부르고 있다. 그리고 나는 이 카드가 종국에는 북의 핵 카드를 무력화(無力化)시켜 나갈 것이라고 믿고 있다. 통일의 주도권은 결국 동포애의 인도주의와 인류 보편적 가치인 인권문제 해결을 주도하는 측에 주어질 수밖에 없기 때문이다.

북핵,
어떻게 해야 하나

북한이 지난 2016년 9월 9일 그들의 건국절에 5차 핵실험을 역대 최대급으로 단행하고 경량화, 소형화, 다종화를 이루었다고 선언했다. 이제 실전배치는 시간문제라고까지 호언했다. 북핵문제는 앞에서도 기회 있을 때마다 언급했지만 이 장에서 별도로 다루고자 하는 것은 보다 구체적으로 북 지도부의 핵 카드 사용 의지와 전략, 우리의 대응방향과 방법, 그리고 이에 따른 한미안보동맹과 한중 전략동반자 관계 간 갈등의 향배에 관한 것이다. 북핵문제가 우리의 안보정책과 통일정책 추진에 있어서 가장 핵심적인 문제이자 동시에 국제사회의 가장 시급한 현안으로 대두되었기 때문이다.

북한의 핵 위협과 위험은 5차까지 실험 성공으로 이제 갈 때까지 간 느낌이다. 이러한 상황이 오리라고 나는 이미 10년 전에 졸 저《통일은 없다》에서 비교적 정확히 예측을 했고, 이는 20년 전에 내놓은《통일의 길, 그 예고된 혼돈》에서도 예단했음을 앞서 간략 히 설명한 바 있다. 당시 나는 북한이 핵개발을 30년 넘게 추진했 고 이는 거의 국가노선으로서 국력건설과정(nation building process)의 근간이자 체제 보위의 최후 보루로 자리 잡았기 때문에 핵 포기는 절대로 불가능하며 조만간 핵실험을 할 것이라고 내다 봤다. 마치 약속이라도 한 듯 그 후 북 지도부는 연이어 핵실험을 감행했고 이제 실전배치를 눈앞에 두고 있다. 또한 나의 예측대로 최근 이용호 북한 외상이 유엔총회연설에서 핵개발은 이미 국가노 선으로 자리 잡았다고까지 공언했다. 그러면 북 지도부의 핵전략 을 여기서 다시 한번 요약 정리해보자. 그래야 우리의 대응책이 확 립되고 이를 둘러싼 한미 대 한중 역학관계를 분석할 수 있을 것이 다.

북한 정권이 핵 무장과 경제개발을 동시에 추진하겠다는 이른바 '병진노선'은 그들 나름대로 매우 치밀하게 계산된 전략이다. 핵무 장을 하면 당분간 한반도에 긴장이 고조되고 미국과 유엔의 제재 로 외교적 고립을 면치 못할 것이다. 그러나 일단 실전배치 한 후 적극적인 위장평화 공세로 남북대화를 시도하고, 형식적인 6자회 담 재개와 대미 유화 제스처로 관계정상화 노력을 집중한다. 결국 시간을 벌게 되어 북한의 핵보유국 지위는 기정사실화될 수 있다는 전략이다. 그렇게 하면 지극히 제한적인 개혁, 개방 시늉만으로도 남북 교류, 협력이 부분적으로 재개되고 미국의 세컨더리 보이콧(Secondary boycott) 강도도 약화시켜 경제개발의 동력을 지원받을 수 있다고 판단한 것이다. 이것이 바로 인도, 파키스탄 모델이다, 한마디로 핵무장으로 일단 '공포의 균형'(balance of terror)을 이룬 후 대남 및 대미 관계 개선에 나서겠다는 철저히 계산된 전략이다. 나는 10여 년 전 내놓은《통일은 없다》에서부터 시종일관 이 논리를 펴왔고 최근 귀순한 전 주영 북한공사 태영호도 공식 귀순 회견에서 이를 확인한 바 있다.

북한이 이 인도, 파키스탄 모델을 벤치마킹하는 데 나름의 자신감을 갖은 이유가 있다. 우선 남한은 2017년이 대선정국이다. 북의 대남 공작 지휘부는 작금 사드배치 반대운동이 야권을 중심으로 확산되고 있는 현상에 고무되어 좌파운동권 세력 전반에 적극적인 반정부, 반미투쟁을 독려하고 있다. 그래서 야권 지도부 일부가 기존에 주장한 사드의 '백해 무익론'과 '전쟁이냐 평화냐 하는 도그마에 힘입어 북핵문제 때문에 전쟁위험으로 치닫는 것보다 차라리 평화, 즉 북핵을 기정사실화하는 편이 낫다는 논리를 광범위하게 확산시키고 있다. 얼마 전 노무현 정부에서 6자회담 대표를 한 사람이 북핵 보유는 용인하고 단지 사용만큼은 막기 위한 협상이 필요하다고 황당한 궤변을 내놓은 것은 이러한 맥락에서 예사롭지 않다. 나아가 북 지도부는 핵 문제는 미·북 간의 현안이며 남북 대화로 풀 수 있는 문제가 아니라는 DJ(김대중)식 햇볕정책 논리를 그대로 역이용하여 대남 통일전선 전략을 대대적으로 펼치고 있다. 한마디로 김계관 북 외무부상의 말대로 앞으로 핵문제에서 "남조선은 빠지라"는 것이다.

우리 내부 분열에 대해서 여기서 새삼 또 언급할 필요는 없다. 그러나 북한이 핵 보유를 기정사실화하기 위한 시간을 버는 데 있어서 탄핵정국 같은 남한 내부 분열만큼 좋은 호재가 없다고 믿는 것은 분명하다. 북한은 이와 더불어 또한 한미관계를 이간시키는 전략을 적극 추진함으로써 더 휘발성 있는 시너지 효과를 노리고 있다. 그래서 작금 모든 공작역량을 동원하여 사드배치를 무작정 연기시키기 위한 심리전을 공세적으로 펼치고 있다. 북 지도부가 꿈꾸는 최선의 시나리오는 사드배치가 지연되는 과정에서 북 핵무기의 실전배치가 먼저 완료되고 남한에 햇볕정책이 다시 등장하면, 본격적으로 미국을 소위 양자 간 '핵 군축회담'으로 이끌어 내어 협상 주도권을 행사하는 것이다. 나아가 '평화협정'을 유도하여 한미동맹을 이완시키겠다는 저의도 서슴없이 드러내고 있다.

그렇게만 되면 북한의 비핵화 논리를 이른바 '한반도 비핵화' 문제로 둔갑시켜 미국의 대 한국 핵우산 공약폐기와 연계하여 주한미군 철수를 유도할 수 있는 명분이 생긴다고 판단한 것이다. 하나의 거대한 음모론이다. 바로 이런 이유 때문에 북한은 기회 있을 때마다 "남조선은 핵문제에 관한 한 대화의 상대가 아니다"라고 강변해왔다. 햇볕정책의 맹점을 최대한 활용한 것이다. 그러면서 "오직 미국의 대북 적대정책 포기, 즉 조선반도 문제에서 손 떼야만" 핵 협상을 제대로 할 수 있다고 주장해왔다. 여기서 대북 적대정책이란 주한미군과 한미안보 동맹의 존재 그 자체를 말한다.

6자회담이 처음부터 실효성을 기대할 수 없는 공허한 논쟁으로 점철되다 결국 북한에게 핵무장에 필요한 시간만 벌어준 셈이 된 것은 이러한 맥락에서 파악해야 한다. 한마디로 북핵문제는 이제 더 이상 실질적 협상이 불가능하며, 북은 이미 수차례의 '성공적'인 실험을 거쳐 약 20여 개 정도의 핵폭탄을 보유했고 소형화, 경량화 작업까지 마쳤다. 투발수단도 단·중·장거리 미사일로 다양화 했고 SLBM까지 실전배치 직전 단계에 이르렀다.

따라서 북한의 자발적 핵 포기가 이제 불가능하다면 한미 양국은 모든 수단과 방법을 동원해서 강압적인 제재와 채찍으로 포기시키는 수밖에 없다. 최악의 경우 우리도 핵 무장을 하는 방법밖에 없을지도 모른다. 그러나 그럴 경우 한미동맹이 위태로워지므로 다른 공세적 방어수단과 자위적 선제 타격력을 확보하여 궁극적으로 북 정권과 체제변화를 이끌어 내는 방향으로 대북정책 우선순위를 조정할 필요가 있다. 그러한 의미에서 사드 배치는 필수불가결하다.

작금 우리와 미국이 북 인권문제에 공세적으로 대응하고 해외파견노동자 송금차단 등 김정은의 돈줄을 죄며 나아가 미국의 '대북정보 유입안'으로 북 주민들에게 반체제용 정보를 투입하고 있는 것도 모두 북의 근본적 변화를 강압적으로 유도해 내는 체제 변동(Regime Change)을 지향하고 있다.

한편, 중국의 변수도 간단치 않다. 중국은 6자회담 의장국이자 유엔의 강력한 대북제재를 발의하고 시행에 동참한 책임 있는 당사국이다. 그리고 시종일관 북한의 핵 개발 및 무장을 반대한다고 공언해온 1953년 휴전협정 당사자이자 한반도 평화와 안정에 관한 중대한 이해관계자이다. 그럼에도 불구하고 어떤 결정적인 중요한 사안에 대해서는 늘 모호하고 이중적인 태도를 취해왔으며, 심지어 북핵 위협에 대한 우리의 방어용 무기인 사드(THAAD, Terminal High Altitude Area Defense missile, 고고도 방공 미사일) 배치에 대해서는 노골적인 반대와 적대적 언행도 서슴지 않아왔다. 유엔의 대북제재에서도 중국의 실천이 형식에 그치고 있다는 지적은 더 이상 새삼스럽지 않다. 그들은 오직 제재에 동참 그 자체가 중요하다며 적극성을 보이지 않고 있다.

북한이 예의 인도, 파키스탄 모델을 '자신 있게' 추구하는 것도 중국의 이러한 이중성과 무관하지 않다. 북한은 지난 십여 년간 파키스탄과 특별한 '핵 커넥션'을 유지하면서 우라늄탄 제조 기술과 원료를 습득하는 한편, 이란과는 '미사일 커넥션'을 통해 중, 장거리 미사일 기술이전과 실험 발사를 공유해 왔다. 이는 미국을 비롯한 주요 서방정보 기관들에 의해 여러 차례 경보가 울렸고 중국도 사전에 충분히 인지하고 있었던 사안이다. 중국은 그럼에도 불구하고 라이벌인 인도를 견제하기 위해 파키스탄이 핵 무장하는 것을 직, 간접적으로 지원해왔으며 이 지역에서 지정학적 영향력 확대를 꾀해왔다.

중국이 북한의 비핵화가 아닌 소위 '한반도 비핵화'를 주장하는 북한의 위장공세를 지지하며 사실상 미국을 견제하고, 나아가 한미동맹을 이완시키려는 의도를 숨기지 않는 것도 이러한 그들식인, 파 모델 논리와 같은 맥락이다. 그렇지 않고서야 북핵 위협에 대응한 단순 방어무기인 사드배치 문제를 놓고 중국 지도부가 그렇게 극단적인 반대태도를 일관되게 견지할 리가 없다. 이는 그간 중국이 북 핵무장 문제에 대해 비교적 온건한 형식의 반대 입장을 유지해온 것과 크게 대비된다. 신임 트럼프 미행정부의 비교적 강경한 대북한 및 대중국 정책기조와 이로 인한 미중 간의 갈등 가능성은 한반도의 안보상황을 더욱더 불확실하게 만들 변수로 작용할지도 모른다.

물론 한중 전략적 동반자 관계 유지는 한반도 평화와 안정을 위해 필수불가결한 요소이다. 서로 최대 무역 교역국(우리에게 1위, 중국에겐 3위)일 뿐만 아니라 연간 천만 명 가까이 상호 방문하고 있고 우리 국내 체류, 외국인 백여 만 명 중 90% 가까이가 중국 국적이다. 또한 국내에 유학 온 중국학생수는 거의 10만 명이나 된다는 통계도 있다. 이제 양국은 어떠한 형태이건 더불어 살아야 하는 공생공영(共生共榮)의 관계인 것이다. 이는 중국지도부도 잘 알고 있다. 북·중 정상회담은 이루어지지 않았는데 박근혜 대통령과 시진핑 주석이 지난 4년간 무려 7차례나 정상회담을 가졌고, 박 대통령이 미국의 오해에도 불구하고 2015년 9월 초 중국의 전승절 기념식까지 참석해 군사퍼레이드를 참관한 것은 이의 좋은 징표이다.

그러나 엄밀히 분석해서 중국은 북한의 핵무장 못지않게 북 체제의 붕괴도 원치 않고 있다. 앞서 지적했듯이 북 핵무장을 막기 위한 유엔의 대북제재에 동참하되 그것은 어디까지나 북 체제의 불안정을 초래하지 않는 범위 내에서만 하겠다는 것이다. 철저히 이중적인 계산이다. 그만큼 북·중 관계는 지정학적으로 순치(이와 입술)관계를 유지해왔다. 사드배치를 북한보다 오히려 중국이 더 강하게 반대하고 나온 실로 황당한 일도 이러한 선 대미견제, 후 북한 비핵화 논리를 극명히 반영하고 있다. 이 틈새에서 시간을 번 북한은 이미 핵무장을 했고 실전배치 단계까지 왔음은 앞서 지적한 바와 같다. 중국의 이러한 두 얼굴은 우리가 부인할 수 없는 엄연한 지정학적 현실이다.

우리가 아무리 한중 전략적 동반자 관계를 중시해도 그것이 결코 한미안보동맹을 대체할 수는 없다고 주장하는 이유가 바로 여기에 있다. 한마디로 전자는 우리 안보를 위한 보완재이지 절대로 후자의 대체재가 될 수 없다. 대륙세력인 중국과의 전략적 동반자 관계를 강화하려면 오히려 해양세력인 미국과의 안보동맹을 더욱 더 강화시켜 나가야 한다. 그것이 지금 우리에게 필요한 가장 강력하고 효율적인 대 중국카드이며 거의 유일무이한 대북전쟁 및 핵 억제력이다. 지정학적인 전략현실주의는 바로 이것을 말한다. 아마 중국지도부도 이 분명한 역학관계의 현주소를 충분히 인식하고 있을 것이다.

중국은 과연 북 핵무기 사용 위협과 그 위험을 통제할 수 있다고 스스로 믿고 있는가? 중국이 우리와는 고도의 경제적 공존, 공영 관계를 유지하면서 북한 김정은 체제의 핵과 경제개발 병진노선을 방치 내지는 묵시적 동의를 하는 상호 모순된 이중전략이 과연 현실성이 있다고 믿고 있는가?

물론 나의 판단은 부정적이다. 우리와 미국은 어떠한 경우에도 북핵 불용 즉 CVID(Complete, Verifiable, Irrecoverable, Destruction) 원칙을 처음부터 고수해오고 있다는 사실을 중국도 잘 알고 있다. 그리고 이 원칙은 양국의 정권교체와 관계없이 일관되게 유지될 것이 확실하다는 점도 알 것이다. 한미안보동맹은 연합작전체제라는 형태로 유지되고 있고 이는 전 세계적으로 거의 유일한 쌍무작전체제로서 그 무엇으로도 쉽게 대체될 수 없는 매우 독특한 전략가치를 갖고 있다. NATO(북대서양 조약기구)는 다자간 합의를 전제한 약간 느슨한 집단안보체제이며, 독일은 바로 이 우산을 잘 활용해 무혈 흡수통일에 성공했었음은 익히 알고 있는 사실이다.

북한의 핵 위협은 이제 단순한 공갈, 협박 단계를 넘어 작금 SLBM과 중·장거리 미사일 시험발사 성공에서 보듯 점차 위험한 수준의 전략현실로 다가오고 있다. 따라서 우리도 이제 단순히 CVID원칙 고수 차원을 넘어 이제 어떠한 형태이건 북의 '체제 변동'까지 겨냥하는 대책을 세우지 않고서는 핵문제의 근본적 해결이 불가능하다는 판단에까지 이를 수밖에 없다. 북 지도부가 체제보위를 위해 전쟁위험을 감수하더라도 핵을 포기하지 못하겠다면, 우리는 북핵 위협이 지속되는 한 통일은커녕 당장 체제 안보가 위태로워졌다고 판단해야 한다. 마치 두 열차가 마주보고 달리거나 아니면 적어도 끝도 없는 평행선을 달리는 형국이다.

이는 뚜렷한 탈출구도 없고 U턴 하기는 더더욱 어려운 힘과 의지의 경쟁. 즉 상호 벼랑 끝 전략을 구사하는 매우 위험한 국면이다. 서로 체면과 자존심을 살리는 이른바 '페이스 세이빙(face saving)' 해법도 보이지 않는다. 북의 체제급변 가능성 문제에 가서 다시 설명하겠지만 북한은 결코 이 무모한 핵 도박 게임에서 승자로 살아남기 어려울 것이다. 아직 약소국이며 그나마 불량국가인 북한이 국제사회 전체와 맞서 승부수를 건다는 것은 거의 사살행위나 마찬가지이기 때문이다. 더욱이 이 게임은 장기적 성격을 띠고 있어 앞장에서도 분석했듯이 시간이 갈수록 북한 측에게 불리하게 되어 있다.

이 흐름은 어쩌면 중국도 자의적으로 통제할 수 없을 것이다. 비록 미중 간의 갈등과 마찰이 확산되고 중국이 아무리 이른바 G2 국가로서 미국과 대등한 목소리를 낸다 하여도, 북한이 6차, 7차 핵실험을 감행하고 소형화, 경량화된 전술 핵무기를 실전배치 했다고 선언한 그 순간부터 우리와 국제사회는 모든 대화와 협상을 단념할 것이다. 나아가 최악의 스탈린주의적 인권 유린국이자 '핵 불량국가'인 북한을 한목소리로 응징하고 나설 것이 자명하다. 심지어 지금 미국은 외과적 수술형식(surgical strike)의 선제공격까지 검토하고 있다. 원칙을 중시하고 미국의 힘을 적절히 사용하는 데 주저하지 않겠다는, 강력한 미국을 제창한 트럼프 행정부는 전임 오바마 행정부와는 달리 '전략적 인내'를 하지 않을 것이 분명하다. 행동으로 보여줄 가능성이 갈수록 높아질 것이다. 그리고 이 가능성은 만약 북한이 미국을 직접 위협하는 ICBM 실험발사까지 성공하면 자칫 예방공격의 현실화로 나타날 수도 있다.

북한이 이른바 '비이성적 행동의 합리성추구(rationality of irrationality)' 전략을 쓰고 있는지는 모르지만, 이 전략이 성공하려면 먼저 내적인 안정이 뒷받침된 효율적인 위기관리 체계가 반드시 갖추어져야 한다. 한마디로 체계적이고 효율적인 위기관리 능력이 있어야한다. 핵 카드를 공갈 협박식으로 무작정 남용하는 작금의 비이성적 행동이 나름의 실리를 꾀하는 합리성을 갖추려면, 적정의 한계성을 지키면서 우리와 국제사회의 전략적 인내심을 벼랑 끝으로 몰고 가지 않아야 한다. 그렇다면 과연 지금 김정은 정권이 이렇게 합리적으로 행동하고 있는가? 김정은은 앞으로 전개될 상황을 통제할 수 있다고 스스로 자신하고 있는가?

답변이 지극히 부정적임은 이미 앞서 분석한 바와 같다. 더욱이 제2인자격인 고모부 장성택 행정부장을 무자비하게 처형한 후 연이어 현영철 인민무력부장, 김용진 교육부총리 등 고위급 간부 100여 명도 피의 숙청을 하는 고도의 공포통치가 진행 중이다. 이의 후유증으로 이제 점차 외무성, 보위부, 정찰총국 할 것 없이 당·정·군 엘리트 중간급 간부들이 하나씩 탈북행렬에 가담하면서 전반적 위기관리 체계가 '위기'에 처한 상황으로 치닫고 있다.

상황이 이러한 방향으로 전개되어 가면 우리도 긴장하지 않을 수 없다. 김정은이 정예 엘리트 그룹의 보좌를 제대로 받지 못한 상태에서 그의 즉흥적이고 충동적인 공포통치가 맹목적 과잉충성의 군부강경파 득세로 나타나 안팎으로 어떤 우발 및 돌발 사태를 초래할지 모르기 때문이다. 오늘날 국제사회의 지구촌 공존공영의 논리인 법의 원칙(rules of law)과 게임의 법칙(rules of game)을 전면 거부하는 전형적인 불량국가인 김정은의 북한이 핵 문제로 결국 체제 '핵분열' 될지도 모를 일이다. 즉 이대로 가면 북한이 격변하거나 급변할지도 모른다는 뜻이다. 그러면 이보다 근본적인 문제를 이제 본격적으로 한번 다루어보자. 나의 분석은 전략정보 역량을 바탕으로 점차 보다 구체적이고 현실적인 정책 예단으로 가고 있다.

북한은
급변할 것인가

　　이제 나의 우국충정론은 보다 근본적인 안보 및 통일문제에 이르렀다. 북한 급변사태 가능성에 관한 분석이 바로 그것이다. 핵문제의 논리적 분석 결과가 이제 자연스럽게 김정은의 핵 도박 실패가 어쩌면 체제 핵분열로까지 치닫지 않을까 하는 조심스러운 예측을 가능케 한다. 전문용어로 설명하자면 '핵 피로증후군'(nuclear fatigue syndrome)은 점차 '체제 피로증후군'(regime fatigue syndrome)을 가져와 결국 체제 와해 현상을 불러일으킬 수 있다는 가정이다. 물론 이는 어디까지나 이론적 분석이며 어느 정도 희망적 예단(wishful thinking)일 수도 있다.

　　그러면 여기서 이러한 예단에 현실적 단초를 제공한 2013년 11월 말 장성택의 무자비한 처형과 이와 관련, 내가 조선일보에 12월

16일 자로 특별 기고한 내용을 한번 살펴보면서 보다 체계적인 분석을 해 보도록 하자.

〈북한 격변사태를 보는 눈〉

2008년 8월 김정일이 심상발작으로 쓰러졌을 때, 우리의 관심은 북한이 후계구도 가시화를 서두르게 되면서 조만간 당·정·군 권력관계에 큰 변화를 겪을 것이라는 점과 이에 따라 대내외 정책에 관한 주요 의사결정 과정에 적지 않은 혼선과 혼란이 초래될 것이라는 점에 집중되었다. 20여 년 간에 걸쳐 후계수업을 받았던 김정일과는 달리 김정은은 2009년 1월 비공식 당 중앙위 정치국 회의에서 서둘러 후계자로 지명될 정도로 상황이 긴박했던 것이다.

김정일은 2011년 12월 사망 전까지만 하더라도 이 긴장관리에 나름대로 자신감을 갖고 김정은을 현지지도에 수행하게 함으로써 기존의 원로 기득권 그룹과 신진 청·장년 세력 간 순조로운 세대교체를 계획했었다. 그래서 당에서는 장성택 행정부장을, 군에서는 리영호 총참모장을 두 기둥으로 삼고 후사(後事)를 부탁했다. 그런데 김정은은 이 두 사람을 단 기간 내에 무자비하게 숙청해 버린 것이다. 먼저 장성택을 시켜 리영호를 치게 하더니, 이제는 반대로 군으로 하여금 장성택 마저 제거하게 만들었다.

따지고 보면 이러한 무리수는 작년 봄 최룡해를 군 총치국장에 전격 발탁하면서부터 예고됐었다. 최룡해는 김정일 시대에 거의 두각을 나타낸 적이 없는 '민간인 출신' 군 실세로서, 과거 김정일이 이 자리에 군 통제를 위해 나름대로 인정받는 군 원로인 조명록 공군사령관을 앉혔던 것과 크게 대비된다. 한마디로 당의 통제력 강화와 선군정치 강화를 동시에 추진하겠다는 상호모순을 스스로 드러낸 것이다.

그래서 김정일 시대와 달리 당의 군 통제에 과도하게 의존함으로써 당·군의 심각한 갈등을 초래하고 결국 후계체제 기반을 흔든 딜레마에 스스로 빠지게 되었다. 이 딜레마가 결국 장성택 처형이라는 최악의 수를 두게 만든 것이라고 볼 수 있다.

과연 이러한 사태가 과거 1960년대 초 마오쩌둥이 류사오치 주석을 숙청하고 그의 세력들을 제거하기 위해 문화혁명 광풍을 일으킨 과정과 비슷하게 치달을 것인지, 아니면 1989년 천안문 사태 후 덩샤오핑이 급진 개혁파인 후야오방 총서기와 자오지양 총리를 강제 퇴진시키고 '보수개혁' 방향으로 속도 조절한 전철을 밟을 것인지는 아직 두고 봐야 한다. 그러나 여기서 한 가지 분명한 것은 지금 북한은 과거 구동독이나 구소련의 상황과는 많이 다르다는 점이다.

지금 북 지도부는 권력지형의 격변과정을 겪고 있는 것이지 당장 체제 급변의 상황에 처한 것이 아니다. 북은 쉽게 전쟁을 결심할 수도 없을 뿐만 아니라, 또 쉽게 무너지지도 않는 독특한 병영국가 체제라는 점을 우리는 잊어서는 안 된다. 북 지도부는 루마니아와 리비아 독재 권력의 말로를 잘 알고 있으며, 그래서 생존을 위해 핵과 경제 건설 병진이라는 매우 계산된 모험의 인도-파키스탄 모델을 택한 것이다.

문제는 이번 장성택의 처형이 이러한 모험을 실용주의화 시킬 실무 관료집단의 부재상태를 장기화시킬 염려가 있다는 것이다. 장성택의 비극은 외부 충격보다는 내부 파괴력이 훨씬 더 크기 때문에 앞으로 상당기간 주요 정책과 전략도 극과 극을 오가며 비상구 없는 맹목적인 행동이 반복될 가능성이 높다. 이러한 관점에서 우리는, 남북 관계는 최선일 때도 항상 긴장상태에 있었고 최악일 때는 전쟁 공포 분위기까지 조성되어온 특수한 이중관계라는 점을 다시 한번 상기할 필요가 있다. 과거 동·서독도 교류협력의 기운이 높아질수록 내적 곤궁에 처한 동독의 대서독 공작도 그만큼 높아졌다는 사실을 반면교사로 삼아야 한다.

이 칼럼을 쓴 지가 벌써 3년 가까이 되어 가는데 우려스럽게도 나의 분석적 예측은 작금의 현실에 그대로 드러나고 있다. 김정은의 극단적인 공포통치가 간부급 인물들의 탈북행렬을 초래하고, 맹목적인 핵 도박으로 스스로를 벼랑 끝으로 몰고 가고 있는 상황이 바로 이를 증명한다. 장성택 처형 후유증이 지속적인 피의 숙청으로 이어지면서(현영철 인민부장, 김용진 교육부총리 처형 등) 내부 파괴력이 점차 '체제 피로증후군' 현상으로 발전되어가고, 5차 핵실험 강행과 단·중·장거리 미사일을 유엔안보리의 강력한 경고와 제재에도 불구하고 계속 시험 발사한 것은 결국 스스로를 벼랑 끝으로 모는 일종의 '핵 피로증후군'을 유발할 수 있다. 그리고 이 두 가지 증후군은 동시에 상호 시너지효과를 내면서 어느 순간에 가서 폭발적인 충격으로 북 체제의 격변 혹은 급변을 초래할지도 모른다.

체제 피로증후군은 이대로 가면 더 이상 희망이 없다는 일종의 자포자기 현상으로 연이어 탈북하는 엘리트 계층의 북 정권 간부들이 잘 보여주고 있다. 과거 황장엽 노동당 비서가 망명한 것과 최근 우리에게 넘어온 태영호 영국 주재 공사의 경우가 대표적이다. 고위급 엘리트 계층이 이렇게 흔들리기 시작하면 동독의 마지막 때처럼 연쇄적으로 이탈 도미노 현상이 나타나지 말라는 법은 없다.

핵 피로증후군이란 한마디로 핵 도박의 벼랑 끝 전략이 결국 한계에 이르러 북이 대북제재와 압박을 더 이상 못 견디어 유엔과 국제사회에 타협하고 나올 경우를 상정한다. 즉 핵카드의 한계효용성을 절감하고 경제적 압살과 외교적 고립무원을 벗어나기 위해 보다 실리적인 타협으로 절충안을 시도할 경우를 말한다. 한마디로 제2의 이란이 되는 경우이다. 물론 매우 희망적 사항이다. 그럴 경우 북은 어떠한 형태이건 핵 검증을 받기 위해 체제 개방의 위험을 감수하고 문을 열지 않으면 안 되는 딜레마에 처할 수 있다. 북한은 과연 제2의 이란이 될 수 있는가?

이 두 가지 현상은 동시에 아니면 순차적으로 다가올 수 있다. 문제는 북 정권이 이 과정에서 과연 적절한 위기관리능력을 발휘할 수 있느냐 하는 점이다. 위기를 제대로 관리할 수 있다면 김정은 정권은 적어도 당분간 안정을 꾀할 수 있겠지만 그렇지 않을 경우는 체제의 격변 내지는 급변 가능성마저 배제할 수 없다. 김정은은 대내외 상황이 이처럼 긴장될수록 오히려 더 언행이 극단으로 치닫는 일종의 피해망상증과 조급증을 표출하고 있어서 이 가능성이 점차 현실화될지도 모른다. 단기간 내 우상화 작업을 완비하려다 보니 무자비한 피의 숙청으로 맹목적인 과잉 충성 경쟁을 유발하고, 이것이 대남 도발로 이어져 자칫 스스로도 통제하기 어려운 우발사태를 야기할 수 있다. 추가 핵실험 강행과 제2, 제3의 천안함 폭침이나 연평해전 및 연평도 포격 도발 같은 것을 말한다.

그렇게 되면 연이은 핵과 미사일 실험의 자기 과시력이 점차 통제 불가능한 자기 파괴적인 부메랑 효과를 가져 오면서 정상적인 위기관리 능력이 마비되는, 이른바 위기 관리력의 위기현상이 초래되는 것이다. 그러나 여기서 우리가 주의해야 할 점은 설사 이러한 위기가 온다 하여도 북 체제의 급변보다는 김정은 정권의 격변이 먼저 올 것이니 이 두 가지 개념을 분명히 구분하여 대처해야 한다는 것이다. 앞의 기고문에서도 지적했듯이 정권차원의 격변과 체제 차원의 급변은 엄연히 다르다. 북 체제는 구동독이나 루마니아와 전혀 다른 속성의 병영국가(garrison state), 즉 군이 위기 관리력을 전담하고 있음을 잊어서는 안 된다. 그리고 이 조선인민군은 주체적 선군사상을 지도이념으로 삼은 것에서 보듯이 쉽게 흔들리거나 무너지지 않는 일종의 재생적 메커니즘을 갖고 있다.

쉽게 전쟁을 결심할 수도 없으면서 쉽게 무너지지도 않는 조선인민군부가 떠받치고 있는 김정은의 스탈린주의적 통치체제는 황장엽의 망명이나 장성택의 처형 같은 크고 작은 정권적 격변은 앞으로도 지속될 것이다. 그러나 동독이나 루마니아처럼 하루아침에 체제가 와해되는 급변은 쉽게 일어나지 않을 것으로 보는 것이 보다 현실적인 판단이다.

북한이 핵문제는 인도-파키스탄 모델을 지향한다는 앞선 분석과 마찬가지로 나는 이 전략적 판단을 지난 20여 년간 일관되게 고수해 왔고, 최근 귀순한 태영호 전 주영 북한공사도 이를 공식 확인해 준 바 있다. 우리는 북한의 체제변동 요인을 과소평가해서도 안 되지만 과대평가해서는 더더욱 안 된다. 또한 우리가 북한 급변사태를 상정한 우발계획 시나리오(contingency plan)를 갖고 있듯이 북 지도부도 나름의 최악의 경우에 대비한 자칭 '조선반도 비상대책'을 수립해놨다고 가정해야 한다. 앞서 바른 통일론에서도 분석했듯이 모든 전략은 역지사지해야 보다 객관직인 균형감각을 갖고 우선순위를 정할 수 있다. 이것이 바로 전략현실주의의 요체이다.

나는 국방대학원 교수 시절부터 이 전략현실주의의 중요성을 수없이 강조해왔으며 정부요직에 있을 때는 아예 직접 정책수립의 기본지침으로 삼았었다. 이론과 실제를 공고히 하는 3가지 원칙이 있다. 시공성과 이중성, 그리고 상대성의 원칙이 그것이다.

시공성이란, 전략은 때와 장소를 구분할 줄 알아야 한다는 유연성에 관한 것이다. 즉 언제 누구에게 쓰는 전략인지를 분명히 하지 않고 천편일률적인 원칙만 고집하면 반드시 실패한다는 전사(戰史)에 이미 수없이 고증된 원리이다. 이중성이란, 전략은 음과 양, 성공과 실패, 가능성 모두를 상정하고 향상 복안을 준비해야 한다는 것이다. 즉 최선의 경우와 최악의 경우를 동전의 앞뒷면 이치로 여기고 모든 가능성에 대비해야 한다는 뜻이다. 그리고 상대성 원칙이란, 예의 역지사지에 관한 것이니 더 이상 중언부언할 필요가 없을 것이다.

이러한 논리에서 분석해볼 때 지금 김정은 정권은 핵과 미사일 등 대량살상무기 문제에 관한 한 이라크와 이란, 그리고 리비아와 시리아의 경험적 사례를 심층 비교분석하고 나름대로 비상대책을 강구하고 있을 것으로 추정할 수 있다. 이들 4개국 모두 한때 북한과 긴밀한 군사협력 관계를 유지한 적이 있고 시리아와 이란은 아직도 직, 간접적인 교류를 하고 있다. 그리고 이 4개국 모두가 미국이 주도한 국제 공조 체제의 압력으로 대량살상무기(WMD) 개발을 중단하거나 아예 포기한 독특한 경험을 갖고 있다. 먼저 이라크는 WMD 개발을 위협하고 시도하다가 이라크 전에서 미국 주도의 다국적군에 대패하여 아예 사담 후세인이 처단된 경우이고, 리비아는 WMD 개발역량을 어느 정도 보유했으나 미국과 담판으로 이를 포기하는 대신 보다 실리적인 경제 지원을 약속받았던 경우이다. 그 후 리비아의 카다피는 내부 위기관리 실패로 발생한 내전에 의해 스스로 무너져 내려버렸다.

시리아는 WMD 개발의지는 있으나 능력이 아직 갖추어지지 않는 상태에서 이스라엘의 예방공격으로 파괴되어 중단되었다. 그리고 지금 피비린내 나는 내전을 겪고 있는 중이다. 미국은 물론 반군 측을 지원하여 아사드 정권의 야욕을 꺾으려 하고 있지만 향후 정세는 러시아의 개입으로 장기전으로 치닫고 있어 지극히 불확실하다. 이란은 이미 주지하다시피 미국 및 EU와 성공적인 협상으로 WMD 개발을 중단(아직 포기라고 속단하기는 이름)한 대신 석유 수출 재개 등 경제적 실리를 철저히 챙긴 경우이다. 당연히 우리와 미국은 북한이 이 이란 모델을 따르기를 희망한다. 이라크와 리비아 그리고 시리아는 각기 특유의 '급변사태'를 겪었지만 이란은 대화와 협상을 통해 일단 최악의 사태는 모면했기 때문이다.

그러나 북한은 이미 핵 무장과 경제개발 병진을 국가노선으로 천명한 상태이고 핵무기의 실전배치를 눈앞에 두고 있다. 즉 위의 4가지 모델 그 어느 것도 북한에게는 적용이 안 된다는 것이다. 김정은이 최근에 "아무도 우리를 도와주지 않는다……. 이제 믿을 것은 핵무기 밖에 없다"며 SLBM 발사 성공을 자축한 것에서 보듯이 오직 WMD만이 생존을 보장하고 체제의 급변사태를 막을 수 있다고 철썩 같이 믿고 있다. 한마디로 말해서 자신감이 있다기보다는 더 이상 잃을 것도 없는 선택의 여지가 없다고 판단하고 있는 것이다. 따라서 내부적으로는 시리아나 리비아식 내란을 막기 위해 앞으로도 무자비한 공포통치를 지속할 것이고, 외부적으로는 이라크처럼 일방적으로 당하지 않기 위해 핵무기로 고슴도치 전략을 고수할 것이다. 동시에 이란 같은 핵협상은 아예 불가능하다며 인도, 파키스탄 모델로 핵무장의 국가노선화를 일관되게 고수할 것으로 보인다.

결론적으로 적어도 향후 상당 기간 북한 급변사태를 기대한다는 것은 전략적으로 비현실적인 판단이다. 북한은 그들 스스로도 주장하듯이 국제사회의 대북제재에 더 이상 잃을 것도 없이 매우 익숙할 뿐만 아니라 철저히 고립무원의 상태에서도 중국의 순망치한 지원을 믿어서인지 체제 생존을 자신하고 있다. 고도로 병영화된 국가의 독특한 위기관리 방식이다. 따라서 그들 스스로 어느 시점 혹은 어느 사안에 임해 체제가 위험에 처해 있다고 판단하면, 오히려 저강도 혹은 고강도 대남도발을 감행할 여지까지도 충분히 있다. 지금까지 늘 그렇게 해 왔고 또 앞으로도 그렇게 할 수 있는 21세기 최악의 불량국가인 셈이다.

내가 북한의 격변이나 급변사태의 발생은 우리에게 통일의 기회이기 전에 먼저 안보의 위기로 다가올 것이라고 시종일관 주장하는 이유가 바로 여기에 있다. 즉 이상적으로 통일은 대박이기 이전에 먼저 현실적으로 안보대란을 수반하는 이미 '예고된 혼돈'으로 피와 땀과 눈물의 대장정이라는 것이다. 우리는 지금 이러한 북 체제의 독특한 작동원리와 벼랑 끝 위기관리 방식, 그리고 젊은 폭군 김정은의 심리상태를 얼마나 정확히 알고 있는가? 미리 알지 못하면 제대로 대처할 수 없고, 이에 자신이 없다면 우리 주도의 통일은 꿈도 꾸지 말아야 한다. 그래서 '통일은 없다'며 '빠른'이 아닌 '바른' 통일의 길을 설파한 것이다.

그러면 이제 이 문제를 전략정보 차원에서 한번 다루어 보자. 내겐 이 분야에 남과 비교하기 어려운 매우 귀중한 실질적인 경험이 있다. 국가안전기획부와 국정원 고위직 근무시절 경험이 바로 그것이다.

국가정보원 제1차장 시절:
통일은 정보 전쟁이다

나의 국가안전기획부 시절 경험은 이미 1부 제1장에서 간략히 언급한 바 있지만 자세한 내용은 풀어놓지 않았었다. 여기서 조금 더 부연 설명하면서 국정원 1차장 시절로 이야기를 자연스럽게 연결시켜 보겠다. 내가 국가안전기획부 특보(안보통일 보좌관)로 재직했던 1993년 3월부터 1995년 12월 말까지 2년 10개월 기간은 남북관계사에 심대한 영향을 지속적으로 미칠 수 있는 결정적 사안들이 태동한 일종의 역사적 전환기였다. 북한의 '서울 불바다' 위협과 뒤이은 핵전쟁 소동, 남북정상회담 개최 합의와 김일성의 급작스런 사망, 그리고 미·북 간의 북핵 동결에 관한 〈제네바 합의문〉도출 등이 바로 그 사안들이다.

앞서 말했듯이 당시 나의 임무는 주요 안보·통일 현안에 대해

정보차원에서 분석, 조언하고 정부의 대북정책을 전반적으로 지원하는 데 있었다. 쉽게 말하자면 안기부에 소속된 일종의 대통령 외교안보 참모였던 셈이다. 그래서 핵전쟁 소동이나 남북정상회담 합의와 김일성 사망 그리고 〈제네바 합의문〉 등 지금까지도 지속되어온 현안 같은 것을 직·간접적으로 정보차원에서 다루었던 것은 당시의 첨예한 역사적 상황에서 내가 감당해 냈던 중차대한 경험이었다. 이에 관해 당시 내가 내렸던 분석적 정보판단을 요약해 보자면 다음과 같다. 그리고 이 판단은 훗날 내가 제1차장으로 다시 복귀해서 새로운 임무를 수행하는데 있어서도 물론 중요한 기본 지침으로 작용했다.

▲ 국가정보원 제1차장에 부임하여 취임사를 직원들에게 대강당에서 하였다.(2012.5.)

우선 핵전쟁 소동은 1994년 3월 남북차관급 접촉에서 북측 대표 박영수가 우리 측의 송영대 통일부차관에게 했던 '서울 불바다' 발언에서 비롯됐다. 북한은 이미 핵 비확산조약(NPT)에서 탈퇴를 선언하고 국제원자력기구(IAEA) 사찰도 거부한 상태였다. 이 와중에 열린 회담에서 북측 박영수가 "수틀리면 북은 전쟁도 불사할 것이고 그럴 경우 서울은 불바다 될 것"이라고 협박했던 것이다. 한마디로 북이 핵개발을 완료하고 전쟁하면 서울은 불바다 된다는 핵전쟁 공갈 위협이었다. 이로 인해 남과 북의 군사적 긴장이 일촉즉발 상태까지 갔던 것은 더 말할 필요도 없다.

　당시 나는 박영수가 큰 실수했다고 판단했다. 그도 그럴 것이 북은 아직 핵 개발을 완료하지 못했을 뿐만 아니라 전쟁은커녕 당장 남측과 우발적 충돌마저 조심하고 있었기 때문이다. 그 당시 김일성은 중국과 러시아가 한국과 수교하고 동구권이 완전히 몰락한 것에 대해서 거의 절망적 상실감에 빠져있었고, 이로 인해 건강(머리 뒤 혹)도 크게 악화되어 있었다. 따라서 어떠한 형식이든 일단 시간을 벌어야 한다는 강박관념 속에 은근히 카터 전 미국 대통령과 접촉해 '중재역'을 부탁할 정도였다. 나의 예상은 적중했다. 박영수는 크게 문책 당하였고(그 후 숙청됨) 김일성은 카터를 초청해 남북정상회담 개최 용의를 긴히 우리에게 전달해 왔다. 정보판단은 이처럼 철저히 냉엄한 현실주의로 접근해야 한다. 북이 아무런 준비 없이 스스로 자멸을 초래할 핵전쟁을 무슨 수로 감행한다는 말인가!

　남북정상회담 합의 건에 관한 분석도 마찬가지다. 이는 그 뒤 2000년 6월 1차 남북정상회담이나 2007년 10월 2차 회담 때 전·후 상황과 너무나 흡사해 내 스스로의 정보판단에 나름의 확신을 갖고 있다. 당시 김일성의 머릿속엔 남쪽에서 세차게 불어오는 독일통일의 '반혁명적' 공세 바람을 시급히 차단해야 한다는 강박관념으로 꽉 차있었고, 그것이 우선 1992년 초에 급조해 내놓은 〈남북화해와 불가침 및 교류, 협력에 관한 합의서(약칭 남북기본합의서)〉라는 일종의 '바람막이'였다. 따라서 카터가 전달하고 남북이 서둘러 합의한 김영삼·김일성 정상회담 안은 남북관계의 정상화가 목적이 아닌 일시적 위기관리를 위해 북측이 공세적 방어용으로 내놓은 시간벌기 전략에 불과했다. 바로 이 시기에 김일성이 내부적으로는 "핵무장을 서두르라"고 지시한 것은 이의 단적인 증거로 이미 정보차원에서 파악된 내용이다.

　그 후 김정일이 김대중 대통령을 초청해 1차 정상회담을 가진 것이나 노무현 대통령을 불러 2차 회담을 한 것은 비록 우리 측의 동기가 순수하고 선의였다 하여도 결과적으로는 모두 "겉으로 변한 척하라. 속으로 칼을 품되 남조선의 경제 지원을 최대한 이끌어내어 실리를 취하고 핵개발을 완료한다"는 저들의 철저한 위장평화 계략에 말려들었던 것에 지나지 않는 셈이 되고 말았다. 이 역시 정보 분석으로 검증된 것이다.

이렇게 보면 전술하였듯이 1994년 10월에 나온 〈제네바 합의문〉도 마찬가지이다. 그때 나는 이 합의문이 북의 핵개발을 일시적으로 '동결'한 것에 불과하며 결코 '해결'에 합의한 것이 아니라고 목소리를 높였었다. 동결은 문자 그대로 잠시 핵 개발을 중단한 것이지만, 해결은 핵 시설의 완전해체를 의미하며 이 차이는 하늘과 땅 차이만큼이나 크다.

그리고 그 허울 좋은 동결의 대가로 거의 우리가 부담하는 몇 조 단위의 경수로를 건설해 북에 제공하는 것은 완전히 북지도부의 고단위 사기극에 당한 것이라고 통박했다. 물론 당시 정부 내 나의 정치적 입지는 제한되어 있었기 때문에 어떠한 영향력도 행사할 수는 없었다. 그러나 지금 다시 돌이켜보니 이 모두 북 지도부가 장기적 복안을 갖고 일관되게 추진한 마스터플랜이었다. 결과적으로 북은 5차까지 핵실험을 감행하고 이제 실전배치를 목전에 두고 있으니 이러한 위장 평화공세와 사기극으로 충분히 우리의 돈과 시간을 벌어간 것이었고, 우리에겐 그만큼 바보처럼 '잃어버린 세월'이 된 셈이었다. 실로 가슴 답답하고 참담한 현실이 아닐 수 없다. 그래서 과거는 지나간 오늘이고 미래는 다가올 오늘이라는 선문답적 '현실론'이 더 명확한 느낌으로 새겨진다.

나의 2012년 5월 초 국가정보원 제1차장 부임은 바로 이러한 배경에서 이해해야 한다. 엄밀히 말해서 부임이 아니라 '복귀'인 셈이다. 나는 캐나다 대사로 부임한 지 불과 10여 개월 만에 갑자기 대통령의 부름을 받았다. 국정원 제1차장을 맡으라는 특명이었다. 물론 계기가 전혀 없었던 것은 아니다. 이명박 정권 출범 전에 정권인수위원회에서 정무분과위원을 맡았던 내 이력도 어느 정도 작용했을 것이다. 이 분과위가 청와대와 국무총리실 그리고 감사원과 국가정보원 업무 인수인계를 관장하고 있었고 국정원은 특히 내가 중점적으로 챙긴 적이 있었기 때문이다. 또한 2012년 2월 말에 열린 재외 공관장회의 참석차 서울에 잠시 왔을 때 김황식 총리와 대통령을 면담할 기회가 있었는데 당시 나는 김정은 후계체제의 대내적 불안정성과 대외적 돌출행동 가능성을 예단하고 매우 치밀한 전략적 대응방법론을 진언한 바 있었다.

그래서 5월 초 특명을 받자 '올 것이 왔다'는 느낌이 들었다. 김정일의 갑작스런 사망은 남북한 모두에게 충격이었으며, 특히 우리에겐 전략정보차원에서 북 지도부의 동향을 면밀히 파악하고 향후 예상된 사고방식과 행동양태, 그리고 김정은의 성향을 파악하는 일이 시급했다. 이 모두 정보수집과 분석에 관한 특급 공작사항이다. 즉 고도의 전문화된 정보 판단력과 그에 따른 공작활동이 요구되는 특수임무에 관한 것이다. 그간 국정원이 정권 교체기마다 겪은 대규모 구조조정과 인사쇄신으로 사기가 많이 저하되어 있었고, 그만큼 지휘부의 잦은 변동으로 업무의 지속성과 전문성이 부족했던 점이 없지 않았다. 한마디로 안팎으로 매우 어려운 긴장된 시기에 내가 부임하게 된 것이다.

제1차장은 수석차장으로서 사실상 부원장이나 다름없다. 특히 우리 정보기관의 가장 핵심적인 임무인 대북정보와 공작, 그리고 해외정보와 공작을 모두 관장하는 액면 그대로 정보차장이다. 쉽게 말해 모든 안보 및 통일에 관한 정보의 최고사령탑이다. 따라서 이 자리는 거의 매일 24시간 정보전쟁을 지휘하며 국가안보의 첨병이자 선봉의 역을 수행해야하는 강도 높은 프로정신을 요구한다.

프로정신이란 안보와 통일은 결국 정보전쟁의 승패에 따라 결정되며 국가경쟁력도 모두 이 전쟁의 산물로 주어지는 것이라는 명철한 국가관과 역사관 구비를 말한다. 제1차장의 생각과 신념이 곧 실무적인 정보판단의 최종단계이기 때문에 바로 국가원수의 정책 결심에 직접적인 영향을 미칠 수밖에 없다. 이와 관련, 내가 귀국하는 비행기 안에서 나도 모르게 비장하게 써내려갔던 '나의 각오'가 새삼스럽다. "조국이여 염려마라, 내가 지금 간다……."

'김정일의 천적'이라는 세평을 얻은 나의 부임 아닌 복귀를 우리 조직원들은 크게 환영하였다. 대부분 간부진이 안기부시절 때부터 같이 일했던 탓에 조직 관리와 내부단합은 쉽게 이루어졌다.

나는 우선 주요간부들과 실무 핵심요원들에 대한 정신 재무장교육부터 실시하였다. 햇볕정책 10년의 후유증이 너무 컸고 그로인해 조직문화가 침체되고 이완되어 대공전선이 심히 흔들렸었다고 판단되었기 때문이다. 상대를 적이 아닌 동족으로만 간주하게 만든 햇볕정책의 가장 큰 오류는 정보전쟁에서 필수불가결한 대적의식을 뿌리째 흔들어 놓았다는 점에 있었다. 막상 부임해 보니 이 정신 재무장문제가 제대로 다루어지지 않았음을 파악하고 즉시 시정조치하여 각 직급별로 나누어 수시로 내가 직접 교육훈련에 나섰다.

주요 공작의 성공과 실패사례를 다시 점검하고 경험적 교훈을 도출하여 정보수집과 분석 및 판단, 그리고 정책보고에 이르기까지 전 과정을 철저히 재교육시켰다. 정보는 보는 만큼 입수되고 연구하는 만큼 판단력이 증폭되며 또 국가정책 전반에 대한 사명의식만큼 정책 보고력도 향상되는 법이다. 즉 정보가 안보환경에 따라 변한다기보다는 정보맨의 기본자세에 따라 그 질과 양이 증감하는 것이다. 한마디로 말해서 유능한 정보맨 하나 제대로 키우는 것은 성능 좋은 무기체계 도입보다 더 중요한 군사력이 될 수 있는 것이다.

그래서 나는 이스라엘 정보기관인 모사드와 통일 전 서독의 연방정보기관이었던 BND의 사례를 적절히 비교분석해서 실전 교육을 실시하였다. 주지하다시피 모사드는 이스라엘 안보의 가장 중요한 방패요, 칼의 역할을 수행해왔으며 정보는 곧 국력이라는 정보세계의 모토를 가장 훌륭하게 구현해낸 전설적인 정보기관이다. 모사드는 이스라엘을 오늘날 중동의 최강국으로 키운 장본인이나 다름없다. 구약성경의 "지략이 없으면 백성이 망하여도 지략이 많으면 백성이 번성하리라"는 그들의 모토 그대로이다. 그래서 모사드국장을 포함한 간부진 대부분은 고도로 정예화 된 프로 기사 같은 조직문화를 이루고 있고, 결정적 실수를 하지 않는 한 장기 근무를 보장해 전문성을 극대화 하고 있다.

이는 우리의 사정과 너무나 극명히 대비된다. 5년 정권 임기뿐인데도 정보기관장을 평균 3차례씩이나 바꾸고 정권실세의 부침에 따라 주요 간부진을 1년에 한 번씩 바꾸다보니, 정보정책과 전략의 일관성은커녕 아예 전문성마저 없는 황당한 경우가 허다했다. 지금도 이 악순환은 매 5년마다 반복되고 있는 실로 한심한 상황이다. 내가 부임 초부터 시급히 정신 재무장의 중요성을 강조하는 이유가 바로 여기에 있었다.

구서독의 BND역할도 우리에겐 매우 소중한 타산지석(他山之石)이 된다. BND의 보이지 않는 뛰어난 공작 활동이 독일통일의 밑거름이 되었음은 오늘날 독일인들은 모두 다 인정하고 있다. 즉 동독의 악명 높던 정보기관인 슈타지의 대내외 활동에 당당히 맞서 정보전쟁을 훌륭히 이겨냈기에 동독이 무너지고 결국 통일을 앞당

기게 되었다는 사실을 독일 국민들은 높이 평가하고 있다. 내가 이 장의 제목에 "통일은 정보 전쟁이다"라는 소제목을 단 것은 바로 독일을 반면교사 삼아 살아있는 교훈이 되게 하려는 뜻이다. BND 는 통일 직전까지 서독 내 암약하고 있는 슈타지 요원과 협조자 약 2만 명과 치열한 방첩전과 공작전을 치렀다. 당시 슈타지는 서독연 방 정부기관은 물론 군과 연방의회(Bundestag)에까지 침투해 있었 고 학계와 종교계 및 각종 시민단체와 노동조합에 통일 운동가로 위장해 서독 사회 전반에 걸쳐 깊숙이 포진해 있었다.

즉 내부의 적이 외부의 적 못지않게 큰 위협을 주고 있었던 것이 다. 베를린 장벽이 1989년 11월 초에 무너지고 그 후 1년만인 1990년 10월 초에 동독이 붕괴된 것은 먼저 서독의 BND가 동독 의 슈타지를 무력화시키고 정보전쟁에서 기선을 제압하였기 때문 에 가능했다. 이는 우리도 마찬가지다. 우리가 북한의 대남공작에 맞서 우리 사회 전반에 깊숙이 침투해 암약하고 있는 각종 위장 신 분자, 직파 공작원, 그리고 종북세력 등 자발적 협조자들을 적발해 먼저 차단하고 처단하지 않는 한 우리의 북을 변화시키기 위한 선 의의 대북공작 역량은 겉돌기 마련이다. 내부의 적이 창궐하고 있 는데 어찌 외부의 적에 대한 정보전쟁을 이길 수 있겠는가.

북한은 적어도 이 부분에 관한 한 우리보다 훨씬 더 경험이 많고 자력도 풍부하다. 먼저 북한 입장에서 이해하자는 이른바 내재적 접근 시기인 김대중, 노무현 정부 10년의 일방적인 햇볕정책을 악용하고 역이용하여 저들의 대남 공작 역량이 오히려 더 강화되었다. 뿐만 아니라, 핵무기 개발에서 보듯이 이제 우리를 '길들이고' 다루는 데 있어서 나름의 자신감까지 갖게 됐다는 오늘의 참담한 현실을 직시해야 한다. 과연 우리 국민 몇 %나 북 지도부가 지금도 내부적으로 공공연히 사용하는 '남조선 길들이기' 라는 이 햇볕론을 역이용한 심리전 표현을 이해하고 있는지 실로 가슴 답답함을 금할 길 없다.

정보는 국가의 명운이 걸린 생명수 같은 것이며 성공은 당연해도 실패는 치명적일 수 있는 고도의 불확실성의 영역이다. 그래서 나는 다음 정권에 누가 이 자리에 와도 기본임무만큼은 계속 정예화 되어가도록 중·장기 계획까지 검토하였다. 앞 장에서 분석한 북핵문제와 급변사태 가능성 등을 포함한 주요 현안들을 우발사태 시나리오 형식으로 프로젝트화 시켜 전략 정보차원에서 전면 재정비할 구상이었다. 물론 여기서 그 자세한 내용은 밝힐 수 없다. 단지 그러한 우발계획(contingency plan)의 연구가 향후 우리 정보기관이 지향해야 할 목표를 정립하는 데 있어서 대단히 중요한 이정표가 될 것이라는 점만 강조할 뿐이다.

특히, 우리 정치문화 같이 주기적 변동성이 심한 경우는 더더욱 말할 나위가 없다. 5년마다 정권이 바뀌고 좌에서 우로, 우에서 좌로, 그리고 심지어 우에서 우로 정권이 교체되어도 정보기관은 늘 거의 난도질 수준의 구조 조정을 겪었다. 아니 '당했다'고 해야 옳을지 모른다. 그 정도로 기본임무와 기능이 정치세력 판도에 민감하게 영향을 받아왔고 또 그만큼 정보 전문성과 효율성은 떨어졌다고 할 수 있다. 특히 햇볕정책 정권 10년 동안 가장 핵심적 비밀임무인 대북 공작역량이 거의 와해 수준까지 떨어진 대단히 위험한 상황까지 갔었다는 안팎의 지적은 지금 생각해도 아찔한 일이 아닐 수 없다.

이러한 일은 국정원장이나 통일부 장관직 같은 대북 정책 핵심 요직에 전문성(professionalism)과 무관한 정치적 실세나 대통령 측근을 임의로 보임하는 현상에서도 그 원인을 찾을 수 있다. 인사도 지나치게 잦을 뿐만 아니라 그나마 자의적으로 임명하다 보니 전문성은커녕 일관성마저 없는 정책과 전략이 속출했고, 북 지도부는 이를 최대한 악용하여 실속을 차리는 일이 허다했다. 평화에 대한 순진한 사랑과 통일에 대한 순박한 열정만이 마치 북핵문제의 해법이라도 되는 것처럼, 핵실험이 거듭되고 실전배치가 임박했는데도 무조건 대화와 협상만을 주장하는 어리석음이 정치권에 여전히 팽배해 있다. 덮어놓고 남북정상회담 개최를 먼저 주장하는 것은 이 어리석음의 극치이다.

이 같은 문제는 정부의 공식 입장도 예외가 아니다. 북핵과 미사일위협이 점차 노골화 되어 가고 있는 와중에서 일종의 희망사항(wishful thinking)인 '통일 대박론'이 등장하더니 급기야 "북핵 해법

▲ 국정원 제1차장 임명장을 받고 이명박 대통령과 함께 한 공식 사진(2012.5.)

은 궁극적으로 통일에 있다"는 대통령의 정치적 레토릭(rhetoric)까지 나왔다. 전략 정보차원에서 냉정히 분석해 볼 때 사실 이처럼 지극히 원초적이고 감상적인 표현도 없다. 앞서 지적했듯이 남(南)의 '통일 대박론'은 북 지도부의 반동적 심리상태와 김정은의 피해망상적 강박관념에 비추어 바로 '통일 대전론'이 되어 그만큼 핵무장을 서두르게 만든 힘의 우열의식(superiority-inferiority complex)을 자극했다고 할 수 있다. 핵 무장 시간을 끌수록 점차 북측에게 불리하게 국제안보환경이 조성되어 가고 있기 때문이다.

마찬가지 논리로 우리가 북핵 해법을 궁극적으로 통일에서 찾는다 하니 당장 "통일되면 북핵도 우리 것"이라는 좌파와 종북세력의 북핵 기정사실화 선전선동논리에 힘을 실어준 꼴이 되고 말았다. 실로 어이없는 일이 아닐 수 없다. 정말 우리가 통일을 원한다면 지도자부터 말을 아껴야 한다. 서독 지도자들은 동독이 붕괴조짐을 보일 때까지 이점을 철저히 지켰다는 사실을 우린 기억할 필요가 있다. 이 모두 전략정보세계의 냉엄한 현실에 무지한 탓에 나타난 현상들이다.

이처럼 정보는 아무나 함부로 다룰 수 있는 영역이 아니다. 쇼펜하우어의 지적대로 "정보란 통찰력을 얻기 위한 수단에 불과하다." 정보전쟁에서 이기려면 가장 현실적인 접근이 결국 가장 이상적인 결과를 가져온다는 정보 분석 및 판단의 철칙이 있다. 오직 객관적인 현실을 냉정히 직시할 줄 알아야 꿈을 이룰 수 있다는 철저한 상대성의 논리이다. 서독이 이 논리를 따랐기에 흡수통일을 주도할 수 있었다는 점은 이미 앞서 설명한 바와 같다.

이 논리의 원조는 독일 민족을 최초로 통일한 위대한 재상 비스마르크(1815-1898)였다는 점도 참고할 필요가 있다. 비스마르크는 대세의 흐름을 가늠할 줄 아는 대관주의(大觀主義)의 혜안을 갖고 정확한 정보판단으로 강온 양면의 세련된 외교를 구사함으로써 내적 통합과 외적 통일을 모두 이룰 수 있었다. 한마디로 그는 전략 현실주의(Realpolitik)의 달인이었다. 그는 단순한 철혈 재상이 아니라 언제 어떻게 힘을 사용하고 또 어떠한 경우에 유연한 외교력을 행사해야 한다는 것을 터득한 위대한 리더였던 것이다.

그래서 비스마르크는 오늘날 독일인들이 가장 숭상하는 리더십의 표상으로 우뚝 서 있고 독일 정보기관 앞에도 그의 흉상이 위엄을 과시하고 있다. 우리도 이에 못지않은 조상의 위업이 있음을 이미 《징비록》 예찬에서 충분히 밝힌바 있지 않은가. 위대한 조상 서애의 기상은 결코 비스마르크의 시대정신 못지않다는 점은 백번 강조해도 지나치지 않다. 국가 안보에 대한 투철한 사명의식과 드높은 기상만큼이나 뛰어난 정세 판단력, 그리고 고도로 전문적인 안보전략 식견이 3위 일체가 되어 국난을 극복한 것은 오늘날 우리가 반드시 따라야 할 위기관리의 표상이 아닐 수 없다. 그래서 나는 우리 정보기관의 모토도 《징비록》에 바탕을 둔 교훈이어야 하고 정문 현관 앞에도 서애의 흉상이 반드시 모셔져야 한다고 생각한다.

이제, 마무리 지어보자. 여기서 시대를 돌려 《삼국지》의 두 영웅이었던 유비와 조조의 경우를 잠시 비교해 보겠다. 이 두 인물의 꿈은 천하통일로 같았지만, 그 접근법은 사뭇 달랐다. 우선 유비는 국난극복, 위기관리의 기본을 덕(德)에 두었는데 비해 조조는 그것을 세(勢)에서 찾았다. 그래서 유비는 "세상이 나를 버려도 나는 세상을 버리지 않는다"는 관용과 포용의 이상론 원칙을 고수했고, 조조는 이와 달리 "내가 세상을 버리는 한이 있어도 세상은 결코 나를 버리지 못할 것이다"라고 철저히 현실주의적 대망론을 펼쳤다.

비스마르크의 현실정치론은 조조와 가까우나 《징비록》의 서애 정신은 이 두 가지 요소를 모두 담고 있으면서 필요에 따라 시공적으로 서로 우선순위를 달리해 가며 위기를 관리하고 국난을 극복했었음을 알 수 있다.

정보란 바로 이러한 전략적 원칙과 유연성의 균형을 적절히 이룰 때 그 효율성이 극대화되는 것이다. 작금 북핵 위협과 각종 우발 및 돌발 상태 가능성에 그대로 노출되어 있는 절체절명의 상황에서 북 지도부 동향을 적시에 탐지하고 강력하고 효율적인 대책을 세우려면, 서애의 징비정신으로 무장하고 비스마르크 같은 전략판단력을 발휘할 수 있는 정보기관이 되어야 한다. 국가정보원을 고도의 프로정신으로 무장된 나라의 칼이요, 방패이며 국운의 생명수 같은 존재로 만들지 않으면 안 된다. 이것이 진정 가장 현실적으로 시급한 통일 준비 작업이고 과제이다.

또한 모든 것은 사람의 문제이니 만큼 뛰어난 용인술의 영감을 주는 국가적 리더십이 절실하다. 처칠은 전시내각의 수상이 되기 전까지 1930년대 내내 이른바 실세 그룹에서 뒤쳐져 외곽에만 머물렀었다. 그러나 전쟁이 발발하자 영국은 그의 의지와 용기를 급박히 필요로 했다. 영국인들은 인재가 주변에서 맴돌 때와 핵심에서 움직일 때 인간의 잠재력이 얼마나 크게 차이가 나는지를 알았던 것이다. 그들은 처칠이 무엇이든 할 수 있다고 믿은 것이 아니라 그가 국민들에게 스스로 무엇이든 성취할 수 있다는 확신을 주었기 때문이라는 점에 공감하고 있었던 것이다.

작금 혼미의 탄핵 정국에서 여야의 대권주자들이 난무하고 국가적 위기관리 리더십 추구보다 단지 혁명적 현상타파만을 주장하는 목소리가 커져가고 있는 우리의 현실이 실로 우려스럽지 않을 수 없다. 우리가 지금 어디에 서 있으며 또 어디로 가고 있는지, 남북한 관계 현주소를 논하기 전에 먼저 우리의 리더십 위기와 정체성 위기의 현실을 직시해야 할 때이다. 눈에 보이는 외부의 적을 지키는 휴전선은 이상 없는데 눈에 보이지 않는 내부의 적을 막아낼 대공 전선은 지금 소리 없이 흔들리고 무너져 내려가고 있다. 무엇보다 국가정보원의 위상이 그렇다.

국가안보의 양날의 칼인 이 두 개의 전선 중 하나가 위협받고 있는 상황인 것이다. 대공 전선이 위험에 처하면 휴전선도 흔들릴 수 있다는 것이 바로 1975년 4월 월남패망의 엄연히 살아있는 교훈이다. 지금 우리 사회에는 민주주의를 이용해 민주주의 그 자체를 '민중혁명' 식으로 파괴하려는 현상의 위험이 날로 그 심각성을 더해 가고 있다. 만약 민주주의가 국가붕괴를 뜻하는 '천하대란'을 초래한다면 우리 자유민주주의 체제를 지키기 위해서라도 그런 민주주의를 결코 수용할 수 없다.

통일 특강 3편의
재음미

이 장은 앞서 소개한 졸저《통일의 길, 그 예고된 혼돈》에서 강의형식으로 된 부분을 발췌해 몇 가지 변화만을 괄호 표시해 추가하여 거의 원문 그대로 재인용하는 장으로 편성하였다. 온고지신의 관점에서 22년 전의 강의를 오늘의 현실에서 다시 들어봐도 너무나 생생히 와 닿고 있기 때문이다. 대학생들과 일반시민, 그리고 정책당국자들에게 맞게 분류한 이 강의는 아마 내가 최초로 시도한 것이 아닌가 싶고 그만큼 당시 독자들의 반응도 매우 뜨거웠었다.

통일이란 무엇인가라는 근본적인 질문에 어떤 절대적인 정답을 내놓을 수는 없다 하여도, 적어도 현실적인 해법을 구하려는 최선의 노력은 경주해야 한다. 이 특강은 그러한 노력의 일환으로 마련된 것이다. 통일에 대해 국민적 공감대 형성을 위한 일종의 "한국 국민에게 고함" 같은 것이다. 따라서 다음 장 《통일은 없다》의 '재해석'과 더불어 앞으로 통일 연구와 이해에 좋은 길라잡이가 되리라고 믿는다.

제1강: 통일이란 무엇인가_대학생들에게

근대 사회과학 연구의 대가 막스 베버(Max Weber)는 지금 우리가 살고 있는 세계의 주요한 특징을 합리화에 있다고 보고, 이 합리적 행위 유형을 목적 합리적 행위와 가치 합리적 행위로 나누어 분석했다. 그에 따르면, 목적 합리적 행위는 행위자가 목적을 명백히 생각하고 그것의 달성하려는 생각을 수단과 결부시키는 것을 말하고, 가치 합리적 행위는 특정 결과를 추구함이 없이 오직 명예와 자기 신념에 충실하기 위해 합리적으로 행동하는 것을 말한다. 그래서 베버는 전체로서의 근대국가사회가 목적 합리적 조직을 운영하고 있으며, 사회구성원인 개인의 철학적·실존적 가치 합리적 행위는 그 사회 속에 연대적으로 존재하는 데에서 객관적 의미가 있다고 하였다.

이러한 전제 하에 베버는 정치인의 이상형은 무엇이고 또 학자

▲ 고당 조만식 선생 기념관에서 주요 인사들을 모시고 실시한 안보특강(2008.4.)

의 이상형은 무엇인가에 대한 끊임없는 연구를 거듭하였다. 그리고 이 연구결과가 특강식으로 《직업으로서의 정치(Politick als Beruf)》와 《직업으로서의 학문(Wissenschaft)》으로 나온 사실을 우리는 익히 알고 있다. 그는 이 연구에서 어떻게 하면 한 사람이 정치인이면서 동시에 학자도 될 수 있을까 하는 말을 구하고자 했지만 결국 얻지 못했다. 그가 얻은 것은 학문이 객관적일 수 있는 조건과 정치인이 직업에 충실할 수 있는 조건에 관한 성찰뿐이었다. 그러나 여기서 그는 우리에게 매우 중요한 사실을 시사해 주었다. 그는 사회과학 연구는 결국 연구자가 현실에 대하여 던지는 질문 여하에 따라 힘과 방향이 결정되며, 연구자가 흥미 있는 질문을 하였는가에 따라서 해답의 성격이 결정된다는 사실을 깨우쳐 준 것이다.

우리가 통일문제를 논하는 자리에서 굳이 베버의 학문적 경구를 인용하는 이유는 간단하다. 위의 두 가지 논리적 지적, 즉 개인의 가치 합리적 행위는 국가사회 전체의 목적 합리적 행위와 연대를 가질 때 객관적 의미를 가질 수 있다는 지적과, 우리가 던지는 현실문제에 대한 질문의 성격이 객관적으로 우리가 구하고자 하는 해답의 성격을 결정짓는다는 지적은 통일문제를 연구하는 우리에게 매우 적절한 지침이 될 것이라고 생각되기 때문이다. 불완전한 학문 그리고 불완전할 수밖에 없는 현대사회에서는 베버가 강조한 이 객관성(objectivity)이야말로 가장 과학적인 연구 자세라고 할 것이다.

그러면 오랜만에 강단에 선 기분으로 젊고 패기만만한 대학생 여러분들에게 객관적으로 한번 묻고 싶다. 우리는 과연 지금 어디에 서 있다고 생각하는가? 또한 통일에 대해서 누구보다도 관심이 많고 열기도 높다고 자부하는 여러분들께 통일이 과연 우리에게 무엇을 의미하는가를 보다 구체적으로 묻고 싶다. 나아가 여러분들 일부의 구호와 주의·주장은 항상 우리 사회에 대한 불만과 비판이 주류를 이루고 있는데, 과연 우리 사회가 객관적으로 무엇을 어떻게 잘못하고 있어서 통일문제가 풀리지 않고 있다고 믿고 있는지도 묻고 싶다.

이러한 질문을 받는 여러분들의 심정은 문제를 제기하는 이 사람만큼이나 답답할는지 모른다. 추상적이고 포괄적인 주의·주장에 익숙한, 아니 굳이 좋게 표현하자면 이상과 학구적 호기심이 앞설 수밖에 없는, 배우는 이들 특유의 자유스런 입장에 선 여러분들은 실질적인 현실논리에 강한 거부 반응을 보일 수도 있을 것이다. 예를 들어서 운동권 학생들은 '반통일 세력'이나 '냉전주의자'라는 표현을 함부로 쓰는 데 주저하지 않는다. 도대체 이것이 구체적으로 무슨 뜻인가? 통일을 반대하는 사람을 반통일 세력이라 하고, 싸움을 좋아하는 사람을 냉전주의자라고 부른다는 뜻인가? 아니면 학생들의 생각과 다른 사람들, 그 중에서도 특히 정부에 있거나 아니면 보수성향의 인사들을 무조건 싸잡아 비판하는데 가장 적절해서 사용하는 용어들인가?

지금 우리 사회에 명색이 대한민국 사람으로서 통일을 반대하거나 더욱이 싸움을 좋아하는 사람은 아무도 없다. 보수건 혁신이건 그들이 논쟁하는 것은 통일방법론에 관한 것이지 통일 그 자체가 아니라는 것도 여러분들은 잘 알고 있지 않은가? 더욱이 싸움, 즉 북한과 대결을 원하는 사람이 있다고 주장하는 것은 그야말로 철부지 같은 소리다. 남이나 북이나 군사적 대결은 공멸일 뿐이며, 현재로선 둘 다 싸울 의지가 없고 능력에도 한계가 있다는 것을 앞서 분명히 설명했다.

그렇다면 여러분들은 앞으로 '반통일 세력'이니 '냉전주의자'

니 하는 객관성을 현저히 결여한 표현을 쓰는 것을 삼가야 한다. 정 그것을 쓰고 싶으면 북쪽에다 써야 한다. 정작 비난을 받아야 할 대상은 북한 지도자들이지 우리 쪽이 아니기 때문이다. 당사자 간 접촉과 대화를 거부하는 자, 그들이 반통일 세력이고, 수시로 전쟁을 위협하는 자 바로 그들이야말로 냉전주의자가 아니고 무엇인가. 왜 우리 일부 학생들은 북한에 대한 비판은 무조건 금기시하고 심지어 북한의 입장을 지지하는 행위만을 '민족주의'로 미화하려고 하는가.

우리는 지금 두 갈래의 신뢰성 위기에 봉착해 있다. 하나는 남북 간의 불신이고 다른 하나는 우리 안에서의 남남 간의 불신이다. 이 불신은 서로 별개가 아니고 상호보완적인 관계에 있다. 남은 북의 기본 저의를 의심하고 북은 남의 대화의지를 믿지 않는다. 둘 다 일종의 피해망상증에 빠져 있는 셈이다. 남은 북이 체제전복을 노리고 있다고 보고 있고, 북은 남이 체제붕괴를 기다리고 있다고 생각하고 있다. 서로가 서로를 두려워하고 있는 불신의 악순환이다. 여기에다 이제는 우리가 우리 스스로를 믿지 않으려고 하는 병까지 생겼다. 주로 '민족주의자'를 자처하는 '통일꾼'에게 많이 나타나는 이 병은 남북 간 불신이 깊으면 따라서 덩달아 깊어지고, 긴장이 완화되는 조짐이 보이면 보이는 대로 또 그 나름대로 기승을 부리는 정말 '이상한 병'이다.

예를 들어서 핵문제로 인해 긴장이 고조되면 모두 다 한국 정부의 강경세력과 미국 때문이라고 몰아세운다. 그러다가 반대로 어쩌다 핵협상 진척으로 긴장이 완화되는 것 같으면 이제는 한국 정부와 미국이 더 양보해야 한다고 비난의 열을 올린다. 그래서 이들은 이른바 민족문제는 모두 우리가 하기 나름이라고 전제하고, 우리가 무엇을 하기만 하면(예: 국가보안법 폐지와 북핵 인정) 북한이 '변화' 할 것이라고 주장한다.

문제는 이렇듯 우리가 우리를 믿지 못하는 일부 풍조는 북한으로 하여금 우리를 더욱 더 믿지 못하게 만드는 데 기여하고 있다는 데 심각성이 있다. 북한은 오히려 한술 더 떠 이러한 우리 취약성을 최대한 이용하여 내분을 조장하는 선전·선동을 일삼는다. 남북대화를 추진하려고 하기 전에 남남대화나 잘하라고 아예 빈정대기도 한다. 내부의 국론통일도 못하는 주제에 어떻게 주체사상으로 똘똘 뭉친 북한과 통일을 하겠다고 나오냐는 식이다. 말이야 맞는 말이다.

친애하는 학생 여러분, 우리는 남북이건 남남이건 간에 상호 신뢰성을 회복하기 이전에는 아무것도 이룰 수 없다는 사실을 명심해야 한다. 통일을 하고 싶으면 우선 만날 수 있어야 하고 이 만남은 진솔한 대화가 있어야 의미가 있다. 그리고 이러한 대화는 오직 서로가 어느 정도 신뢰감이 있어야 가능하다. 신뢰 없는 대화는 단순한 접촉에 불과하며, 이것은 민족동질성 회복에 아무런 도움이 되지 않는다. 성의 없이 만난 접촉은 오히려 더 불신만 가중시킨다는 사실을 우리가 지금까지의 경험으로도 익히 알고 있지 않은가.

그런데 지금의 상황은 북한은 한국 정부와는 상대를 안 하고 남한 내 이른바 '민족주의자'들만을 대화 파트너로 삼으려 하고 있고, 이 운동권 '민족주의자'들은 이에 적극 호응하고 있는 판국이다. 그렇다면 여기서 한번 우리 스스로 물어 보자. 도대체 어느 쪽이 성의가 없고 상호 신뢰감을 떨어뜨리고 있는가, 누가 먼저 신뢰성의 위기를 조장하고 있는가를 말이다.

우리가 의미 있는 통일논의나 협상을 하려면 먼저 반드시 상호 신뢰구축 조치(Confidence Building Measures)를 실시해야 한다고 주장하는 이유가 바로 여기에 있다. 무조건 믿으라고 요구하기 이전에 서로 믿게끔 행동해야 한다. 예를 들어 보자. 우리가 미전향 장기수 이인모 노인을 인도적 차원에서 북으로 보냈으면 북한도 납치해 간 KAL 승무원이나 동진호 선원들을 일부나마 돌려보내야 될 것이 아닌가. 최근에 납북된 우성호 선원들은 왜 즉각 돌려보내지 않고 있으며, 쌀을 지원하기 위해 간 우리 수송선을 억류한 사건은 도대체 무슨 황당한 수작인가? 그리고 천만 이산가족 중 70세 이상의 노인들만이라도 혈육상봉을 추진하자는 우리 제안은 거부하면서, 유독 우리 사회 일부의 친북 좌익단체 대표들만 방북을 허용하겠다는 심보는 또 무슨 저의인가?

사례를 들자면 한두 가지가 아니다. 내친 김에 하나만 더 들어 보자. 북한 당신네들이 그토록 원했던 주한미군 보유 전술 핵무기도 철수되었고, 당신들이 핵전쟁 연습이라고 몰아 부친 팀스피리트 훈련도 거의 중단되었으면, 이에 화답하여 당연히 당신들의 핵개발 계획도 포기해야 하고 이를 국제사회가 완벽히 검증할 수 있게끔 미신고시설 접근을 허락해야 될 것이 아닌가?

흥분을 가라앉히고 우리 다시 냉정한 자세로 돌아가 통일 문제에 관심을 집중해 보자. 이 시대 우리에게 통일이란 과연 무엇인가? 여기서 학생 여러분들에게 이 질문에 대한 나의 정리된 견해를 간략히 밝히겠다.

우선 강조하고 싶은 것은 통일은 단순히 1945년 8월 15일 분단 이전의 상태로 돌아가는 것만을 의미하지 않는다는 점이다. 만약 여러분들이 통일을 그저 두 동강난 국토의 원상회복으로만 생각한다면 여러분들은 하나는 알고 둘은 모르고 있는 것이나 마찬가지인 셈이다. 통일이 되면 당연히 양측 국토가 하나로 통합되는 것이지 부분적으로 합쳐지는 것이 아니다. 남북 양측이 협상을 통해서든 아니면 북한이 붕괴되어서든 일단 통일이 되려면 우리 민족 생활영역은 무조건 하나로 되어야 하고 또 반드시 그럴 수밖에 없게 되어 있다. 따라서 이런 의심의 여지가 없는 영역적 통일개념을 놓고 여러분들의 통일 논의가 초점을 잃어서는 안 된다.

정작 여러분들이 철저히 관심을 갖고 연구를 해야 할 부문은 그러한 국토통일이 아니라 바로 민족통일에 관한 문제이다. 그리고 이 민족통일은 여러분들이 무조건 "가자 북으로" 해서 될 일도 아니고, 북한 학생들이 "오라 남으로"에 이끌려 온다고 해서 될 일은 더더욱 아니다. 남에서 북으로 가는 것은 여러분들의 뜨거운 통일 열정이겠지만, 정작 북에서 남으로 오는 것은 노동당 산하 대남 통일전선 공작기구가 직접 선발하고 훈련시킨 북한 정부대표이지 여러분 같은 순수한 학생 대표들이 아니다. 왜 여러분들은 이 분명한 사실을 인정치 않으려 하는가?

여러분들은 자신들의 선의의 무지를 인정할 수 있는 용기가 필요하다. 여러분들이 진정 두려워해야 할 것은 허위의 지식이지 선의의 무지가 아니다.

그러면 민족통일이란 무엇인가? 국토통일은 문자 그대로 과거로 돌아가면 되지만, 민족통일은 미래를 새롭게 창출해야 하는 실로 간단치 않은 문제이다. 즉 과거로 돌아가 민족의 단일생활권을 확보함과 동시에, 그것을 장차 어떻게 동질화시켜 민족 구성원 모두가 '하나의 민족, 하나의 국가체제'로서의 공동체 삶을 영위할 수 있는지를 연구해야 한다. 이는 처음부터 다시 시작한다는 자세로 민족 구성원 전체가 하나가 되어 움직여야 하는 위대한 시련과

도전 그 자체이다. 한 마디로 미래 창출과제는 새로운 역사를 만드는 실로 엄청난 직업이다.

앞 장에서 분석했듯이, 국토가 하나로 되기도 쉽지 않지만 민족이 하나가 된다는 것은 더더욱 어렵다. 여러분들은 국토가 일단 통일되면 민족통일은 저절로 이루어지는 것이 아니냐고 반문할지 모르지만 사실은 전혀 그렇지가 않다. 민족통일은 독일의 경험에서 보듯이 통일 이전에 서로 상대방에 대한 철저한 연구와 오랜 기간 동안의 교류와 협력, 그리고 무엇보다도 상호 신뢰구축이 필수적으로 선결되어야 한다. 이러한 노력 없이 무조건 통일을 하자는 주장은 민족동질성 회복 없이도 통일만 되면 된다는 식의 허황된 자기기만이나 마찬가지이다. 민족동질성 회복 없는 통일은 처음부터 내부 분열의 씨앗을 잉태하게 되므로 그것은 또 다른 분단이나 다름없다.

이와 관련, 전 서독수상 헬무트 슈미트는 독일 지식인 6명과 공동으로 발표한 이른바 '반통일 선언'에서 "통일 독일 내에서 점차 '동독인'과 '서독인' 간의 소외현상이 심화되어 그야말로 '새로운 분열'이 시작되고 있다"고 경고하고, 민족동질성 회복을 위해 독일 국민 모두가 고통을 분담하여 '연대협약(Solidarparkt)'을 맺어야 한다고 호소하고 있음을 우리는 잘 음미해 보아야 한다(한국어판, 박성조 역《이건 아니다》전예원, 1992).

독일의 대표적인 지식인들이 오죽하면 '이건 아니다'라고 통일에 대해서 회의론마저 제기할 정도로 독일 내의 분열, 즉 또 다른 형태의 분단이 지금 독일 국민들을 괴롭히고 있다. 1972년에 이미 동서독 기본관계 협약이 체결되고 거의 20년간이나 자유왕래와 교류협력을 실시하여 상호 신뢰감을 쌓았던 두 개의 독일이 하나가 되었는데도 저 지경이다. 그러면 우리 민족 내의 두 개의 코리아는 지금 과연 어떠한 상황이라고 여러분들은 생각하는가?

굳이 독일의 경험을 들지 않아도 민족동질성 회복 노력은 학생 여러분들의 독자적인 힘으로 될 수 있는 성질이 아니다. 오히려 여러분들이 독자적으로 움직일수록 이러한 노력은 반대로 북측 당국에 의해 악용되어 결과적으로 민족동질성 회복의 길이 더 멀어진다는 점은 이미 임수경의 방북 경험에서도 잘 드러나 있지 않은가.

막스 베버의 지적대로, 여러분들이 추구하는 가치합리적인 행위는 여러분들이 미래의 주인공으로 자처하는 국가사회의 목적 합리적 행위와 연대되어야 의미가 있다. 그런데 여러분 중 일부는 가끔이 후자를 전면 부정하는 주의·주장을 내놓곤 한다. 그래서 정부와 기성사회가 하는 일은 모두 비판부터 하고 보는 습성이 있다. 소속된 국가사회의 정책주도권을 인정하지 않는 것이다. 이는 분명히 여러분들의 정체성(identity)을 스스로 부정하는 자기모순이다. 더욱 한심한 것은 여러분들이 마치 현실의 주체인 것처럼 행동할 때가 있다는 점이다(예: 통일선봉대라는 구호). 이는 이만저만한 착각이 아니다. 여러분들은 미래의 주인공이지 현실의 주역이 아니지 않은가? 백 번 양보해서 설사 여러분들이 현실의 주역이라 하더라도 학생들은 그 주역의 일부분에 불과하며 결코 전체가 될 수가 없고 또 절대로 되어서도 안 된다.

그렇다면 국토통일이든 민족통일이든 통일을 향한 여러분들의 노력은 단순히 분단의 한(恨)을 노래하는 구호나 주의·주장이 아닌 보다 과학적이고 실증적인 접근 자세를 필요로 한다. 즉 통일은 상대가 있는 것이고 그 상대는 우리를 대하는데 있어서 전략전술에 보통 능한 상대가 아닌 만큼 쉽게 보지 말고, 원칙은 담대하되 방법론은 매우 치밀하게 갖추고 대화든 협상이든 임해야 한다는 뜻이다. 지략에 능한 상대를 움직이려면 그 지략을 이용할 수 있는 지혜가 있어야 하고, 이 지혜는 맹목적인 민족애가 아닌 국익을 당당히 대변할 수 있는 조국애를 요구한다.

말이 나온 김에 조국애에 대해서 한 마디 해보자. 조국애란 무엇인가? 학자마다 의견이 다를 수 있겠으나 여기서 말하는 조국애는 일단 국가와 국민 간에 존재하는 사랑으로 정의하고 싶다. 국가는 국민 개개인의 사회적 행위를 존중해야 하고 국민은 국가행위를 신뢰해야 한다. 국가행위가 대다수 국민 여론을 무시하거나 정통성을 결여하지 않는 한 국민은 국가행위를 신뢰해야 할 의무가 있고, 마찬가지로 국가는 그런 신뢰가 나오도록 국민 개개인의 사회적 행위를 존중해야 할 의무가 있는 것이다.

진정한 조국애는 이렇듯 상호존중과 신뢰 속에서 쌓이는 사랑이다. 그리고 이 사랑은 일찍이 피히테(Johan Gottlieb Fichte)가 〈독일 국민에게 고함〉에서 호소했듯이, 유대감이 있고 질서 있는 사랑이 되어야 하고 서로 힘과 용기를 불어 넣어 주는 국익보호와 국력강화로 이어져야 실질적 의미가 있다.

나폴레옹 군에게 짓밟힌 독일 국민들의 자존심을 일깨워 주기 위해 목숨을 걸고 조국애를 호소한 피히테는 맹목적인 조국애는 오히려 민족의 분열을 가져온다고 주장하고 교육개혁과 시민개혁을 통해 일으킨 강력한 민족공동체 의식만이 독일 민족의 부흥을 가져다 줄 것이라고 설파하였다.

이러한 피히테의 주장을 듣고 있노라면 도산 안창호(島山 安昌浩) 선생의 말씀이 생각난다. 무실역행(務實力行)을 외치며 신교육과 신기술 습득을 통해 자라는 우리 후세대를 올바로 가르치고 우리 모두 힘써 배워 굳세게 행하는 자세로 국력을 키우는 것만이 일제(日帝)의 속박을 벗어나는 길이라고 부르짖던 도산의 애국애족 정신이야말로 진정한 조국애였고 또 진정한 의미의 민족주의였던 것이다.

여러분들이 이러한 지적에 동감한다면, 이제 여러분들은 통일이 여러분 구호대로 '앞당기자 통일'을 외친다고 해서 앞당겨지는 것이 아니고 통일은 꾸준히 추진해야 할 엄청난 미래도전 과제라는 것을 어느 정도 이해할 줄 믿는다.

그러면 지금부터는 남북협상론에 대해서 몇 마디 언급해 보도록 하겠다. 여러분들은 남북고위급회담 같은 각종 형태의 남북대화에서 양측이 통일방안을 잘 협상하고 절충만 하면 통일이 될 것이라고 생각하는가? 그래서 여러분들은 남북학생회담 개최를 주장하고 "가자 북으로, 오라 남으로"를 외치는가? 얼마 전 한총련이 범청학련 북측본부(북한의 조국평화통일위원회 산하 대남공작기구 일원)와 이른바 '남북해외청년학생대회'를 열어 통일토론회 및 통일선언 등을 통해 북한의 연방제 통일방안을 일방적으로 선전하려고 시도하다가 무산된 것으로 알고 있다.

여기서 학생 여러분들을 최대한 존중하면서 묻고 싶다. 여러분들은 과연 이러한 방법으로 통일이 앞당겨질 것이라고 진심으로 믿고 있는가?

결론부터 미리 말하자면, 통일은 남북 양측이 방법론을 협상하고 절충해서 되는 문제가 아닌 근본적으로 대내외적 여건 성숙의 문제이다. 앞서 분석했듯이 양측의 통일 방안은 얼핏 형식과 내용상에서 비슷한 점이 많은 것 같아도 기본전제나 궁극적인 목표는 서로 전혀 다르다. 남쪽은 자유민주주의적 평화통일을 전제하고 있는데 비해(헌법 제4조) 북쪽은 사실상 공산화 통일을 꿈꾸고 있고(인민헌법 제3조), 목표도 남측은 1민족 1국가 1체제 1정부인 완전통일을 지향하고 있으나 북측은 일단 1민족 1국가 2제도 2정부인 반쪽 통일을 설정하고 있다. 남쪽의 민족공동체안은 남북연합을 통한 민족통합을, 북쪽의 연방제안은 이른바 낮은 단계 연방제를 통해 국가통합을 우선 이룬 뒤 높은 단계 연방제인 남쪽의 '인민혁명정부' 수립을 유도한 후 '인민해방'을 획책하고 있는 것이다.

여러분들은 이렇듯 상반된 가치관을 지닌 방안들이 과연 협상을 통하여 무슨 좌·우 합작형식으로 절충될 것이라고 믿고 있는가? 정부 당국자끼리는 안 되지만 남북학생 '대표들'(대표성의 문제에도 불구하고)끼리 무슨 회담이나 대회를 열어 '선언' 하면 분위기 조성이 될 것이라고 정말로 믿고 있단 말인가? 만약 믿고 있다면 여러분들은 커다란 착각에 빠져 있다고 할 수밖에 없다. 통일을 향한 여러분들의 순수한 열정이 너무 뜨겁다 보니 일시적으로 그런 착각에 빠진 것이다. 그러나 착각은 착각으로 그쳐야 한다.

간혹 독일 지식인들이 우리 학자들과 토론할 때, 독일 통일은 동·서독에 통일방안이 없어서 성사되었다는 말을 하곤 한다. 도대체 이 말이 무슨 뜻인가? 통일방안이 없어서 통일이 됐다니, 이 말의 뜻은 두 개의 독일이 통일방안을 정말로 갖추지 않고 있었다는 것이 아니라, 그들은 어차피 서로 상이한 방안의 절충은 불가능하다고 알고 있었기 때문에 애당초 통일방안을 놓고 협상을 시도하지도 않았다는 뜻이다. 그러한 협상은 오히려 감정 대립과 불신 증폭만을 초래한다는 점을 그들은 경험적으로 잘 알고 있었던 것이다.

그래서 현명한 독일 사람들은 통일방안에 집착하지 않고 보다 실질적인 교류와 협력을 통해 꾸준히 상호 신뢰구축에 정열을 쏟았던 것이다. 양 독일이 본격적인 통일방법론 협상을 벌인 것은 베를린 장벽 붕괴(1989년 11월 9일) 이후부터이다. 즉 그들은 그들 사이에 놓인 정신적·물리적 장벽이 붕괴된 이후에야 비로소 통일방안을 놓고 독일 민족 전체에게 호소했던 것이다(예: 서독에의 흡수통합을 물은 동독의 역사적인 자유총선거 실시).

여기에 독일인의 위대성이 있다. 독일 사람들은 분단 45년 동안 마치 통일을 포기한 것 같은 착각이 들 정도로 통일문제에 대해 자중자애하며 오직 조용히 내실만을 기하고 있다가 일단 기회가 왔다고 판단하자 전광석화처럼 일을 처리해버린 것이다.

물론 남북한 분단이 원천적으로 독일 분단과 다르고 또 우리 정서와 문화가 독일과 같을 수는 없다. 현재 남북한 간에 존재하는 괴리는 과거 동·서독 간에 존재하던 것보다 훨씬 더 깊고, 북한 사회의 구조적 변형과 주민의식의 왜곡은 구동독과 비교할 수 없을 정도이다. 반세기에 걸친 적대적 대립은 양측이 서로 상대방의 새로운 요소를 받아들일 수 있는 잠재능력을 철저히 파괴시켜 버렸기 때문에 남북한이 통일방안을 절충한다는 것은 거의 불가능에 가깝다. 극단적인 병영국가 정책으로 사회 전체가 광적인 대남 적

개심에 젖도록 만든 스탈린식 체제인 북한과, 서구 자본주의식으로 개방된 우리의 민주사회가 아무런 구조적 탈바꿈 없이 어느 시기에 가면 자연스럽게 정치·사회·경제적으로 국가연합(confederation)을 이룰 수 있을 것으로 기대한다는 것은 실로 환상에 불과할지 모른다(물론 그렇다고 통일방안이 필요 없다는 뜻은 아니다. 통일방안은 국민적 공감대 형성을 위해서라도 필요하며 우리의 희망은 일단 그 방향에서 설정되어야 한다). 그리고 북한이 구조적 탈바꿈을 한다는 것은 사실상 체제붕괴를 의미하기 때문에 그들의 통일방안은 평화통일을 하자는 안이 아니라는 것도 이미 앞서 밝힌 바 있다.

북한 주민들은 한마디로 남북관계 정상화가 무슨 뜻인지를 모르고 있다. 남한을 '계급의 원수' 집단으로 교육받는 그들이 소위 말하는 탈냉전적 사고로 우리를 대한다는 것은 거의 기적에 가깝다는 중국이나 러시아 외교관들의 지적은 이제 더 이상 새삼스럽지가 않다. 우리는 북한 사회의 특이성을 결코 낮게 평가해서는 안 된다. 단적인 예로 북한 정권이 평화적으로 교체될 가능성이 전혀 없고 체제의 미래도 없다는 사실 하나만 보더라도 여러분들은 남북 간에 정상적인 '민족 내부외교'나 좌·우 합작식 통일협상이 얼마나 어렵다는 것을 알 것이다.

독일과 예멘의 경우에서도 충분히 증명되었듯이, 여러분들이 대단히 실망스럽게 생각할지 모르지만 통일은 여러분들이나 정치인들이 각자 내세운 통일방안이나 무슨 정강정책과는 아무런 상관없이 결국 남북한 각자의 체제 생존성 여부에 의해 결정되게 되어 있다.

따라서 통일이 되려면 우선 체제생존력이 약한 북한이 변해야한다. 남북 간의 체제 우월경쟁이 이미 끝났으니 패자인 북한이 먼저 변해야 한다는 것은 당연한 일이 아닌가. 그래야 그들도 살고 나아가 우리 민족 모두가 함께 살 수 있는 통일의 길이 열린다. 그러나 이 변화는 우리가 요구한다고 되는 것이 아니라 북한 사람들스스로가 생존 차원에서 해야 하는 것이다. 우리가 원하는 만큼의 변신이 아니라 그들의 필요한 만큼의 변화를 하는 것이다. 우리가 경수로를 제공하고 쌀을 지원하는 것도, 따지고 보면 북한 스스로가 추진하는 변화에 힘을 보태 주는 것에 불과하다. 그렇지 않고 만약 우리가 변화를 인위적으로 강요하거나 요구하면 그들은 오히려 그들 생존이 위협받고 있다고 오해하고 문을 더욱 더 안으로 걸어 잠그고 적대적으로 나올 수가 있다.

좀 더 심하게 표현하자면, 통일은 동독이 그랬던 것처럼 일단 북한에 정치사회적 소용돌이가 발생하고 나서야 기류가 형성되기 시작할 것이며, 우리 정부의 정책노력과는 별로 무관할지도 모른다. 즉, 통일은 지금 우리가 무엇을 하고 혹은 하지 않고 있냐의 여부와는 관계없이 먼저 북한에서 일이 터져야 하나의 흐름이 생성되게 되어 있다는 말이다. 그리고 앞서 예측했듯이 이 일은 어떠한 형태로든 결국 터지게 되어 있다.

그래서 나는 통일은 남북 간 아이디어 싸움(통일방안의 절충)이 아닌 바로 시간과의 싸움이라고 생각한다. 그러니 학생 여러분들은 앞으로 공연히 새로운 통일방안 구상에 시간과 정력을 낭비하지 말길 바란다. 기존에 나온 것만 해도 충분하다. 여러분들은 부질없이 통일방안 탐구에 매달리지 말고 차라리 남북한 언어문화나 지리 생태적 문제, 그리고 문화 고고학적 비교연구 등 보다 기초과학적인 학술연구에 관심을 더 쏟기 바란다. 그것이 가장 통일 지향적 노력이고 또 가장 내실 있는 통일대비책이다.

학생 여러분들에게 진정 필요한 것은 이러한 학술적 차원의 각론이지 무슨 정치성 짙은 총론이 아니다. 정치인들이야 이미지 창출과 인기관리를 위해 상징성 있는 총론을 더 선호하는지 모르지만, 배우는 학생 여러분들은 기초 지식과 기초자료를 먼저 쌓은 후 총론주의자가 되어도 늦지 않다.

먼저 철두철미한 각론 주의자가 되어라! 그것이 바로 진정한 의미의 '통일선봉대'가 되는 올바른 길이다.

이제는 여러분들에게 국제정치적 관점에 대해서도 몇 마디 해주고 싶다. 통일은 결코 홀로서기가 아니라는 사실을 꼭 설명해 주고 싶다. 통일은 남북한의 독자적인 힘으로만 달성되는 것이 아니라 어떠한 형태이든 주변국가와 국제사회의 협력을 필요로 한다. 미국과 일본 그리고 중국과 러시아의 협력이 필요할 뿐만 아니라 유엔의 적극적인 지원도 필요하다. 우리의 의지와 능력이 부족해서 그런 것이 아니라 통일문제의 성격이나 오늘날의 국제질서 측면 모두에서 우리가 홀로 서는 데 엄연한 한계가 있기 때문이다.

먼저 문제의 성격 측면에서 보자. 여러분들은 '한반도 문제의 한반도화(Koreanization of the Korean Problem)'라는 말을 들어 봤을 것이다. 이 말은 우리 국제정치학자들이 즐겨 쓰는 용어로서, 쉽게 말해서 '통일문제를 한국화' 시켜 우리가 주도권을 행사해야 한다는 뜻이다. 이는 우리 문제가 애초부터 지나치게 유엔 등 국제기구와 강대국 개입에 의해 국제화되다 보니 우리의 자주적 입지가 너무 축소되었고 또 문제도 더 복잡한 이해관계로 얽혀 간다는 우려때문에 나온 지적으로서 우리 입장에서 당연히 나올 만도 하다.

그러나 우리는 여기서 자주역량 발휘와 독자노선 추구는 분명히 구분해야 한다. 우리가 이것을 혼동할 경우 초래되는 결과는 우리의 의도와는 달리 '반통일적'으로 나타날 수 있다. 자주란 우리 스스로 남북문제 주도권을 최대한 발휘하자는 뜻으로서 건전한 민족주의를 표방하지만, 독자노선은 국수주의적 성격이 강한 일종의 홀로서기이다. 예를 들어서 북한 당국이 즐겨 사용하는 '외세개입

배제'라는 용어는 이 후자에 해당된다. 우리가 사용하는 자주라는 개념은 남북한 당사자가 주도하는 대화나 협상을 말하는 것인데 비해, 북한은 그것을 '미제 축출'로 간주하고 전쟁으로 하든 평화적으로 하든 우리 민족 독자적으로 통일문제를 풀자는 것이다. 그러나 이미 앞서 여러 차례 강조했듯이, 통일문제는 이제 남북 당사자끼리 순리석인 합의로 풀 수 없는 성격이 되어 버렸고, 그렇다고 주변국 누구도 독자적인 해법을 제시할 수 있는 상황도 아니다. 모두가 협력하는 공조체제를 갖추어도 풀기 어려운 문제이다. 하물며 만약 남북한이 각자 독자적 노선을 추구한다면 어떻게 될 것 같은가?

따라서 우리가 한반도 문제의 한반도화를 추진하는 것은 통일문제의 주도권 확보를 위해 자주역량을 최대한 발휘하자는 뜻이며, 이것이 결코 홀로서기식 독자노선으로 오해되어서는 안 된다. 자주외교는 주변국들의 자발적인 협력을 끌어내어 상호 이해관계의 조정과 균형을 이룰 수 있는 능력을 요구하며, 이 능력은 오직 통일에 관한 국민적 공감대가 형성이 될 때 극대화되는 것이다. 국제적 협력을 유도하고 그것을 한 데 엮어 공조체제를 주도하는 것이 바로 진정한 21세기 자주외교이다.

서독은 그 유명한 4+2회담에서 보듯이, 미국과 소련, 그리고 영국과 프랑스의 자발적인 협력을 끌어내었을 뿐만 아니라 나중에는 그것을 양 독일의 입장과 주도적으로 연계시켜 통일에 결정적으로 필요한 대외적 여건을 조성했었다는 사실을 우리는 명심할 필요가 있다.

국제사회 흐름의 측면에서 볼 때도 우리의 통일을 향한 노력은 보다 진중한 자세를 요구한다. 오늘의 국제사회는 모든 민족과 국가가 어떠한 형태이건 더불어 상부상조해야 하는 지구촌의 시대이다. 고도로 정보화되고 국경의 의미가 퇴색한 지구촌 시대를 살면서 1918년 미국대통령 우드로 윌슨이 제창한 민족자결주의만을 부르짖는다는 것은 분명히 자기모순 행위이다. 21세기형 민족주의는 우리로 하여금 국제주의로 무장하기를 요구하고 있다.

국제주의란 쉽게 말해서 국제정치와 국내정치가 서로 맞물려 진행해 간다는 뜻이다. 주요 국내문제가 쉽게 국제문제화 되는가 하면, 국제정치 현안이 국내정치의 우선순위를 차지하는 일이 자주 벌어지는 그런 '세계화' 된 시대에 우리가 살고 있는 것이다.

따라서 학생 여러분들은 통일연구를 함에 있어서 북한만 쳐다볼 것이 아니라 폭넓게 국제정치적 안목에서 접근할 줄도 알아야 한다. 퇴락한 국제공산주의적 논리나 황당무계한 사교(邪敎)적 아집인 주체사상에 호기심을 가질 것이 아니라, 거대한 유럽연합(EU)이 있고 각 국가 간 자유무역협정(FTA)이 형성되는가 하면, 강제력을 지닌 세계무역기구(WTO)가 존재하는 21세기 신국제 질서의 흐름을 조관할 줄 알아야 한다. 이 세계사의 조류를 읽을 줄 알아야 민족사관도 올바로 정립될 수 있다.

지금 국제사회는 중국의 경제대국 부상으로 무역 전쟁이 진행 중이며, 이 와중에 우방 간에도 통상마찰이 가중되고 있는 상황이다. 경제 전선에는 이렇듯 전통적인 적과 우방의 개념이 흔들리고 있으며, 그것이 급기야 정치 외교적 마찰까지 빚고 있다. 21세기 중반에는 태평양에서는 미중 신냉전이, 그리고 대서양에서는 미·EU 갈등이 파고 높게 전개될 것이라는 예측마저 나오고 있다. 만약 그렇게 된다면 한·중·일 및 한·미·일 관계는 어떻게 되고, 나아가 우리가 추구하는 통일조국의 미래상은 어떠한 모습이 되어야 하는가?

답변은 우리가 기본적으로 이러한 세계사의 조류를 민족사적 관점에서 어떻게 해석하고 받아들이느냐에 달려 있다. 즉 새로운 국제정치와 경제현상에 어떠한 역사적 의미를 부여하고 우리 나름대로 소화하느냐 하는 해석의 문제이다. 물론 이 해석은 전적으로 지금 우리 스스로가 처한 '현재'와 우리가 겪은 독특한 '과거'에 의해 투영될 수밖에 없다. 우리가 선택했던 것이 아니라 우리에게 운명적으로 주어진 분단사의 '과거와 현재'를 지금 급변하는 신국제질서에 비추어 새롭게 재정립하는 작업은 실로 간단치 않은 문제이다.

그러나 나는 카 교수(E. H. Carr)가 말한 역사의 발전과정을 믿는다. 그는 역사를 끊임없이 움직이는 과정으로 보고 이는 앞으로 나아가는 흐름이라고 생각하였다. 그러나 그는 역사는 저절로 발전되는 것이 아니라 오직 진보에 대한 믿음이 있을 때 발전의 원동력이 나온다고 주장하고, 인간 능력의 진보적 전개를 믿고 도전하는 것이 무엇보다도 중요하다고 강조했다. 물론 여기서의 진보란 혁신이나 급진을 의미하는 것이 아니라 객관적인 역사의 방향감각을 말한다. 과거와 현재 그리고 미래가 객관적으로 연결된 그런 균형 잡힌 방향감각을 뜻한다.

이를 우리 현실에 적용해 보자면, 우리는 급변하는 국제사회 질서를 하나의 역사적 진보현상으로 믿고 이를 우리 민족 발전의 원동력으로 삼을 수 있는 용기와 지혜가 필요하다. 서독은 국제사회에 고르비 혁명이라는 역사 발전의 바람이 불 때 이를 재빨리 양독일 관계에 있어서의 통일바람으로 전환시키는 뛰어난 용기와 지혜를 발휘했기 때문에 독일 역사는 '진보'한 것이다. 이는 그만큼 서독 정부와 국민들이 신국제질서의 태동을 정확히 꿰뚫고 있었기 때문에 가능했던 것이며, 그들은 국내정치와 국제정치는 이제 맞물려 들어갈 수밖에 없다는 21세기 역사관을 잘 인식하고 있었던 것이다.

위대한 민족은 이렇듯 새로운 역사를 스스로 창출해 낸다. 용기 있는 국민은 기회를 기다리지 않고 이를 만들어 낸다. 그들은 시간을 기다린 것이 아니라 그것을 철저히 관리하였으며, 평소의 이러한 효율적인 시간관리 능력이 유사시에 곧바로 뛰어난 위기관리 능력 발휘로 나타났던 것이다. 독일 국민들의 저력은 바로 여기에 있다. 그러면 우리는 지금 어디에 서 있는가?

강의를 마치며 학생 여러분들에게 마지막으로 한 마디 더 당부하고 싶은 말이 있다. 내가 20대 중반에 명문 영국 런던 정경대학교 국제정치학과(London School of Economics & Political Science)에서 공부하고 있을 때, 당시 우리 학교에는 사회주의를 연구하고 추종하는 학생들이 유달리 많았다. 그들이 이따금 내 앞에서 주장했던 말 하나가 생각난다. 그들은 "저개발국에서 온 우리가 급진적인 사회주의 이론을 탐닉하는 것은 당연하지 않느냐"고 반문하면서, "20대에 과격한 이론에 빠져 급진운동 한번 못한 친구는 정말 속 빈 친구들(heartless)"이라고까지 열변을 토했던 기억이 난다. 그런데 정작 재미있는 것은 바로 이 동창생들을 얼마 전 독일 통일 현장에서 만났더니, 이번에는 "지금도 급진 사회주의 이론과 계급혁명론을 믿고 있는 자야말로 바로 골빈 친구들(headless)이다"라고 말하지 않는가! 아직도 후진국 대열에서 못 벗어나고 있는 국가에서 온 이 친구들의 역사관이 20년 만에 180도 완전히 바뀌어져 버린 것이다.

친애하는 대학생 여러분, 지금 조국은 여러분들의 순수한 통일 의지와 투철한 민족정신을 절실히 요구하고 있다. 그러나 여러분들의 의지와 정신이 너무 뜨겁다 보니 정작 필요한 냉철한 이성과 지혜가 따라오지 못하고 있어서 안타깝기 그지없다. 통일은 우리 모두의 염원이지만 그것이 어떤 종교적 신조가 되어서는 안 된다. 통일이 종교적 신조화 돼 버리면 민족문제에 관해 자유로운 탐구와 지적인 진보가 이루어지지 않는다. 일부 과격 학생들은 통일을 광신적 신조로 받아들이고 있으나 그들은 정작 그 신조가 동포애가 아닌 민족 내부의 투쟁과 계급적 증오만을 가르치고 있다는 사실을 모르고 있다. 조국을 사랑한다는 자들이 가진 자들을 무조건 미워하고 광장에서, 노사현장에서 계급투쟁을 선동하고 있다. 이것은 분명 통일을 하자는 것이 아니라 공산혁명을 하자는 것이다. 빈곤과 증오와 투쟁의 얼굴을 가진 그런 이미 다 망해버린 공산주의를 말이다.

좋은 세상은 두려움이 없는 견해와 자유로운 지성을 필요로 하지만, 궁극적으로는 일어서서 이 열린 세상, 이 넓은 세계의 변화무쌍한 현실과 솔직히 직면하는 용기를 더 필요로 한다. 그것이 진정 조국의 앞날을 걱정하는 자세이다. 부디 가슴은 뜨겁게 지니되 머리는 차갑게 갖길 바란다.

그렇게 하기 위해서는 무엇보다도 여러분은 겸손해야 한다. 무엇을 주장하려고 하기에 앞서 무엇을 배우려고 노력해야 한다. 그 것은 여러분들만의 특권이고 또한 사회구성원으로서 의무이기도 하다. 알려고 노력하는 자세, 지적 호기심, 바로 이것이 학문의 자세이며, 여러분들에게 가장 절실히 요구되는 덕목이 아닌가 싶다.

"진리를 발견하는 것보다 오류를 발견하는 편이 훨씬 수월하다. 오류는 표면에 나타나있으므로 쉽사리 처리할 수 있으나 진리는 깊은 곳에 숨어 있어 그것을 탐구하기란 결코 쉬운 일이 아니다." 세기의 지성 버트란트 러셀의 말이다.

제2강 : 통일이란 무엇인가_ 일반 시민들에게

이제 우리 사회의 중추적 위치에 있는 중산층 시민 여러분들에게 몇 가지 말씀을 드리도록 하겠습니다. 지금까지 저는 주로 북한의 상황변화를 중심으로 통일로 가는 혼란스러운 과정을 설명했습니다만, 이제부터는 우리가 구체적으로 무엇을 어떻게 해야 그 혼란을 최소화하고 위기를 극복할 수 있는지에 대해서 말씀드리도록 하겠습니다.

앞서 대학생들에게 한 강의는 비교적 학문적 분석에 중점을 둘 수밖에 없었습니다. 그러나 여러분들에게는 보다 현실적이고 실증적인 경험을 들어가면서 통일이란 무엇인지를 설명해 보겠습니다.

그래서 여기서 저는 먼저 독일 통일의 기본요인을 재정리하고, 예멘 통일 경험과 월남의 교훈을 함께 비교해 가면서 우리의 통일 문제를 분석해 보도록 하겠습니다.

너무 자주 독일 통일의 경험을 인용한다고 생각할지 모르지만, 사실 우리에게는 그것이 유일한 평화통일의 사례이고 분단과정 전후 사정에 공통점이 많이 있기 때문에 그렇게 하지 않을 수가 없습니다. 어쩌면 독일의 경험을 거론하는 것이 우리에게 가장 현실적이고 실증적인 분석이 될 수 있을 것입니다.

먼저 독일 통일이 피 흘리지 않고 합법적으로 신속히 이루어질 수 있었던 이유는 크게 나누어 세 가지가 있었습니다. 첫째는 서독 정부의 지도자들과 자유민주주의적 선거로 새로 구성된 동독 정부 지도자들이 통일을 즉시 이루고자 하는 강력한 의지와 능력이 있었고, 둘째는 전 독일 국민들의 조기 통일염원이 공감대를 형성하고 있었으며, 셋째는 미·소·영·불 4대 강국이 통일에 적극 협력해 주었기 때문이었습니다.

이 세 가지 요인이 상호보완적으로 작용하여 통일을 추진하는 서독 정부로 하여금 그 짧은 기간(1989.11.9.~1990.10.3.)내에 실로 엄청난 가속력으로 역사의 수레바퀴를 분단 이전으로 되돌려 놓게 만들었던 것입니다. 이에 대해 이 대역사(大役事)의 주인공 볼프강 쇼이블레 당시 서독 내무부 장관은《나는 통일을 어떻게 흥정했는가》에서 "너무나 많은 일들이 얼마나 빠른 일순간에 변화할 수 있는가를 체험했다"고 회고하고 있습니다.

여기서 중요한 점은, 첫째 소련의 고르비 혁명 이후 동독 체제가 근본적으로 변혁을 지향하고 있었고, 둘째 이를 서독이 정치·경제·사회·군사적으로 통합 수용할 능력이 있었으며, 셋째 양독 국민이 그간 꾸준한 교류와 협력으로 통일에 대한 강력한 공감대를 형성하고 있었다는 데 있습니다. 강대국들의 지원은 독일만의 특수하고 복잡한 사정이니 여기서 재론하지 않겠습니다. 무엇보다도 동독체제의 변화가 내부에서 진행되고 있었다는 사실은 우리에게 통일은 먼저 북한이 변하지 않으면 안 된다는 점을 분명히 말해 주고 있습니다. 또한 서독이 동독의 내부 변혁을 이용하여 적시에 통일로 몰고 갈 수 있었다는 사실은 강력한 대북 통합능력 없이는 독일식 통일은 불가능하다는 것을 우리에게 말해 주고 있습니다. 그리고 양독 국민이 통일에 관한 거족적 공감대를 형성하고 있었다는 사실은 남북한이 실질적인 교류와 협력으로 민족동질성을 회복하지 않는 한 합의에 의한 통일은 요원할 수밖에 없다는 교훈을 주고 있습니다.

무언의 합의 속에 무혈로 신속히 전개된 통일, 그래서 독일인들이 '미완성 혁명'이라고 부르는 이 통일은 엄밀히 말해서 서독에 의한 일방적 흡수통일이 아니라, 양독 정부와 국민이 합의한 국가

간 조약에 의한 통합이었습니다. 단지 그 조약은 동독이 서독연방 기본법 제23조 규정에 의해 연방에 가입한다는 식으로 합의된 것뿐이었습니다. 즉 서독이 동독의 저항을 무릅쓰고 강제로 동독을 흡수한 것이 아니고, 동독이 그들 스스로의 판단에 의해 서독으로 편입한 것이었습니다.

동독 사람들은 어차피 붕괴될 체제를 붙들고 있는 것보다도 서독 체제에 자발적인 투항을 선택하는 길만이 그들도 살고 나아가 민족 모두가 살 수 있는 것이라고 판단했던 것입니다. 그래서 1990년 3월 18일 동독 자유총선에서 점진적 통일을 추구한 사민당 중심의 좌파 연합세력이 참패하고 조기통일을 약속한 기민당 중심의 독일연합이 승리했던 것입니다.

물론 합의통일을 있게 한 동독 측의 이러한 자발성은 저절로 우러나온 것이 아니라, 전적으로 서독 정부와 국민이 유도한 것이었습니다. 여러분, 그러면 서독 측이 이를 어떻게 유도할 수 있었다고 생각하십니까? 무슨 기가 막힌 유혹이라도 있었다고 생각하십니까? 여기에 우리가 정말 명심해야 할 독일의 교훈이 있습니다.

서독은 동독에 대해서 분단 45여 년 동안 정책 차원에서나 정치적 차원에서도 통일 하자는 말을 공식적으로 한 번도 꺼낸 적이 없었다는 사실, 바로 이것이 동독의 자발적 해체를 가져온 가장 근본적인 요인이었습니다. 우리 사회에서 지난 50년 동안 셀 수도 없이 많은 통일구호를 들어 온 여러분, 과연 이 말의 뜻을 이해할 수 있겠습니까?

이 뜻은 현명한 서독 사람들은 냉전체제가 계속되는 한 통일은 어차피 불가능할 것이라고 생각하고 통일문제는 아예 거론하지 않은 채 오직 동독 및 소련과의 관계개선을 꾸준히 추진하여 상호신뢰 분위기 조성에만 전력을 다했다는 의미입니다. 그러면서 보다 현실적인 문제인 동독과의 경협, 이산가족 교류, 인권개선 상황 등 민족동질성 회복 문제를 조심스럽게 다루어 나갔던 것입니다.

지금 우리의 상황을 보십시오. 얼마나 많은 통일방안과 정강이 쏟아져 나왔으며, 또 얼마나 많은 '통일꾼'들이 저마다의 주의주장을 걸고 각개약진하고 있습니까? 저는 그래서 독일은 통일방안이 없어서 통일되었고, 우리는 그것이 너무 많아서 안 된다고 자조하고 있습니다.

베를린에서 무너진 냉전의 장벽이 마치 우리 휴전선에서도 무너진 것처럼 착각하는 이들, 북한의 인권상황을 거론만 하면 북을 자극하는 '반통일주의자'라고 목청을 높이는 이들, 그리고 통일한국의 미래상을 유토피아로만 그리는 '민족주의자'들이 우리 사회에 너무 많습니다. 이는 우리가 그만큼 내실 없이 겉돌고 있다는 이야기입니다.

이 사회의 중심이신 시민 여러분, 통일협상으로 평화통일을 이룬 듯하다 결국 내전을 통해 무력통일을 하고 만 예멘의 경험도 우리는 잘 되새겨 봐야 합니다.

예멘은 1962년 오스만 터키 지배로부터 벗어나 독립된 북예멘 공화국과 1967년 영국으로부터 독립한 남예멘 공화국이 각각 서방권과 공산권 진영에 따로따로 가담함으로써 분단되었던 것입니다. 그 후 이들은 3차례에 걸친 대규모 국경충돌과 3차례의 통일협상을 치른 매우 독특한 경험을 갖고 있습니다.

이 세 번의 전쟁과 세 번의 협상과정에서 무려 10차례나 정상회담을 했고, 드디어 1990년 5월에 와서 '합의'에 의한 통일이 이루어졌습니다. 그러나 이 '합의'가 단순한 권력기구의 안배 등 국가통일에만 초점을 맞추고 정작 사회·경제·문화 등 민족통합 분야는 도외시했기 때문에, 결국 무력이 우세한 북예멘이 남예멘을 패퇴시켜 흡수하는 식이 되고 말았습니다. 양자 간 민족동질성이 전혀 회복되지 않은 상태에서 현명치 못하게 1대 1의 대등한 통합을 기계적으로 추진했기 때문에 결국 강자가 약자를 강제 병합하게 된 것입니다.

예를 들어, 수상은 남예멘이 맡되 부수상은 북예멘이 맡고, 각료는 북측에 19명 남측에 15명 배정하며, 국방장관은 남측이 맡으나 군 총참모장은 북측 군이 맡는다는 식의 나눠먹기를 했으니 국정운영이 제대로 될 리 없고 군의 지휘, 명령체계가 제대로 설 리가 만무했습니다.

내전의 씨앗은 애초부터 잉태되고 있었던 것이나 마찬가지였습니다. 상부구조의 표피적 인배는 반드시 하부구조의 내면적 통합을 전제로 해야 민족통일이 이루어지는 것인데, 남·북예멘 지도자들은 어리석게도 국가 통일에만 신경을 썼던 것입니다. 그래서 결국 내전이 발발하여 실로 엄청난 대가를 치르고 나서야 비로소 완전한 통일을 이루게 되었던 것입니다.

이러한 예멘의 경험은 지금 우리에게도 많은 것을 시사해주고 있습니다. 간단히 정리해 보자면, 첫째, 통일은 수뇌부들간의 정치적 흥정의 대상이 되어서는 안 된다는 점, 둘째 설사 협상을 시도한다 하여도 협상은 반드시 양측 국민 여론의 지지와 공감대가 있어야 원만한 통합이 실현될 수 있다는 점, 그리고 셋째로 무엇보다도 현저한 국력 격차가 있는 상황에서의 기계적 통합은 자칫 위험한 결과를 초래할 수 있다는 교훈입니다. 이 모두가 어떤 의미에서는 독일의 교훈과 비슷하다고 할 수 있습니다.

통일은 단순한 방법론 절충이나 아이디어 싸움이 아니라는 사실이 여기에서도 다시 증명되었습니다.

저는 앞서의 분석을 통해 북한이 붕괴되는 과정에서 그들 내부에 내란이 발발할지 모른다고 우려한 적이 있습니다. 그리고 이 가능성은 매우 높다고도 지적했습니다. 그러나 만약 김정일(김정은)

정권이 체제안정을 도모하여 장수하면 이번에는 반대로 남한 내부에서 분열이 일어나게끔 모든 책략을 다 쓸 것이라고 했습니다. 실제로 지금도 북한은 이 책략을 집요하게 강화시켜 가고 있습니다.

자, 여기서 우리의 주의를 좀 더 기울여 봅시다. 그러면 다음과 같은 추론이 가능합니다. 북한이 망해 가면 망해 가는 대로 내란이 일어나고, 반대로 흥해 가면 흥해 가는 대로 남한의 내분을 조장할 것이니, 결국 이 상태에서 남북 통합을 인위적으로 무리하게 추진하면 필연적으로 예멘식 내전이 발생하게 되어 있다는 결론이 나옵니다.

어떻습니까, 여러분. 저의 분석이 현저하게 객관성을 결여하고 있다고 생각하십니까?

월남의 교훈을 다시 읽어 보면 저의 이러한 생각이 결코 기우만은 아니라는 것을 아시게 될 것입니다. 월남의 경우는 우리가 잘 알고 있는 것처럼, 1973년 미국과 공산 월맹 사이에 파리평화협정(일명 휴전협정)이 체결된 후 미군이 철수한 지 2년 만에 공산 월맹이 이 협정을 무시하고 자유 월남을 무력으로 침공하여 적화 통일시킨 경우입니다. 독일이 완벽한 평화통일이었다면 월남은 그야말로 완벽한 무력통일이었다고 할 수 있는 정반대의 케이스입니다. 독일은 양독 간에 상호 신뢰가 구축되어 있었기 때문에 결정적 기회가 오자 쉽게 합의에 의한 평화통일이 가능했습니다.

그러나 월남의 경우는 월남과 월맹 간의 상호신뢰가 처음부터 전혀 없었으므로 결정적인 기회가 왔다고 판단되면 어느 한쪽이 힘에 의한 통일을 시도할 수밖에 없게 되어 있었습니다.

미국이 애당초 월남전에 개입했던 것은 따지고 보면 이러한 시도를 최대한 늦추는 데 기여한 것에 불과했으며 결코 그것을 막을 수는 없었습니다. 그래서 미국이 철수하자마자 월맹의 대월남 공세는 하나씩 다시 시작되었고, 월남 내분 사태로 결정적 기회가 왔다고 판단하자 본격적인 무력침공을 단행한 것입니다.

이러한 이유로 오늘날 사가(史家)들은 파리평화협정을 사실상 월남 포기협정으로 부르고 있습니다. 그러나 보다 객관적인 입장에서 평가해 본다면, 월남 적화의 원인을 반드시 미군의 철수에서만 찾을 수는 없습니다.

월남이 망한 것은, 첫째 무엇보다도 월맹은 강력한 리더십으로 일관된 적화 통일정책 공세를 펼친 데 비해 월남은 끊임없는 내정 혼란과 구조적 부패로 자체 통치능력을 상실한 상태였습니다. 둘째 월맹군의 공격능력이 강해서가 아니라 월남군의 방어의지가 너무 허약하였으며, 셋째는 미국 내 국민 여론과 국제사회의 여론이 이러한 무기력하고 무능한 월남 정부로부터 등을 돌린 데에 근본적 이유가 있었다고 할 수 있습니다.

1975년 초 대통령 선거를 전후해 엄청난 부패와 정치 불안으로 월남은 이미 스스로 망해 가는 길에 서 있었고, 그것을 결국 월맹이 무력으로 앞당긴 것에 불과했던 것입니다.

10년간 54만 명의 미군, 한국군이 중심이 된 7만 명의 연합군, 60만 명의 월남군, 그리고 도합 1400억불의 지원에도 불구하고 부패하고 무능한 월남 독재정부는 망할 수밖에 없었습니다.

또한 월맹의 사주를 받는 베트콩이 월남 내에서 반정부, 반미 게릴라 투쟁을 벌이고 무산계급을 선동하여 계급투쟁을 효율적으로 수행할 수 있었던 것도 모두 다 월남 스스로가 제공한 토양이 있었기 때문입니다.

이러한 월남의 경험은 앞서 독일 및 예멘의 경험에 비추어 우리에게 무엇을 시사하고 있는지 여러분들은 잘 알고 있으리라 믿습니다만, 북한을 평가하는 데 있어서 다음의 몇 가지 사항은 꼭 재차 강조하고 싶습니다.

첫째, 월맹이 분단 이래로 적화통일을 할 때까지 월남의 정통성을 한 번도 인정치 않고 미국의 괴뢰 정권으로 간주했던 것처럼, 북한도 우리에게 그런 식으로 대하고 미국과 직접 담판을 요구하고 있습니다.(예: 평화협정 체결).

둘째 지금 북한 지도부는 당시 월맹 지도부와 마찬가지로 이제라도 미군 개입만 없으면 대남 적화통일에 자신이 있다고 강하게 믿고 있습니다.

셋째 월맹이 월남 체제의 붕괴를 노려 학계, 노동계, 종교계 그리고 정계에까지 근 20년간 공산당 비밀조직을 침투시켜 끊임없이 사회불안을 조성하고 군의 사기를 떨어뜨렸던 것처럼, 북한도 지난 수십 년 동안 대남 통일전선전략 공작을 꾸준히 강화해 왔습니다. 첫째와 둘째 사항은 여러분들도 어느 정도 알고 계시겠지만, 세 번째로 지적한 공산 비밀조직 침투는 문자 그대로 지하활동이었기 때문에 여러분들은 그 심각성을 제대로 인식하지 못하고 있을지도 모릅니다.

사실 지금 우리에겐 이 간접침략 문제가 가장 현실성 있는 월남 패망의 교훈입니다. 그리고 이것은 장차 통일과정에서 행여 있을지도 모를 예멘식 내전 발발 가능성을 높이는 가장 직접적인 원인이 될 것이라고 저는 생각합니다. 여러분들의 실감을 돕기 위해 여기서 아예 구체적인 숫자와 사례를 제시하겠습니다.

월남은 패망하기 오래 전부터 각계각층에 월맹 정부의 첩자들이 박혀 있었습니다. 월맹에 충성하는 노동당원이 9천5백 명이었고 인민혁명당원수는 4만 명이었습니다. 당시 월남 인구 2천만 명에 비하면 큰 숫자는 아니었으나 문제는 이들이 정치·경제·사회·군사 등 각 분야에서 엄청난 폭발력과 팽창력을 갖고 월남 체제를 밑에서부터 붕괴시키는 데 핵심적인 역할을 했다는 데 있습니다. 전 사이공 주재 한국 공사 이대용 씨의 증언에 따르면, 사이공 정부의 극비회의 내용이 즉시 새어나가 월남 임시 혁명본부(베트콩)에 보고될 정도였답니다. 월남군의 요직과 도지사(성장)를 지낸 황속타오 대령은 거물급 공산 간첩이었고, 웬반하우 경제담당 부수상과 웬후코 국방장관, 심지어 티우 대통령 보좌관도 공산 첩자였다는 것입니다. 이러니 월남이 망하지 않는다는 것이 오히려 이상할 정도였습니다.

그러면 지금 우리의 사정은 어떻다고 생각하십니까? 월남의 사례는 그저 남의 이야기에 불과한 것인가요? 불행히도 그건 우리의 이야기일 수도 있습니다.

공안기관의 그간 조사 분석에 따르면, 지금 우리 사회 내부에 수만 명의 친북 세력이 있으며 이들이 학원가와 노동계, 재야 정치권 및 종교단체, 그리고 교육·문화·언론계에 광범위하게 포진하여 있다는 것입니다.

이들 중 북한과 직·간접적으로 교신하거나 교감을 나누는 주동세력과 적극 동조세력이 상당수라고 합니다. 통일 전 서독이 한 때 처했던 상황과 유사합니다. 실로 충격적이지 않을 수 없습니다. 얼핏 보면 크지 않아 보이는 소수지만, 문제는 바로 이들이 월남이 망했던 것처럼 우리 사회 안보 기반을 무너뜨리는 데 핵심적 역할을 수행하고 있다는 데 있습니다. 더욱 심각한 것은 이들 상당수는 북에서 내려온 직파간첩의 비밀활동을 알고서도 방조할 뿐만 아니라 적극 지원하려는 움직임까지도 보인다고 합니다. 정말 믿고 싶지 않은 거짓말 같은 사실들입니다.

안보가 너무 잘되고 있다고 과신해서 그런 것인지, 아니면 이른바 냉전체제가 무너졌다고 안보에 무신경, 무감각해진 것인지는 몰라도, 이제는 이런 구체적인 실상을 제시해도 국민들의 관심은 예전 같지가 않아 안타깝기 그지없습니다.

외부로부터 직접 지령을 받고 언론·문화·예술·출판 및 정보산업계에서 암약하고 있는 주사파 핵심세력(NL계), (최근 우리사회를 붕괴시키려는 음모를 꾸미다 발각되어 법적 처단을 받은 통합진보당 잔존세력), 점차 늘어가는 우리 내부의 자생적 사회혁명 세력(PD계), 조총련으로부터 활동 자금을 받고 있는 지하 운동권 조직, 간혹 노사분규 현장에서 노동자들에게 붉은 머리띠에 붉은 깃발을 휘두르고 해방구라는 혁명구호를 외치게 조종하는 붉은 외부세력, 그리고 광장에서, 강단에서 사실상 프롤레타리아 계급혁명을 주장하는 선동이론을 내세워도 '사상의 자유'라는 명분으로 '양심인'이 되는 사람들, 이들이 지금 우리 사회에 너무나 많고 또 너무나 자유스럽게 활동하고 있습니다. 우리가 그만큼 '자유화', '민주화' 되어서 이러한 현상이 자연스럽게 나타난 것이라고 보아야 하는 건지 정말 답답한 심정을 금할 수 없습니다.

지금까지 예시한 독일과 예멘 그리고 월남식 통일 교훈을 되새기며, 그러면 지금부터는 우리 스스로가 앞으로 무엇을 어떻게 해야 할지에 대해서 종합적으로 정리해 말씀드려 보겠습니다.

첫째, 통일은 서두르면 더 늦어질 뿐만 아니라, 잘못 서두르면 최악의 경우 둘 다 망하는 사태가 올 수 있다는 사실을 명심해야 합니다. 우리가 서두른다고 해서 북한도 서두르는 것이 아니라, 오히려 반대로 더 느긋해지면서 우리의 조급함을 역이용할 것이므로 결과적으로 통일은 더 늦어지는 셈이 됩니다.

설사 우리가 서둘러 추진한 정책(예: 경협)에 북한이 말려들게 되고, 그렇게 되다 보니 북한 체제 붕괴과정이 가속화되었다고 가정해 봅시다. 그러면 우리는 북한 체제 붕괴과정에서 발생하는 그 엄청난 혼란과 내란 등을 당장 감당할 의지와 능력을 갖추고 있다고 생각하십니까? 여러분들은 북한에 위기상황이 발생하면 그것이 곧 우리에게도 위기의식을 불러일으킬 수밖에 없다는 분명한 현실을 모르고 계십니까? 재차 강조하지만, 북한의 위기는 통일의 호기가 아니라 당장에 우리의 안보 위기로 연결되게 되어 있습니다. 통일의 기회가 되거나 되지 않고는 전적으로 우리가 먼저 이 위기를 어떻게 잘 관리하고 극복하느냐 여부에 달려 있는 것입니다.

동독이 무너진 후 서독 사람들은 세 가지 사실을 몰랐던 것에 더 놀랐다고 합니다. 통일이 그렇게 빨리 올 줄을 몰랐다는 것, 동독 실상이 그렇게 열악할 줄 몰랐다는 것, 그리고 통일 후 사회·심리적 통합문제가 그렇게 심각할 줄도 몰랐다는 것입니다.

이는 바꾸어 풀이하자면, 서두르지 않고 장기적인 통일정책을 순리적으로 추진했더니 오히려 통일이 더 빨리 왔다는 사실에 놀랐다는 것이며, 또한 그 동안 그렇게 열심히 각종 교류와 협력 및 지원을 동독에 제공했건만 막상 통일이 되고 보니 완전히 처음부터 다시 시작해야 할 정도로 상황이 심각하였다는 뜻입니다.

그러므로 우리는 무엇보다도 우선하여 통일은 시간과의 싸움이고 그것은 결국 우리 자신과의 싸움이 된다는 현실을 엄중히 받아들여야 합니다. 여러분들 스스로를 "앞당기자 통일" 하면서 너무 재촉하지도 마시고 정부 당국자들의 정책적 시행착오를 일관성이 없다고 너무 몰아붙이듯 비판하지도 마십시오.

통일은 상대가 있는 것이고 그 상대는 결코 우리를 도와 줄 상대가 아니니 정부 당국의 정책적 시행착오는 어쩌면 불가피할지 모릅니다. 다만 시행착오의 내용이 무엇이고 또 왜 그랬는지 그 이유는 국민들에게 알려야 되겠으나 시행착오가 발생한다는 그 자체를 나무랄 수는 없습니다.

물론 그간의 고의적인 실책이나 일관성이 없는 내부 의사결정 과정 등은 반성할 것이 많습니다. 그러나 앞서 분석했듯이 기본적으로 북한의 대남 정책이 통일에 분명히 역행하고 있으니 비난을 하려면 먼저 북한을 비난하고 나서 우리를 비난하는 것이 올바른 순서입니다. 통일문제는 오히려 상황이 꼬일수록 정부 당국자들에게 용기를 북돋아 줘야 합니다. 통일문제는 단순한 지략의 문제가 아닌 고도의 지혜의 문제이고, 이는 오직 국민 여론이 결집된 형태로 용기를 줄 때 비로소 나온다는 사실을 한시도 잊어서는 안 되겠습니다.

둘째로, 통일은 공짜가 아닙니다. 통일은 시민 사회의 주체이신 여러분들에게 실로 감당키 어려운 피와 땀과 눈물의 대가를 요구할 것입니다. 통일은 여러분들에게 결코 유토피아만은 아닙니다. 통일은 여러분들께서 당대에 누릴 무슨 권리가 아니라, 후대를 위해 숙명적으로 짊어져야 할 의무입니다. 거창하게 민족사적 의무라고 표현해도 좋지만, 어쨌든 오늘날 독일 지식인들과 중산층들이 "이건 아니다"라고 고통분담을 호소할 정도로 엄청난 비용을 우리에게도 요구할 것입니다. 이것은 물질 비용이자 동시에 정신적 비용입니다.

말이 나온 김에 이 비용문제에 대해서 대략 추정된 수치를 제시해 봅시다. 이것을 통일비용이라고 할 수도 있고 통일 투자액이라고 불러도 관계없으며, 아니면 분단으로 인해 발생한 비용이니 숫제 기회비용인 분단비용이라고 해도 괜찮습니다. 어쨌든 이 비용은 연구기관에 따라(1995년 당시 기준) 많게는 1조 2천억 달러에서 적게는 860억 달러까지 추정되고 있습니다(예: KDI, 21세기위원회 보고서). 독일 정부가 통일 후 지난 5년간(이 강의를 실시한 1995년 말 기준 산정) 동독지역 부흥을 위해 이전한 재정은 약 8천 400억 마르크 (한화 840조 원)이니 동독보다 훨씬 못한 북한 경제 상황을 감안해 본다면 우리가 써야 할 비용은 아무리 적어도 1조 달러 이상은 될 것이라는 추정치가 나옵니다. (*이는 2016년 말 현재 계산으로는 그 이상이 될 수도 있습니다).

물론 이는 통일이 어떻게 이루어지느냐, 즉, 통일과정이 점진적이냐 아니면 급진적이냐 여부에 따라 달라질 수 있고, 특히 무혈의 평화통일이냐 아니면 남북한 군사적 충돌을 수반한 내전을 겪은 후에 통일이 될 것이냐의 여하에 따라 계산이 전혀 다르게 나올 수 있습니다. 더욱이 남북한의 이질화 정도는 과거 동서독의 경우보다 훨씬 더 심하며, 한국의 대북한 경제적 통합능력은 당시 서독의 대동독 흡수 능력에 비해 아직 부족하기 그지없기 때문에 현재로선 정확한 통일비용을 산출한다는 것이 무의미할지 모릅니다.

그렇다고 통일비용이 두려워 통일을 못한다는 것은 아닙니다. 구더기 무서워 장 못 담글 수야 없습니다. 단지 여기서 강조하고 싶은 것은 우리는 지금 통일 후에 생기는 이익효과를 계산해보기 앞서 통일 과정상에 발생하는 비용 및 투자소요에 미리 대비하지 않으면 안 된다는 것입니다. 전자, 즉 이익효과 측면에서 보면 충분한 인력확보와 국방비 절감, 국가위험도의 감소, 그리고 시장 및 토지이용 확대 등 각종 유·무형의 효과가 있으나 그것은 어차피 통일이 된 다음에야 계산할 수 있는 성질의 것입니다. 때문에 우리가 여기서 그것을 미리 빼고 난 이른바 '순통일비용'이라는 개념을 쓸 수는 없습니다. 더욱이 정신·심리적 부문의 통일비용을 미리 계산한다는 것은 바보 같은 짓이나 마찬가지 아닙니까.

여러분, 통일은 정말 공짜가 아닙니다. 의지만 갖고 되는 것도 아니요, 우리 혼자 능력만으로도 감당할 수 있는 그런 것이 아닙니다. 우리가 우리 스스로를 돕는 것은 물론, 북한도 다른 사회에서는 아무짝에도 쓸모가 없을 주체경제를 당장에 버리고 문을 활짝 열어 통일에 대비한 자생력을 회복해야 합니다. 나아가 남북한 모두 국제사회로부터 어떠한 형태이든 지원과 협력을 확보해야 합니다. 통일은 이 3박자가 맞아야 순리적으로 이룰 수 있습니다.

셋째, 이 강의 마지막으로 여러분들께 드리고 싶은 말씀은 무엇보다도 우리 자체의 통일역량을 내실화하자는 호소입니다. 이것이 바로 통일의 물질적 및 정신적 비용에 대비하는 올바른 자세입니다. 내실화 작업은 정치·경제·교통·교육·환경·시설안전·부패척결 등 사회 각 분야에서 이루어져야겠으나 그 중에서도 으뜸이 경제 분야인 것은 두 말할 필요도 없습니다.

우리가 통일을 이루고자 한다면, 우선 경제력을 강화시켜야 합니다. 체질개선은 물론 국제수지를 흑자로 돌리고 무역규모를 늘려야 하며 산업 생산성을 배가시켜야 합니다. 노사 분규를 줄이고

1인당 노동생산성을 높여야 하며, 저축액도 몇 배 이상 늘려 통일 투자 소요에 대비해야 합니다. 이 상태로는 안 됩니다. 정신 바짝 차려야 합니다. 통일은 독일처럼 어느 날 갑자기 찾아올 수 있다는 사실에 대비하지 않으면 안 됩니다. 그건 우리의 기존 계획이나 꿈과는 아무런 상관없이 갑자기 들이닥친 일대의 혼돈일 수도 있습니다.

통일은 빠르면 빠른 대로, 늦으면 늦은 대로 일단 혼돈 상황을 거치게 되어 있습니다. 그러나 이 혼돈은 우리가 경제력을 배가시키고 제반 다른 분야에서 대북 통합능력을 착실히 구축해 나가면 그만큼 빨리 극복할 수 있습니다. 특히 경제력 확보가 통일의 첩경이라는 사실을 독일이 잘 보여 주고 있지 않습니까. 독일 통일은 따지고 보면 서독의 마르크화가 동독의 마르크시즘(Marxism)을 흡수한 것입니다. 이념에 대한 경제력의 승리였습니다.

또한 교육의 내실화 문제도 통일역량 확보에 대단히 중요한 우선순위를 차지합니다. 여기서 교육의 내실화는 입시제도 개혁을 뜻하는 것이 아니라 인간교육과 사회교육 전반의 개혁을 말하는 것입니다.

통일교육이라는 내용이 별도로 있다기보다는 우리가 우리의 자라나는 세대들에게 통일에 대비하여 민주시민으로서 갖추어야 할 인성(人性)과 품성(品性)을 교육시키는 것이 중요하며, 그리고 민족

문제의 과거와 현재 및 미래에 대한 이해를 증진시켜 통일의 대열에 당당히 참여케 해야 합니다.

그러나 지금 우리의 현실은 어떻습니까? 지금 여러분의 아들딸들과 통일문제에 대해서 여러분은 과연 어느 정도 대화가 되고 또 얼마만큼이나 자신 있게 설득할 수 있다고 생각하십니까?

솔직히 말해서 답변은 매우 부정적입니다. 요즘 신세대 젊은이들은 편향된 성향의 교사들과 교과서나 부교재의 영향을 일방적으로 받아서 그런지 북한을 막연히 동족으로만 보려는 경향이 강하며 일부는 아예 적으로 인정하기를 거부합니다. 이상만 좇고 현실은 인정치 않는 셈입니다.

물론 우리의 젊은이들이 이렇게 이상적으로 흐르는 것 그 자체를 나무랄 수만은 없습니다. 자라는 꿈나무들에게 꿈을 갖지 말라고 할 수는 없습니다. 그러나 문제는 앞서 대학생들에 대한 강의에서도 지적했듯이, 우리 민족문제의 해법은 우리 현실에 대한 이해와 북한 현실의 분석, 그리고 오늘의 세계에 대한 연구가 삼위일체를 이루면서 찾아야지 오직 북한만을 이해하려는 소위 내재적 접근법에서만 찾을 수 있는 성질의 것이 아닙니다.

대개 우리 젊은이들이 일부 좌편향 교사들의 영향을 받아서 그런지 순수한 열정으로 무조건 북한을 이해하는 데만 통일연구의 초점을 맞추다 보니, '이해심'이 깊어 동정심이 되고 급기야 동정이 지나쳐 북한 입장을 아예 지지하고 마는 일들이 간혹 빚어지게 되는 것입니다. 이것이 지금 우리 대학가에 자생적인 친북세력이 생기는 기본원인 중의 하나입니다.

우리 기성세대는 젊은이들이 이러한 삼위일체적 통일연구를 할 수 있도록 정책과 제도를 정비하고 교과서 등 교육환경을 개선할 책임이 있습니다. 정보와 자료를 제공해야 함은 물론이고 대화나 의사소통이 되도록 언로(言路)를 개방해야 하며, 국내외 견문을 넓힐 수 있는 기회를 더 많이 만들어 줘야 합니다. 그래서 학교교육과 사회교육이 균형을 이루도록 해야 합니다. 이렇게 하지 않으면 우리가 우리 젊은이들을 자신 있게 설득하기가 어렵습니다. 민족문제에 대해서 우리가 우리 젊은이들도 설득 못시킨다면 과연 어떻게 북한 사람들을 설득시킬 수 있겠습니까? 우리 집안의 국론분열은 놔두고 북한 내부의 분열상만 기대한다고 통일이 앞당겨 지는 것입니까?

이와 관련, 끝으로 저는 우리 사회의 뿌리 깊은 치부인 부정부패상을 지적하지 않을 수 없습니다. 통일을 위해 경제력을 강화시키는 것도 좋고 교육환경을 마련하는 것도 좋지만, 부정부패를 척결치 못하면 모두가 공염불이 되고 맙니다.

생각해 보십시오. 우리 사회에 자생적인 종북세력이 왜 생기는 것입니까? 모택동도 말했듯이 공산주의자는 서민들의 한(恨)을 토양으로 생기고 그것을 먹고 자라며, 이 한은 극단적인 부익부와 빈익빈, 구조적인 권력형 부정부패, 노동착취 및 인권 유린, 그리고 제도화된 사회적 먹이사슬의 폐해 등에서 나오는 것입니다. 가난한 집안에서 자라 실용학문을 연구하고 정책일선에 헌신해 온 이른바 '흙수저' 출신인 저의 입장에서 볼 때도 이러한 모택동의 지적이 틀리다고 생각하지는 않습니다.

지금 우리 사회는 그간 각종 사정(司正) 개혁과 서정쇄신에도 불구하고 아직도 부정부패는 심각한 상태에 있습니다. 어느 분야라고 지적할 것도 없이, 사회 전반에 걸친 현상이라는 사실을 여러분들이 잘 알고 계시리라 믿습니다.

몇 십억, 몇 백 억씩 받아먹은 정경유착 뇌물사건이 비일비재하고, 돈을 주지 않으면 민원이 해결되지 않는가 하면, 돈을 줘도 부실공사와 부실검사를 당연시하는 이 부정부패 구조를 그냥 놔두고 통일 한국의 미래상만을 논할 수는 없습니다. (*이른바 최근의 최순실 국정농단 부패사건은 이의 대표적인 사례입니다).

우리가 우리 젊은이들이 과격한 좌익운동권에 가담하지 않기를 원한다면, 먼저 이러한 부정부패 구조를 철저히 척결해 나가야 할 것입니다. 이 작업부터 하고 나서 통일교육을 시켜도 늦지 않습니다. 그리고 이 작업이야말로 통일을 향한 진정한 사회교육입니다. 또한 학교교육은 바로 사회교육의 얼굴이라는 사실을 우리 기성세대들은 절대로 잊어서는 안 될 것입니다.

그러면 여러분들에게 장황하게 늘어놓았던 통일강좌를 여기서 마치겠습니다. 그리고 이어서 이제는 정책 실무를 담당하시는 분들에게 몇 말씀드리고자 합니다. 그래야 안보통일 문제에 관한 국민적 공감대 형성을 체계적으로 이루어 나갈 수 있기 때문입니다.

제3강: 통일이란 무엇인가_ 정책을 담당하는 이들에게

이 강의를 정부 각 부처에 계신 정책실무자들과 고위 정책결정 과정에 참여하시는 분들을 앞에 모셔놓았다고 생각하며 시작합니다. 정책을 담당하시는 여러분들에게는 그야말로 긴 설명이 필요 없을 줄 압니다. 여러분들 자신이 전문가이고 실무책임자이기 때문에 제가 특별히 설명할 내용은 없습니다. 어떤 면에서는 제가 여러분들로부터 배워야 할 것이 더 많은지도 모르니까요. 그만큼 여러분들은 통일에 관한 각 분야에서 겪은 경험과 축적된 지식(Know-How)을 많이 갖고 계시리라 믿습니다.

그러나 우리는 그럴수록 더 겸허히 뒤돌아보며 걸어온 발자취를 회고하면서 현재 우리가 서 있는 위치를 재정립하고 앞날을 가늠해 나가야 합니다. 즉 꾸준히 자기반성을 하는 자세로 통일대업의 주역으로서 마음가짐을 다지고 또 다져 나가야 한다는 말입니다.

무릇 경험이 많으면 권위주의에 빠지기 싶고 지식이 많으면 교만해지기 쉬운 것이 인간심리입니다. 여러분들은 국민들에게 무조건 믿고 따르라고 말하기 이전에, 과연 여러분들이 수립하고 실시한 각종 통일정책과 전략을 국민들로 하여금 믿고 따르게 했는지를 스스로 물어 봐야 합니다.

고도로 정보화 사회가 된 지금, 우리 국민의 의식수준은 매우 높은 상태에 있습니다. 특히 통일문제에 대해서는 대학과 민간부문에서 이미 다양한 연구와 분석이 있어 왔고 독자적인 대북 경제접촉도 정부의 허가 아래 진행되고 있기 때문에, 어떤 점에서는 정책당국자인 여러분들 보다 앞서 갈 수가 있습니다. 통일이 국민 모두의 총체적 노력을 필요로 한다면, 여러분들은 이제 이러한 민간부문의 노력과 경쟁하는 위치에 서 있다고도 볼 수 있습니다. 물론 주요 정책결정 과정이야 여러분들께서 주도하시겠지만, 정작 그것에 힘을 실어 줘야 할 국민 여론 형성과정은 민간부문에서 주로 이루어진다는 사실을 여러분들은 하시도 잊어서는 안 됩니다.

이 두 개의 과정은 서로 별개가 아니라 상호보완적인 관계에 있습니다. 국민 여론이 잘못되고 있으면 여러분들은 이를 바로 잡아 주어야 할 책임이 있으며, 역으로 정부의 주요 대북정책이 잘못되었다고 판단되면 여론의 비판적 목소리는 그만큼 커지게 되어 있습니다. 통일에 관한 국민적 공감대 형성은 바로 이러한 상호보완

과정을 통해서 이루어지는 것입니다.

이러한 전제 하에, 그러면 지금부터 몇 가지 저의 소신을 밝히겠으니 조금이라도 여러분들의 정책연구에 참고가 되기를 바랍니다. 중요도의 순서에 따라 말씀드리겠습니다.

첫째, 여러분들은 안보정책과 통일정책을 반드시 구분하여 입안하고, 또 상호균형을 이루며 집행해야 합니다. 그리고 그렇게 함에 있어서 동시에 시의적절한 대국민 홍보도 펼쳐야 합니다. 이러한 구분과 균형을 간혹 혼동하고 그나마 국민들에 대한 홍보도 적절히 실시하지 못하다 보니, 위에서 지적한 국민적 공감대 형성이 잘 안되게 된 것입니다. 그러면 안보정책과 통일정책은 어떻게 구분해야 하는 것입니까?

주지하다시피 안보정책은 북한을 적으로 간주하고 실시하는 정책이고 통일정책은 북한을 동족으로 보고 추진하는 정책입니다. 안보 차원에서 적으로 간주하는 대상은 평양 정권 엘리트와 기득권층들 및 6.25전범세대들이고, 통일 차원에서 동족으로 보는 대상은 대다수 선량한 북한 동포들을 말합니다.

따라서 전자는 휴전체제를 안정적으로 관리하는 기실 대북 경계정책이고, 후자는 그것을 넘어 북에다 변화의 바람을 평화적으로 불어넣는 대북 화해의 협력의 정책입니다. 일종의 현상유지정책

대 현상타파정책의 차이입니다.

그러나 이것은 서로 다른 정책이 아니고 따지고 보면 동전의 앞뒷면과 같은 이치입니다. 둘 다 동시에 추진해야 효과가 있을 뿐만 아니라, 지향하는 목표도 모두 우리 체제를 수호하고 이를 바탕으로 자유·민주·평화통일을 추진한다는 점이 같습니다. 그럼에도 불구하고 우리가 이를 굳이 구분해야 하는 이유는, 간혹 무엇이 우선순위인지 분명치 않게 정책이 수립되고 집행되는 경향이 있어서 국민들이 혼돈스럽게 느끼고, 무엇보다도 북한이 이러한 혼선을 나름대로 악용하기 때문입니다. 하나의 대표적인 예로 핵문제가 이에 해당합니다.

여러분들께서 아시다시피 북한 핵문제는 우리가 당면한 최대의 안보현안으로서 성격상 당연히 안보정책 차원에서 다루어져야 합니다. 이것은 통일정책 차원에서 북한에게 호소하거나 양보를 해서 설득할 사안이 아니라, 기본적으로 안보정책 차원에서 강력히 대응한다는 확고한 원칙을 세워야 해법을 찾을 수 있는 문제입니다.

예를 들어 북한이 요구하는 일괄타결이라는 표현은 핵위협을 내세워 대미관계를 개선하면서 동시에 한미안보동맹을 이간시키려는 통일전선전략 저의가 분명히 담겨져 있습니다. 그렇기 때문에 핵 협상 과정에서 북한이 강경하게 나올수록 오히려 우리가 더 강력히 맞대응해야 협상의 명분도 서고 동시에 실리도 구할 수 있습니다.

따라서 한미연합 팀스피리트 훈련은 처음부터 흥정의 대상이 되어서는 안 될 사안이었습니다. 그런데 어떻게 된 영문인지 북의 요구를 이른바 통일정책 차원에서 대승적으로 포용하자는 소리가 우리 내부에서부터 나오더니, 팀스피리트 훈련은 중단되고 급기야 폐지될 지경에 이르게 되었습니다.

나아가 미국이 한술 더 떠서 핵문제와 미·북 연락사무소 설치 그리고 남북대화 문제를 한데 묶어 북한과 포괄적으로 추진한다는 〈제네바 합의문〉까지 나오게 되었습니다.

앞에서도 분석했지만, 이 미·북 합의문은 우리 안보정책과 통일정책이 한데 얽혀 무엇이 우선순위인지 알 수 없게 되어 있습니다. 첫 부분은 핵동결 약속으로 안보부문에 해당하나 그 실현성은 전적으로 북한 측 선의에 달려 있고, 중간 부분은 미·북 관계개선이니 양측의 주권 외교사항이며, 마지막 부분은 남북대화에 관한 것이라 통일정책 차원에서 우리가 북측의 호응만 기다리며 접근하게 되어 있습니다. 도대체 이 합의문의 초점은 어디에 있으며 일의 순서가 어디에서부터 시작되는 것입니까? 이것이 분명치 않으니 결국 남북대화 부분은 아무런 의미도 없는 약속이 되어 버린 것입니다.

그렇다면 애초부터 합의문의 약속 위반 시 우리 측의 대응 의지가 협상에 충분히 반영되었어야 했습니다. 즉 안보에 중점을 두었어야지 남북대화라는 북한이 지키지도 않을 약속에 매달릴 일이 아니었습니다.

대북경협과 각종 민간 교류협력 문제도 일단 통일정책 차원에서 추진하되, 북한이 그것을 통일전선전략으로 활용한다고 판단될 경우는 안보정책 차원에서 다루어야 하며, 마찬가지로 남북정상회담도 안보와 통일 양면에서 동시에 접근해야 하는 이중성의 사안이라는 점을 잊어서는 안 됩니다.

만약 정상회담을 통일정책에 초점을 맞추고 서둘러 시간과 공간을 선정하여 의제의 우선순위를 잘못 배정하면, 결과적으로 안보의 기반을 현저히 해칠 수도 있습니다. (※예 2000년 6월의 정상 회담 결과 나온 6.15공동선언이 극심한 국론분열을 일으킨 현상)

이와 관련, 지난 1994년 봄에 우리가 '대승적'인 통일정책 견지에서 미전향 장기수 이인모 노인을 북으로 보냈으나 북은 그를 대남공작 역량을 강화하는 데 필요한 최대의 선전선동 도구로 써 왔다는 사실을 우리가 잘 되새겨 봐야 합니다. 한마디로 우리가 통일을 제의하면 저들은 안보로 대응하는 식의 악순환입니다.

우리와 달리 북에서 쓰는 통일이라는 개념은 모두 안보, 즉 체제안보 차원의 반동개념이라는 사실을 여러분들은 잘 알고 있지 않습니까? 따라서 우리는 앞으로 안보정책은 통일 지향적으로 수립하되, 통일정책은 반드시 안보정책에 바탕을 두어야 합니다. 그렇지 않으면 우리 스스로가 정책의 혼선을 피할 수 없습니다.

둘째로, 여러분들께 드리고 싶은 말씀은 우리는 대북정책 전개방향을 분단관리와 위기관리 그리고 통합관리의 3단계로 나누어 대처해 나가야 한다고 생각합니다.

분단관리란 지금과 같이 남북관계가 교착상태에 빠지고 대결구도가 지속되는 상황에서 대북관계를 어떻게 추진할 것이냐에 관한 것입니다.

이에 비해 위기관리는 북한에 위기가 발생하거나 남북 간 우발적 충돌사태가 생기는 경우, 아니면 이 두 가지가 동시에 터지는 경우에 우리가 어떻게 대처할 것이냐에 관한 것입니다.

마지막으로 통합관리는 북한이 무너지고 대규모 난민이 남하하는 북한 최후의 날이 시작되는 순간부터 우리가 무엇을 어떻게 대응해야 통일과정을 순조롭게 추진할 수 있는지에 관한 내용입니다.

우리가 대북정책 전개과정을 이렇게 단계별로 나눌 필요가 있는 것은 보다 효율적인 안보통일정책을 기획하고 입안하는 데 도움이 되기 때문입니다. 즉 우리가 서 있는 위치를 먼저 정확히 파악하고 나서 그 다음에 정책의 우선순위를 정하고 대응방법론을 구체화해 나가자는 것입니다. 그러면 이를 좀 더 구체적으로 말씀드려 보겠습니다.

지금 우리는 분단관리 과정에 서 있습니다. 남북관계가 예나 이제나 답보상태에 빠져 진일보하지 못하고 하고 있는 이 단계에서는 굳이 우리가 남북대화를 재촉하거나 무슨 주도권 확보를 위해 서두를 필요가 없습니다.

아무것도 하지 말자는 얘기가 아니라, 성급히 무슨 '획기적'인 신규 사업을 벌어야 할 이유가 없다는 말입니다. 이럴 때는 오직 내실화 작업에만 열중해야 합니다. 앞서 일반 시민들에게 호소한 그런 종류의 각 분야에 걸친 내실화 작업을 착실히 추진해야 합니다.

요란하게 통일정책과 전략을 또 고치고 판을 다시 짜려고 하지 말고, 차분히 통일을 대비한 법체계와 제도를 정비·기획하고 물류체계 및 사회간접자본 확충과 환경재평가 작업, 그리고 고용 및 인력관리와 기간산업 재배치 등 총체적 구상이 필요합니다. 이 구상을 주도하는 일종의 사령탑도 존재해야 합니다.

또한 통일문제에 관한 교육·홍보 정책에다 더 많은 시간과 예산을 배정하는 것도 빠뜨릴 수 없는 분단관리 정책입니다. 서독은 1972년 동·서독 기본관계 조약이 나온 후 1990년 10월 통일이 될 때까지 약 20년 동안을 서독의 대동독 지원역량 확보에 총력을 기울였고, 그것을 연간 100회 이상의 정치교육 즉, 독일문제에 관한 각종 학술 세미나와 회의, 그리고 연구지원을 통해 대국민 교육·홍보 효과를 올렸습니다. 평소에 쌓은 이 지원역량과 정치 교육·홍보 노력이 동독이 무너지는 유사시에 바로 즉각 대동독 통합역량과 통일에 대한 국민적 공감대 형성으로 나타났다는 사실을 우리는 잘 음미해 봐야 합니다.

이 점은 특히 군사문제에서 더 절실히 느껴집니다. 분단관리에 있어서 핵심은 말할 것도 없이 휴전체제를 안정적으로 관리하는 데 있고, 이는 오직 우리 군의 대북한 힘과 의지의 균형이 유지될 때에 가능한 것입니다.

따라서 대북한전력이 적정 수준에서 확보되어야 할 뿐만 아니라, 무엇보다도 군의 정신전력, 즉 기강과 사기가 높은 수준에서 유지되어야 합니다.

지금은 우리가 국방비를 줄이고 싶어도 일방적으로 줄일 수 있는 상황이 아니며, 한미 연합작전체제를 완전히 자주화하기에도 아직은 시기상조입니다. 한반도 냉전은 아직 끝나지 않았다는 현실적 인식 아래 군의 정예화와 과학화를 위한 기존의 전력증강 계획을 착실히 추진해야 함은 물론, 군의 사기진작을 위한 각종 유·무형 조치를 취하는 데도 인색함이 없어야 합니다. 군의 역할은 앞으로 위기관리와 통합관리 과정으로 남북관계가 전개될수록 더 커지게 될 것이 분명합니다.

우리는 군이 과거보다 더 중요한 체제수호와 체제 확장의 임무를 수행하게 되리라는 사실을 북한의 변화가 가속화되어 갈수록 더 절실히 실감하게 될 것입니다.

분단관리의 요체가 휴전체제의 안정이라면 이는 결국 대북 전쟁 억제력 강화를 의미하며, 이 억제력은 당분간 한미 연합작전체제를 통하여 행사하는 것 외엔 대안이 없다는 것이 작금 우리의 현실입니다. 우리가 약해서가 아니고 북한이 우리를 얕보고 오직 미국만을 두려워하기 때문입니다. 그래서 그들은 주한미군 철수를 요구하고 있습니다. 그들이 착각하고 있는지는 모르지만, 요는 모든 전쟁이나 도발이 항상 이러한 오판과 편견에서부터 시작된다는 데 문제가 있습니다.

우리가 전쟁억제력 유지를 위해 주한미군을 당분간 '활용' 해야 하는 이유가 바로 여기에 있습니다. 우리에게는 전시방어 능력 못지않게 평시 전쟁억제력이 중요합니다. (즉 용미(用美)의 지혜를 발휘해야 합니다.)

따라서 우리가 지금 해야 할 일은 한미 연합작전체제의 내실화, 즉 한국군의 전·평시 작전주도능력 강화이지 그것의 완전한 한국화는 아닙니다. 비록 후자가 우리의 지상목표이긴 하지만 너무 서두르면 자칫 우리 스스로가 동 연합체제의 존재 이유를 소멸시키는 결과를 초래하게 됩니다. 그렇게 되면 우리 자주국방 능력 향상과 관계없이 전쟁억제력은 오히려 더 약화될 수가 있습니다. 우리는 이 점을 대국민 홍보는 물론 군의 정훈교육을 통해서도 충분히 인식시켜야 합니다. 비미(批美) 의식이 싹트는 것은 어쩔 수 없어도 그것이 반미 감정으로 무작정 비화되는 것은 바람직하지 못한 결과를 초래할 수 있다는 사실을 인식토록 해야 할 것입니다.

한편 위기관리는 앞 장에서 분석한 대로 북한에 여러 가지 심상치 않은 변화가 일어나고 그것이 그들의 정권 및 체제 위기로 발전되면서 우리와 충돌위기로까지 번지는 경우에 취할 대책입니다.

북한이 급변사태 와중에서 전면적인 도발을 할 가능성은 희박하나, 지휘체계 혼란에 의해 우리와 우발적인 충돌을 할 가능성은 충분히 있습니다. 이러한 상황이 발생하면 이것이 우리의 위기로 비화되지 않도록 우리가 취할 수 있는 모든 정치·군사·외교·경제 및 사회적 조치를 사전에 강구하고, 수시로 부처별 합동 도상연습을 실시해 숙지하고 있어야 합니다. 그래야 정부나 국민이 사태 초기에 동요하지 않고 돌출행동 없이 단계적으로 상황에 대처할 수 있습니다. 물론 이 작업은 쉽지 않습니다.

그러나 이 작업에 임하는 우리의 원칙은 선 안보, 후 통일로 확고히 해야 혼란을 방지할 수 있습니다. 북한체제의 급격한 붕괴는 단기에 우리 안보를 위협하는 사태까지 발생시키므로 그래서 아이러니컬하게도 평화통일을 위해서는 북한이 갑자기 무너지는 일이 없어야 한다는 판단도 나옵니다.

비단 남북한 군이 충돌하는 사태까지 가지 않더라도 북한 내에 정권 교체의 소용돌이가 발생하고 그것이 내란으로 치닫는 경우에도 대비해야 합니다. 북한의 급변사태는 누가 정변을 주도하든 일단 체제 수호의 과도기를 거칠 것이기 때문에, 북측이 오히려 더 국경통제를 강화하면서 현존 휴전체제의 불가침을 우리 측에 요구하고 나올 가능성도 있습니다. 그럴 경우 우리가 과연 사태를 방관하면서 불간섭의 원칙만 고수하는 편이 옳은지, 아니면 반 김 씨 왕조 개혁파들을 지원하는 것이 좋은지, 또 후자가 좋다면 그 방법은 우리가 단독으로 할 것인지 여부와 동원될 수단은 비군사부문에 국한할 것인지 등 예상할 수 있는 모든 각론을 모두 준비해야 합니다.

아울러 위기는 현 상태에서 북핵 위협이 장기화되고 북한이 정전협정을 무력화시키는 조치를 강행하면서 남북관계 긴장이 고조될 경우에도 다가올 수 있다는 점을 알아야 합니다. 즉 급변사태처럼 꼭 충돌이나 내부혼란을 수반하지 않아도 우리가 주어진 상황을 인식하고 대응하는 자세에 따라 얼마든지 위기감은 생성될 수 있습니다.

또한 위기관리는 어느 정도의 예측 가능한 특정 상황만을 상정하지 않습니다. 예측 불가능한 돌발 사태나 사건, 예를 들어서 1976년 8월 도끼 만행사건이나 1983년 10월 랭군 테러사건, 1987년 12월 KAL 858 피격사건 등의 경우에 대비한 우발계획

(contingency plan)도 포함됩니다. (*물론 그 후 발생한 연평해전과 연평도 포격도발 및 천안함 폭침도 해당됩니다.) 여기서 특히 강조하고 싶은 것은 과거와 달리 앞으로의 우발사태는 북측이 통제하기 어려운 상황에서 발생할 가능성이 높다는 점입니다. 사실 저는 이 점을 매우 심각하게 생각하고 있습니다. 과거에는 북한이 대남 테러 도발을 그들 나름대로 잘 계산된 시간에 계산된 대상이나 공간에서 자행했기 때문에 서로 과잉 대응을 피하는 등 위기상황이 어느 정도 통제 가능했으나, 앞으로 만약 북한에 내분이 있거나 체제변혁이 진행되는 와중에서 위의 과거식 사건이 돌발적으로 터지게 되면 그 결과는 지극히 예측하기 어렵게 될지 모릅니다. 한 마디로 북한의 위기관리능력이 마비되어 급격한 확전(escalation)이 발생할 위험이 있습니다. 우리는 바로 이러한 경우에 대비하여 가능한 모든 시나리오를 구성하여 철저히 대응할 준비를 해야 할 것이라고 생각합니다.

이제 마지막 단계인 통합관리 문제에 대해서 몇 말씀드리겠습니다. 남북관계가 대결을 통해서건 아니면 화해와 협력을 통해서건 궁극적으로 통합관리 단계에 이르게 된다는 것은 하나의 정해진 이치입니다. 언젠가 하나가 되려면 어떠한 형태이든 그 단계를 거치지 않을 수 없기 때문입니다. 그러나 사실은 이 단계가 가장 복잡하고 혼란스러운 단계입니다. 어쩌면 그 동안 아무리 분단관리를 잘하고 위기관리를 잘했어도 마지막 단계인 이 통합관리를 잘 못하면 모든 것이 물거품이 될지 모릅니다. 여러분들은 이 말의 뜻을 너무나 잘 알고 계실 것입니다.

그러나 불행히도 지금 북한 주민들은 남북통합이라는 개념이 무엇을 의미하는지 잘 모르고 있습니다. 그들은 통일이라는 주입식 용어와 구호에 거의 기계적으로 익숙해진 탓에 통일은 단순히 하나가 된다는 것, 그리고 북쪽이 주도해야 통일이 되면 잘 살고 국력이 부강하게 된다는 것만을 알고 있지, 만약 그것을 남쪽이 주도하게 되면 통일에 어떤 식으로 임할 것인지에 대해서는 전혀 생각해 본 적이 없습니다.

북한 지도자들은 주민들에게 통일을 자기들 중심의 '민족해방' 개념으로만 가르치고 길들여 놓았으며, 막상 통일이 앞으로 매우 복잡하고 혼란스러운 양자 통합 과정을 거치게 될 것이라는 민족 공동체 형성문제에 대해서는 아예 교육시키지도 않았습니다. 그만큼 그들은 그 동안 '남조선 해방' 의지와 능력에 대해서 자신하고 있었기 때문에 그런 교육의 필요성을 느끼지 않았었는지도 모릅니다.

어쨌든 이 같은 현실은 우리에게 여간 큰 부담을 주고 있지 않습니다. 가장 대표적인 예로 인적 자원관리 문제를 한번 들어 봅시다. 우리가 주도하는 민족통합은 북한 정권의 변화와 관계없이 사실상 김일성-김정일(-김정은) 체제의 모든 정치·경제·사회·군사적 잔재 제거를 전제하는 것이므로, 통합과정 시작과 함께 북한의 사회동원체계와 식량배급체계의 붕괴는 불가피합니다. 그렇다면 통합 초기단계에 북한 주민들이 대규모 남쪽으로 이주하는 것 그 자체를 막기가 어렵습니다.

이는 단순한 난민 이동이 아니라 동·서독의 경우에서도 보았듯이 합법적인 거주이전의 자유에 관한 것이기 때문입니다. 우리가 난민들의 이동이나 남하를 국경통제 방법으로 대처할 수는 있지만, 정상적인 사회이동, 즉 거주이전의 자유는 법적으로 막을 수가 없지 않겠습니까? 자유 민주화된 사회에서 천만 이산가족이 재결합하려는 것을 국가권력이 무슨 수로 막을 수 있겠습니까? (북한 주민도 헌법상 엄연히 대한민국 국민인데 말입니다.)

이는 사실상 2300여만 명의 북한 주민들을 우리가 먹여 살려야 한다는 것을 의미합니다. 있는 상태 그대로에서 먹여 살리는 것이 아니라, 이미 내분과 내전으로 철저히 파괴되고 파산된 북한 사회·경제의 무질서 속에서 처음부터 다시 시작해야 한다는 뜻입니다.

굶주리고 일자리를 잃은 북한 사람들에게 당장 필요한 것은 경제적 지원이지 새로운 사회교육이 아닙니다. 그렇지 않으면 그들이 우려한 대로 통일이 그들에게 "잘 사는 남한 사람들의 식모살이 삶"이 될지 모릅니다. 북한군 부대 해산, 모든 군사기구 폐지 및 군

수산업 폐기, 방대한 노동당 조직과 사로청, 3대 혁명소조 등 각종 정치기구의 해체, 그리고 국가 안전보위부와 인민보안성 등 국가 기간조직 해체로 공직에서 약 100만 명, 군대에서 약 150만 명, 산업분야에서 약 150만 명 그리고 북한정권의 협력자 약 100만 명 등이 거리로 쏟아져 나올 것입니다. 어떻게 하실 겁니까?

말이 좋아 재교육이지 그것이 결코 간단치 않다는 사실은 이미 남쪽으로 귀순 혹은 망명한 사람들을 재교육시켜 사회 적응력을 키워 주는 과정에서 우리가 익히 경험했지 않습니까? 그들 중 일부는 지금 불평불만자가 되어 떠돌아다니고 있고 아예 북으로 되돌아 간 사람도 있습니다. 남북 양쪽의 삶에 모두 적응하지 못한 결과입니다. 남북한 주민들의 사고와 행동은 이미 반세기 넘게 철저한 자기식 체제교육에 길들여 있기 때문에 통합과정에서 양측 주민들을 법적으로 동등화시키는 단순한 재교육만으로는 쉽게 공동체 의식이 자리 잡지 못할 것입니다.

북쪽 주민들에게는 현대 민주사회의 기초가 되는 국가의 개념과 시민의 권리, 그리고 법질서 원리 등에 관한 기본 교육부터 시작하여 치열한 자본주의 시장경제의 적자생존 원리를 가르쳐야 합니다. 예를 들어 그들은 예산이나 세금, 보험료, 수도료, 전기세, 그리고 각종 자유 시장경쟁 같은 것은 아예 개념조차 없는 상태입니다.

또한 통합이 진행되면서 과거 청산 문제가 필연적으로 제기될 것이 뻔한데, 과거 6.25전범세대나 각종 대남 도발 및 테러 주모자들, 나아가 그간 북한 주민들의 인권을 유린한 권력의 하수인들을 사면할 것인지, 아니면 독일처럼 선별적으로 사법처리할 것인지도 문제입니다.

설사 이들을 북한인권법 규정에 따라 세분화시켜 사면과 처벌기준을 정한다 하여도 대상자만 수십 만 명이 될 것이며, 만약 이들이 조직적으로 저항하게 되면 극단적인 경우 또 다른 형태의 빨치산이 될 가능성도 충분히 있습니다.

도시 게릴라적인 테러와 방화, 각종 안전사고 유발, 갱 조직 및 조직범죄 구성 등 무정부주의적 행동을 하고, 심지어 지하에서 김일성주의자들의 잔존 세력을 규합하는 움직임을 보일 수도 있습니다.

또한 저는 북한 주민들이 고도로 훈련된 단체행동 양식과 인위적으로 주입된 대남 적대의식에서 완전히 벗어나는 데 상당한 시간이 걸릴 것이라고 보고 있습니다. 특히 기득권층인 노멘클라투라 계급은 과거에 대한 죄의식에서 완전히 탈피하여 민주주의적 정치체제에 적응할 수 있는 사람이 몇 안 될 것이기 때문에, 남북 통합과정에서 위와 같은 혼란의 발생은 피할 수 없을 것이라고 판단됩니다. 그렇게 되면 우리는 또 하나의 내부 분단에 대비하지 않을 수 없을 것입니다.

그래서 남북통합을 무조건 기계적으로만 추진하면 위험하다는 지적이 나오고 있습니다. 잘못하면 둘 다 망할 수 있다는 것입니다. 이는 통일하려다가 오히려 예측 불가능한 혼란만 겪을지 모른다는 지적입니다. 남북통합 시 난민통제나 주거이전의 제한, 재산권동결 및 1 대 1 화폐통합 불인정, 그리고 심지어 북한 지역을 임시적인 행정 및 경제특구로 지정하여 일단 주민자치를 실시해서 새로운 체제에 적응기간을 갖게끔 하자는 학자들의 주장도 나오고 있습니다.

그러나 이는 어디까지나 이론적인 분석이고 정책적 희망사항일 뿐입니다. 과연 그렇게 될지 현실은 그때 가서 부딪쳐 봐야 아는 것이고, 또 이 현실은 문자 그대로 급변사태 속에서 진행될 것이기 때문에 우리가 미리 속단할 수도 없습니다. 마치 분단관리 과정이 어느 순간에 위기관리 과정으로 진입하듯이 위기가 계속되다 보면 급변사태로 발전되고, 그것은 다시 통합관리 과정으로 돌변해 있는 '현실'을 우리는 어느 날 갑자기 발견하게 될 것입니다.

어쨌든 남북통합 시 북한의 주체경제를 과도기 없이 우리식 시장경제 체제에 그대로 공개할 경우 북한 경제 전체가 붕괴될 것이 자명합니다. 그리고 북한의 낙후된 군수산업 위주의 산업구조는 전면적으로 재수술하여 재배치해야 할 것이며, 절대적으로 부족한 사회간접자본은 처음부터 다시 시작한다는 자세로 건설하지 않을 수 없을 것입니다.

이제 더 이상 설명 안 해도 여러분들이 각 분야의 전문가들이므로 무엇을 어떻게 해야 할지 잘 아시리라 믿습니다. 모든 것은 여러분들의 상상에 맡기겠습니다. 단지 통일로 가는 마지막 단계인 통합관리 과정이 이처럼 복잡하고 혼란스럽다는 사실, 그리고 그것이 우리에게 감당할 수 없는 피와 땀과 눈물의 대가를 요구할 것이라는 사실만은 다시 한번 강조합니다.

끝으로 이 강의 말미에 당부 드리고 싶은 것이 하나 더 있습니다. 정책이든 전략이든 통일사업 추진에 있어서는 시행착오가 불가피하니 부디 그것을 두려워하지 말고 소신껏 일하시라는 말씀입니다.

앞서 학생들과 시민들에게도 강조했습니다만, 북한이라는 상대는 우리가 아무리 선의로 무슨 '동반자적'인 일을 추진하려고 해도 우리 뜻을 있는 그대로 받아 주지 않게 되어 있습니다. 김일성과 김정일도 그랬지만 (김정은)도 결코 만만치 않은 상대이며, 설사 (김정은)이 축출된다 하여도 북한의 새로운 실력자들은 역시 대남관계 사업의 베테랑들로 구성될 것이 뻔합니다. 그렇지 않고는 체제유지가 불가능할 것이기 때문입니다.

따라서 대남관계에 새로운 변수가 생기면 북한은 항상 이를 먼저 이용하려고 하지 결코 그것에 적응하려고 시도하지 않는다는 것을 우리는 당연하게 생각해야 합니다. 즉 남북관계는 "비정상이 정상이고 비상식이 상식이다"라는 엄연한 현실인식이 중요합니다.

지금까지 남북관계의 성격은 순리와 합리보다는 전략과 지략이 앞서고, 민족애나 동포애보다는 정권안정과 체제보호가 우선시되어 왔습니다. 그러니 우리가 행여나 우리 측 대표단의 인품이나 정치지도자들의 개별적인 인기도로 대화의 물꼬를 틀 수 있다고 생각하는 것은 순진하다 못해 대단히 위험한 생각이 될 수가 있습니다.

현실적으로 남북대화나 협상은 전략적 지혜로 하는 것이지 인격과 사랑으로 하는 것이 아니지 않습니까? 우리가 뜻은 좋으나 괜히 높은 이상과 꿈만을 갖고 일을 벌이면 반드시 그만큼 높은 현실의 벽에 부딪치게 되어 있습니다. 여러분들은 이 냉정한 현실을 여러분들 스스로가 철저히 정책적으로 인식해야 함은 물론 국민들에게도 꾸준히 교육과 홍보를 통해서 알려야 합니다.

시행착오는 불가피할 뿐만 아니라 어쩌면 당연할 수밖에 없다는 말은 통일 사업에 의욕과 소신을 갖되 인기를 의식하거나 여론에 지나치게 민감하게 반응하지 말라는 뜻도 포함됩니다. 여러분들은 통일에 관한 국민적 공감대 형성을 위해 노력을 아끼지 말아야 하겠지만, 그렇다고 여론에 무작정 끌려가서도 안 됩니다.

민의를 중시하되 결코 여론에 끌려가지는 마십시오. 특히 언론 보도에 너무 민감한 반응을 보이거나 역으로 언론을 활용하여 한건 올리겠다는 생각은 아예 하지 마십시오. 남북문제에 관한 언론 보도가 대부분 공정한 객관성을 유지하고 있지만 일부 언론은 지나치게 편파적인 경우도 많습니다. 또한 통일사업 추진에 정지권의 무슨 인기위주의 판단이 자의적으로 개입되는 것도 절대 금물입니다. 이 모두 어느 누구를 위해서도 바람직하지 않은 결과를 초래할 수 있습니다.

저는 그래서 언론 앞에서든 국회에서든 여러분들이 맡고 계신 정책을 당당히 설명하되 반드시 검증된 논리를 내세우라고 말씀드리고 싶습니다. 그 검증은 여러분들의 그동안 쌓은 현실적 경험으로 스스로 정직히 입증하십시오.

물론 언론이나 국회에서 사안에 따라 혹독한 비판을 받을 때는 받아야 하겠지만, 적어도 비판받고 있는 여러분들의 정책과 전략이 이미 지난 수십 년 동안의 분단과 위기관리 경험에서 실질적으로 검증된 것이라면 여러분들이 굳이 비판을 두려워해야 할 이유가 없습니다. 오히려 당당히 설득하고 나서야 합니다. 그것이 곧 정직한 직업 관료의 책임정신이고, 정직은 바로 최선의 정책입니다.

부디 소신을 잃지 마십시오. 어차피 안보·통일업무는 아무리 잘해도 생색은 나지 않고 잘못하면 무조건 욕만 얻어먹게 되어 있습니다. 즉 잘하면 당연한 것이고 잘못하면 사정없이 비판을 면할 길이 없는 것이 안보·통일관련 업무의 성격입니다. 그러다 보니 여러분들은 위축되기 쉽습니다. 그렇지 않아도 예산 부족과 전문 인력 부족에 시달리고 있는 여러분들이 여론에 이끌려 위축된다면 도대체 국익에 무슨 도움이 되겠습니까?

여러분들의 건투와 행운을 빕니다.

《통일은 없다》의
재해석

앞에서도 여러 차례 설명했지만, 내가 1995년에 저술한《통일의 길, 그 예고된 혼돈》과 그 뒤 보다 정교하게 다듬어 후속 작으로 2006년 봄에 내놓은《통일은 없다: 바른 통일에 대한 생각과 담론》은 앞 장들의 주제가 모두 망라된 종합적인 진단서로서 향후 한반도 안보와 평화 그리고 남북관계를 가늠하는데 있어서 나름대로 잘 정립된 이정표를 세우는 데 그 목적이 있었다. 그리고 이 진단서는 그 후 전개된 안팎의 위기를 거의 사실적으로 예고한 것임이 이미 잘 증명되었다.

이 뿐만이 아니다. 그보다 10년 전인 1997년 내가 법무연수원에서 전국 공안검사들을 상대로 한 특강이 동 기관이 발행한 명강의 선집에 실렸는데, 또한 이 때 지적했던 내용들이 현재의 상황을 흡사 미리 내다 보기라도 한 듯 거의 일관되게 예단한 것이었음도 참고로 밝혀둔다.

굳이 내가 지난날의 분석들을 거론하는 이유는 모든 중대사에는 뿌리가 있고 우선순위의 선·후가 있으며, 가지, 줄기, 열매로 가는 흐름이 있다는 것을 강조하기 위해서이다. 북한의 핵 개발 의도를 분명히 알고 있으니 (김일성), 어떠한 경우에도 핵 개발 과정은 멈추지 않을 것이고 (김정일), 이는 결국 핵 실험 및 실전 배치까지 갈 것이다 (김정은) 라고 일관되게 지적하고 경고한 것이다. 따라서 온고지신(溫故知新)의 입장에서 여기서 《통일은 없다》를 재해석, 재음미해보고 앞날을 다시 한번 냉정히 가늠해보자는 뜻에서 이 장을 마련했다. 문자 그대로 지난날의 기록을 통해서 앞날을 내다보는 것이다. 10년 전의 분석을 오늘의 현실 프리즘을 통해 다시 한번 음미해보면 앞으로 10년도 예측이 가능할 수 있다는 뜻이다. 최대한 요약적으로 원문 그대로 소개시키되 현시점에서 부연설명이 필요한 부분은 괄호 처리로 추가하였다. 그러나 대부분 핵심 요점은 서론과 결론 부문에 축약되어 있다.

《통일은 없다 : 바른 통일에 대한 생각과 담론》

(1) "북한은 아니다"

독일 통일 3년 만에 헬미트 슈미트 전 서독 수상 외 독일 지식인 7인이 《이건 아니다》라는 이른바 '반통일 선언' 을 내놓은 바 있다. 이는 고통 분담 없이 통일은 완성되지 않는다는 것, 통일이 되면 무조건 함께 잘 살 수 있다는 생각은 착각이라며 정체성 위기의 심각성을 강조한 것이다. 같은 절박한 심정으로 나의 이 책도 《통일은 없다》고 한 이유는 (작금 북 정권의 전쟁 공갈, 협박에서 보듯이) 핵으로 무장한 북한은 결코 우리의 통일 대상이 될 수 없기 때문이다. 우리가 원하는 것은 '바른' 통일이지 '빠른' 통일이 아니다. 서두르면 둘 다 망한다.

지금 북한 정권은 국제사회 전체를 상대로 건곤일척의 최후의 도박을 하고 있다. 결코 이길 수 없는 제로섬 벼랑 끝 게임을 하고 있다. (핵 보유를 무조건 인정 하라는) 현실적으로 타협이 전혀 불가능한 협상을 요구하고 있다. 우리 내부의 문제는 이 엄연한 현실을 정치권의 좌파 세력들이 단순히 협상용이라고 과소평가하며 북한체제를 흔드는 압박은 반대하고 나서는 데 있다. 위기가 안팎으로 동시에 나오고 있는 것이다.

이렇게 평행선을 긋게 되면 (우리의 대선 결과에 따라) 자칫 한반도 현상(status-quo)에 거의 혁명적 변화가 초래 될지도 모를 일이다.

(북한 정권이 3대에 걸쳐 봉건 왕조적 세습을 하면서) 이제 병영국가화 된 북한의 대남 및 대외 관계는 '비정상이 정상'이고 '비상식이 상식화' 되어 버린 느낌이다. 그래서 지금 중국과 러시아를 포함한 대부분의 한반도 문제 이해 당사국들은 (김정은의) '북한은 아니다' 라고 (내심 나름의 regime change를 구상하는) 판단하고 있다. 이젠 대안이 없다고 생각하는 것이다.

(2) 북한의 협상 전략

지금까지 북한이 우리와 미국을 상대로 협상하고 내놓은 합의문은 거의 예외 없이 위반하고 또 파기하여 왔다. 1972년의 7.4공동성명, 1992년의 남북기본합의서 및 한반도 비핵화 공동선언, 1994년의 제네바 합의문 그리고 2005년의 9.19공동선언 등이 이의 대표적인 사례이다. 모든 안보문제 (핵) 협상을 선과 악의 대결로만 보고 수단방법 가리지 않고 벼랑 끝 제로섬 게임으로 간주하기 때문이다. 그래서 협상을 마치 전쟁의 연장이나 혁명적 투쟁으로 여긴다. 우리와는 각종 합의나 선언을 만들어놓고 거의 이와 동시에 '남조선 흔들기' 나 '길들이기' 공작을 배가시킨 것이나, 미국과는 핵동결을 약속해 놓고 동시에 핵실험 준비를 서두르는 것이 바로 이에 해당된다.

북 지도부는 핵보유국이 되면 남한이 소위 '북 급변 사태'시 독일식 흡수통일을 시도하는 것을 막을 수 있다고 보고 있으며, 반대로 남한에 좌파정부가 또 들어서고 햇볕정책이 다시 실시되면 이번에는 '연공연북'(聯共聯北)을 유도할 수 있는 통일전선전략의 효과적인 길이 열릴 수 있다고 믿고 있다. 그래서 친북세력들에게 "통일이 되면 북 핵무기도 민족자산이 된다"고 선전선동 해왔다. 이것이 대남정책의 기조구호인 '민족 공조론'의 실체이다. (이 논리는 작금 2017 대선을 앞두고 또 다시 광범위하게 포지되고 있다. 이번에는 여기에다 "전쟁이냐 평화냐"라는 이분법적 전술을 주입시켜 핵 문제 때문에 남북이 충돌하느니 차라리 핵 보유를 그냥 기정사실화 해 주자는 위장 평화론이다.)

이러한 통일전선전략은 한미동맹을 이완시키고 한미 간 갈등을 유발시키는 데 매우 효과적으로 응용되어왔다. 김영삼 정부 초기 "어떤 동맹도 민족보다 우선시 할 수 없다"는 한 때의 잘못된 메시지를 최대한 역이용하며 한미 연합작전체제의 해체를 선전 선동해 온 것이다. (사드(THAAD 배치 문제를 야권과 좌파세력이 거의 한 목소리로 반대한 것은 이의 대표적인 사례이다. 급기야 사드 때문에 북한이 중·장거리 미사일을 실험한다는 본말이 전도된 실로 황당한 주장이 야당 대표 입에서까지 나올 정도로 우리는 북의 대남 심리전 공세에 밀리고 있다.)

김대중, 노무현 정부의 이른바 '내재적 햇볕론'은 북 지도부의 입장에서 북의 대남 및 대미 정책을 '이해' 해야 한다고 주장하면서, 우리가 햇볕식 지원으로 성의를 표하면 북은 변화라는 선의로 답할 것이라고 했는데 현실은 정반대로 나타났다. (결과적으로 북은 핵무장을 완료했고 이제 실전배치해 "남조선을 인질 삼아 미제와 담판하겠다"는 소위 핵 국가 기본노선을 유엔에서 천명하기에 이르렀다.) 그래서 북한 급변사태 연구나 인권문제 거론 그리고 북 핵위협 선제적 대응책 같은 과제는 아예 철저히 배격하였다. 소위 북 지도부를 '자극'한 다는 것이다. 심지어 북 인권문제로 저들을 자극하면 전쟁이 난다 고까지 오히려 우리 정부가 스스로 국민들을 위협하는 어처구니없 는 일까지 벌어졌다. 이 자해적이고 폐쇄적인 전략사고가 결국 미 국이 행사하는 전시작전권 조기회수로 이어졌고 한미동맹은 급속 히 이완되게 된다.

(3) 전시작전통제권 환수와 평화 협정의 함정

북한은 휴전 이래 지난 60여 년 간 남한은 작전통제권이 없어서 평화협정을 체결할 당사자가 아니며 오직 미국만이 대상이라고 시 종일관 주장해 왔다. 그래서 소위 한반도 평화체제를 구축하기 위 해서는 남한이 먼저 전시작전통제권을 환수 받아 남북한 간 평화협 정을 체결하고 그 다음 미국과 북한이 동 협정을 체결해야 한다고 주장해왔다.

평시작전통제권은 이미 1994년 환수 받은 상태에 있다. 이 주장 대로라면 주한미군 철수와 한미연합사 및 한미동맹 해체는 그 다음 수준으로 '당연히' 따라 온다고 본 것이다.

노무현 정부의 좌파성향의 내재적 접근 인식론은 이러한 북측 요구를 마치 이해라도 하는 듯 소위 '협력적 자주국방'이라는 구호를 내세워 전시작전통제권 조기 환수를 서둘렀다. 물론 미군이 한국군 전시통제권을 갖고 있다고 해서 전시에 미군이 임의로 그 권한을 모두 행사하는 것은 아니다.

이론적으로는 한미 연합작전체제(CFC)는 국가 및 군사 통수기구(NCMA)로부터 전략 지침을 받는 한미군사위원회의 전략지시를 받게 되어 있다. 그래서 CFC는 한미 양국군이 각 구성군 사령부를 편성하여 공동임무를 수행하며 오직 한미군사위원회의 합의된 전략지시만을 이행한다.

그러나 실질적으로 전투가 발생하면 전투 명령에 관한 군령권은 작전 체계상 한미연합군사령관(미군)이 통제하게 되어 있다. 북한이 바로 이 간극을 노려 이른바 '자주 국방론'을 명분삼아 평화체제 공세를 펼치고 있는 것이다. 1945년 냉전 시작 이래 구소련이 반미, 반서방 투쟁을 평화투쟁으로 둔갑시켜 미국을 평화의 적으로 매도하고, 서방 사회 내 광범위한 시민운동 세력의 연대 구축을 선동하여 계급투쟁을 부추겼던 방식 그대로를 북한이 따르고 있는 것이다.

남북 평화협정 체결에 대비하여 전시작전통제권을 조기에 환수받겠다는 것은 (북핵 위협에 마땅한 대응 수단도 없는 상황에서) 대단히 무모하다 못해 위험한 발상이었다. 우선 평화협정이 곧 평화체제를 보장하지 않을 뿐만 아니라 이어 주한미군 철수와 한미연합사가 해체되게 되면 만약 북한이 평화협정을 지키지 않을 경우 강제 이행 및 제재 수단이 전혀 없다는 위험이 있다. 이와 관련, 헨리 키신저 전 미국 국무장관이 "파리평화협정으로 남베트남을 북 베트남에 팔아넘겼다"고 자조적인 회고를 한 것을 우린 뼈저리게 되새겨 봐야 한다.

물론, 북 핵 위협이 사라지고 남북 간에 군비통제 등으로 군사적 신뢰구축 기반이 조성되면, 전시작전통제권 환수는 명실공이 자주국방을 위해 빠를수록 좋다는 것은 말할 나위가 없다. 그렇지 않고 북핵 무장이 현실화되고 미국의 핵우산이 자동적으로 보장되지 않은 상태에서 남북 간 연평해전 같은 우발사태가 또다시 지속되면 우리는 완전히 북의 핵 공갈에 인질화되는 최악의 경우를 상정하지 않을 수 없을 것이다. 독일도 바로 이 미국의 핵우산 때문에 전시에는 미군이 사령관인 NATO군의 작전 통제를 받고 있다는 점을 잊어서는 안 된다.

안보 전략은 이렇듯 먼저 최악의 경우에 대비해야 최선의 방책이 현실적으로 가능하며 이는 동전의 앞뒷면 같은 이치이다. 그리고 안보문제는 위기가 닥치기 전에는 결코 그 비용은 먼저 계산해주지 않는다는 위기관리 역사의 교훈을 명심해야 할 것이다.

(4) 6.15식 통일은 바른 통일이 아니다

남과 북은 2000년 6월의 정상회담과 6.15공동선언을 통해 "남과 북은 통일을 위한 남측의 연합제와 북측의 낮은 단계 연방제가 서로 공통성이 있다고 인정하고, 앞으로 이 방향에서 통일을 지향하기로 하였다"고 합의한 바 있다. 이는 한마디로 결과가 대단히 우려스러운 합의였다.

그간 '독일 통일의 악몽'에 시달려온 북 지도부의 입장에서 볼 때, 이는 남측의 남북 연합안에 내포한 독일식 흡수통일 기도를 차단하고 오히려 북측의 연방제 논리로 묶어놓겠다는 고도로 계산된 '높은 단계'의 통일전선전략에 불과하다. 여기서 북측이 말하는 낮은 단계 연방제란, 1국가 1민족 2정부 2제도를 뜻하는 것으로서 우선 '먹고 먹히는' 독일식 흡수 통일을 피하기 위해 내 놓은 절충안이다.

그렇게 해서 일단 평화 공존을 명분으로 시간을 번 다음 예의 통일전선전략으로 '우리는 하나다'라는 민족 공조론을 내세워 점차 남쪽을 '해방' 시키겠다는 것이다. 이는 그간 북한이 시종일관 연방제 통일 조건으로 주한미군 철수와 한미동맹 해체, 그리고 국가보안법 폐지와 공산당 활동 허용을 주장해온 것에서 분명히 읽을 수 있다. 그래서 지금까지 모든 대남 선전, 선동 심리전 및 공작역량을 남한에 연공(聯共) 연북(聯北) 세력 확장과 좌파정권으로의 교체에 맞추어 체계적으로 실행해 왔다.

(김정일이 당시 당·정·군 간부 내부 교육에서 "6.15선언으로 드디어 남조선의 발목을 잡았다"라고 호언장담 한 것은 바로 이러한 배경에서 파악해야 한다.) 선비는 역사의 기록으로 증언하지 단순히 사적인 기억으로 말하지 않는다. 우리는 북한 정권의 생존 의지와 능력, 그리고 그 전략 방법론을 결코 과소평가해서는 안 된다. 핵 무장 위협 같은 절체절명의 안보문제를 무슨 평화 체제론이나 통일방안 합의문 같은 것으로 해법을 찾으려 한다면 우리 스스로 북의 고도로 계산된 '핵 인질화 함정'에 빠져 들어갈 위험이 있다.

독일식 흡수통일이 우리의 꿈이라면 북 지도부에게는 예멘식 내전 통일이 꿈이다. 예멘은 정상회담 등을 통해 인위적으로 통일 방안을 절충하여 국가 통일은 했으나 결국 상대적으로 단합된 북예멘이 내부 분열된 남예멘을 내전을 통해 굴복시켜 민족해방을 달성한 경우이다.

이렇듯 독일과 예멘의 경우 모두에서 보듯이, 통일은 안보문제와 통일문제를 엄격히 구분하여 전자가 뒷받침되지 않는 후자의 해법은 비현실적일 뿐만 아니라 자칫 더 위험한 결과를 초래할 수 있다는 점이 우리가 배워야 할 교훈이다. (앞 장에서도 누누이 강조했듯이 이 두 과제는 궁극적으로 위기관리 전략에 관한 것이다. 그리고 이 전략의 요체는 시간관리를 어느 쪽이 더 효율적으로 잘 하느냐에 성패가 달려 있다. 국가적 리더십이 흔들리고 갈수록 국론 분열이 심해지는 우리에게 적어도 이점만큼은 간과해서는 절대 안 될 것이다.)

(5) '빠른' 통일은 없다

존 네그로 폰테 (당시) 미 국가정보국장은 "북한은 이미 핵무기를 갖고 있다"고 평가하면서 이제 북한과의 협상에는 한계가 있음을 분명히 했다. 이렇게 되면 중국 측도 인정했듯이 '전혀 새로운 상황'이 전개될 수 있다. 북한이 어느덧 국제사회와 정면승부를 겨루고 있기 때문이다. (이 상황은 10년이 지난 2016년 말 현재와 너무나 똑같다. 단지 차이점이 있다면 북한이 이미 5차례나 핵실험을 단행하고 이제 실전배치를 앞두고 국제사회와 벼랑 끝 대치를 하고 있다는 점뿐이다). 물론 이 '치킨 게임'에서 북한이 결코 이길 수는 없다. 그러나 우리가 이 상황을 매우 심각하게 받아들이는 것은 북 지도부가 과연 '합리적'인 선택을 할 수 있을 것인가 하는 의문 때문이다. 그들의 위기 관리력이 이미 위기에 처해 있는 것은 아닌가?

또한 어떤 의미에서 이보다도 더 걱정스러운 점은 미국이 인내심을 잃고 단독 행동을 취할지 모른다는 데 있다. (이 점 역시 강경한 트럼프 미 행정부가 선제 예방공격(surgical strike)을 고려하고 있는 상황과 너무나 흡사하다). 미국의 2006년 국방전략보고서가 북한에게는 이제 전통적인 억지수단이 통하지 않을 수 있어 '특단'의 조치가 필요하다고 판단한 것은 이를 반증한다. (신임 트럼프 행정부의 무력사용 의지의 대북정책 원칙의 귀추가 그래서 지금 국제사회의 주목을 받고 있다.)

북 지도부는 "남조선을 인질로 붙잡고 있는 한 미국은 한반도에서 절대로 전쟁은 못 한다"고 자신해서인지 언젠가 평양에서 열린 남북장관급회담 때 우리 측이 핵문제를 거론하자 오히려 "남조선이 큰 환난을 당할 줄 알라"고 위협까지 했다. 그리고 아예 그들의 '핵 우산' 때문에 전쟁이 억제되고 있다고 황당한 궤변까지 늘어놓았다. 그렇다면 결론은 자명하다. "북한은 아니다." 즉 현재 (우리에게 핵 공갈, 협박을 일삼는) 북한은 결코 (대화나 협상을 통한) 우리의 통일대상이 아니다. 명색이 통일을 반대하는 국민은 없지만, 최후의 스탈린주의적 전제체제와 최악의 인권유린국인 (김정은) 북한과 우리가 꿈꾸는 '빠른 통일'은 없다!

이는 단순한 비관론이 아닌 부인할 수 없는 엄연한 적대적 분단의 현실이다. 퍼주기 식 대북 햇볕정책은 북한을 변화시킨 것이 아니라 오히려 (핵무장에서 보듯) 더 강하게 만들었다. (햇볕이 북 지도부의 경직된 대남인식을 바꾼 것이 아니라 정반대로 우리의 극심한 내부분열과 정체성 위기만 초래한 것이다.)

햇볕정책이 비록 그 동기의 순수성이 있었다 해도 그것이 추진한 일방적 지원식의 소위 기능적 통일전략이 결과적으로 얼마나 허황되게 북측의 통일전선전략에 악용되었는지는 핵 공갈과 협박을 일삼은 오늘의 북한이 여실이 증명하고 있다.

또 6.15공동선언은 북측 스스로도 이미 밝혔듯이 단순한 시간벌기용 대남 위장평화 공세에 명분만 제공한 셈이 되고 말았다. (돈을 주고 평화를 사는 정책은 일시적으로는 평온함이 있을지는 몰라도 결국 돌이킬 수 없는 재앙과 파멸이 반드시 찾아온다는 것은 멀리는 로마제국의 멸망 이래, 가까이는 1939년 히틀러와 영국이 체결한 뮌헨협정 이래 금과옥조처럼 내려온 역사의 살아있는 교훈이다.)

이른바 정경 분리 원칙을 내세워 '평화비용' 이라는 명분으로 일방적으로 지원한 엄청난 액수의 현금과 물자는 북한의 핵개발을 도와준 결과가 되어 이제 거꾸로 우리에게 실로 감당키 어려운 '안보비용' 을 치르게끔 만들고 있다. 공산주의자에게 평화를 사려는 것은 마치 악어에게 구애를 하는 것과 같다는 처칠의 경구가 새삼스럽다. (작금 우리도 핵무장을 해서 북과 공포의 균형을 유지해야 한다는 주장에서 보듯이) 안보문제는 이렇듯 위기가 닥치기 전에는 결코 그 비용을 먼저 계산해 주지 않는 법이다. 위기란 피하고 싶다고 해서 피할 수 있는 것이 아니고 평화는 구하고 싶다고 해서 쉽게 구할 수 있는 것도 아니다. (더욱이 돈이나 시간을 주고 사는 이른바 평화비용은 오히려 위기를 더 키우고 심지어 최악의 사태까지 자초한다는 것을 지금 북한의 철저한 이중성에서 목도하고 있지 않은가). 한 민족은 국가 리더십을 잘못 택함으로써 철저히 이기적일 수 있고 또 그로 인해 철저히 내부분열과 혼돈으로 위기 관리력을 상실할 수도 있다.

지금 우리에게 필요한 것은 역사에 대한 (서애 류성룡의 징비록 안보정신 같은) 명확한 통찰력과 (비스마르크의 통일 철학 같은) 냉철한 전략

현실주의 리더십이다. 진정한 의미의 조국애는 통일에 대한 열정 때문에 오늘의 안보현실을 파탄적 위기로 몰고 가는 것을 저지하는 냉정의 회복에서부터 찾아야 한다. 통일이 민족의 염원인 것은 사실이지만 그것이 결코 도그마 같은 종교적 신념이 되어서는 안 된다.

통일은 평화 질서 유지와 관계발전을 위한 지속적인 위기관리 노력의 결과로 자연스럽게 주어지는 것이지, 어떠한 종교적 신념과 정치적 도그마로 무조건 현상타파를 추구한다고 되는 것이 아니다. 평화체제를 구축하고 싶거든 먼저 휴전체제부터 존중하라는 충고와 경고가 그래서 나왔다. "조금 더 기다리면 훨씬 더 빨리 끝낼 수 있을 것이다"라고 충고한 프란시스 베이컨의 경험론적 철학을 잘 음미해볼 필요가 있다.

200년 전 요한 피히테도 〈독일 국민에게 고함〉에서 절규했듯이, 국가와 민족의 안위에 관한 중대한 문제에 직면하여 지금은 교만하지 않고 오직 진리를 알려고 하는 지적 용기가 필요한 시점이다. 외부로부터의 위협만 생각할 것이 아니라 정작 자기 내부로부터 나오는 위험도 같이 생각하는 그러한 현실적인 용기를 말이다. (작금 외부 비선조직에 의한 희대의 국기문란 및 국정농단 사건으로 인한 극단적인 국론분열에서 보듯이) 북한의 급변사태 가능성을 논하기 이전에 먼저 우리 내부의 이념적 대립과 정체성 위기 같은 '격변 가능성'도 심각하게 생각해 봐야 한다. 한마디로 우리의 '격변'이 북한의 '급변'보다 먼저 혹은 동시에 올 수도 있는 것이다.

우리가 독일처럼 무언의 합의 속에 무혈로 전개된 통일과정을 이룰 수 없다면, 무질서 속에 (남북 간 우발충돌 같은) 유혈 혁명으로 통일이 다가올지도 모를 오늘의 위기현실을 직시해야 한다. 어떠한 고정관념이나 이데올로기적 사고들을 떠나 건강한 위기의식은 합리적 사고를 낳고 앞날을 보는 전략적 지혜를 제공한다. 우리가 건강한 긴장감으로 우리의 잠재력을 일깨울 수 있다면 어떠한 위기가 닥쳐와도 능히 극복할 수 있을 것이다. 길게 보면 적시의 위기는 위장된 축복일 수도 있다.

우리가 우리 민족의 우수성과 민족 공동체의 가능성을 믿는다면 그 믿음은 (통일 지상주의 같은) 거대 담론이나 추상적 이상론이 아닌 당장 주어진 안보위기를 극복할 수 있는 철저히 전략현실주의적인 위기관리 체계를 갖추어야 한다. 인간의 삶이나 국가의 운명에 확실한 것은 없다. (모든 것은 끊임 없는 문제 해결, 즉 위기관리의 과정인 것이다.)

또한 위기가 초래될 때까지 기다리는 것은 이미 시기를 놓칠 때까지 기다리는 것이나 마찬가지이다. 지금 우리를 불행하게 만들고 있는 것이 국가적 리더십의 부족과 부재 그리고 이에 따른 시대정신 전체의 오류에 있다면, 우리가 바라는 역사의 진보는 (즉 통일 한국에의 염원은) 바로 국가위기 관리체계를 올바로 정립하는데서 출발한다고 할 수 있다. 그것이 진정 바른 통일정신이고 조국애이다.

(6) 결어

《통일은 없다》의 내용 재해석과 《통일의 길, 그 예고된 혼돈》의 재음미를 바탕으로 이제 8개의 장으로 구성된 제3부 우국론 소고의 최종결론을 내려 보자. 《징비록》과 《비스마르크 평전》 그리고 처칠의 《제2차 세계대전 회고록》이 남긴 공통적인 교훈은 나라의 지정학적 환경이 다르고 시대가 다르다 하여도 국익의 기본은 안보상의 이익이며 이것이 정책의 최우선 순위가 되지 않으면 그 어떤 노력으로 얻은 것도 가치 없는 것뿐이라는 단순하고도 분명한 상식이다.

우리는 이 교훈을 무시했기에 임진왜란(1592) 이후 또 병자호란(1636)의 치욕을 당했으며 급기야 일제의 침탈(1910)에 굴하고 말았던 것이다. 위대한 역사가 카(E. H. Carr)가 제 1차 세계대전 종료(1919)에서 2차 대전의 발발(1939)까지를 평화기간이 아닌 일시적인 '휴전' 기간이었다고 분석한 것도 같은 이유에서이다. 그래서 그는 이 시기를 'Twenty Years Crisis'라고 불렀다. 냉전이 데탕트로, 그리고 다시 신냉전과 신데탕트로 기류변화가 되는 것도 모두 같은 이치이다. 엄밀한 의미에서 힘의 국제정치 현실에서 선순환 구조는 존재하지 않는다.

오늘날 남북한 관계를 규정하고 있는 국제법적으로 거의 유일한 근거는 1953년 7월에 체결된 정전협정(Armistice Agreement)이다. 휴전협정이라고도 불리는 이 협정은 문자 그대로 남북한 간에 아직 전쟁이 완전히 끝나지 않았고 어떠한 형태이건 분쟁은 지속되고 있음을 의미한다. 이미 설명했다시피 이것을 무슨 종전선언이나 평화협정으로 쉽게 바꿀 수 없는 것은 바로 이 위기를 관리하고 나아가 통제할 수 있는 양측의 메커니즘, 즉, 상호신뢰구축 기반이 전혀 조성되어있지 않기 때문이다. 오직 안보상 상호 신뢰구축 조치가 시행되고 그 기반이 확고히 구축되었을 때 비로소 종전선언이나 평화협정 체결을 추진할 수 있는 것이다.

지난날 햇볕정책정부는 이 순서를 인위적인 정치적 담합(정상회담 등)으로 바꾸려고 시도하는 바람에 우리 사회 내부에 극심한 이념적 분열의 남남갈등을 유발하고 급기야 한미동맹까지 이완되는 심각한 안보 위기를 겪었던 것이다.

당시 우리는 위험천만한 평화주의에 젖어있었던 것이다. 북한이 바로 이 평화만능주의를 유도하고 이용하여 시간을 벌고 우리의 햇볕식 지원 자금을 확보해 핵무장에 이르게 되었다는 것은 이미 분석한 바와 같다. 모두 역사의 교훈에 무지했던 탓에 일어난 일이다. 햇볕정책의 동기가 아무리 선의였다 하더라도 통일정책이 임의로 안보정책을 대신할 수는 없는 것이다. 노무현 정부가 2007년 유엔 대북인권결의안에 기권한 것은 사전에 북측과 상의한 결과였다는 당시 송민순 외교부 장관의 고백은 (송민순《회고록》) 햇볕정책정부의 이른바 내재적 접근이 얼마나 위험한 결과를 초래했는지를 극단적으로 보여준 사례이다.

이명박 정부나 박근혜 정부도 북한의 핵무기가 실전배치 단계까지 이를 때까지 적절한 대응을 적시에 취하지 못한 책임에서 자유스러울 수 없다. 북이 5차에 걸쳐 핵 실험을 할 정도로 꾸준히 핵능력을 실전화시켜가고 있는데 이명박 정부의 '비핵·개방 3000년' 구호나 박근혜 정부의 '한반도 신뢰 프로세스' 같은 대북정책 원칙은 그 순수성과 원대한 구상에도 불구하고 실질적으로 아무런 의미가 없는 공허한 레토릭으로 끝나고 말았다. 한마디로 저들은 핵 위협을 현실화해가고 있는데 우리는 이상적 원칙론만 고수한 셈이었다. 특히 통일만이 안보의 유일한 토대가 될 수 있다는 감상적 신념은 개방적 통일정책만으로도 북한을 변화시킬 수 있다는 희망적 사고(wishful thinking)의 유혹에 휘말려 문제를 직시하고 적시에 결단하지 못한 경우가 많았다. 급진 성향의 야당은 야당대로 더 격정적이고 맹목적인 평화주의와 거의 종교적 도그마화된 '햇볕' 지상주의에 빠져있었음은 말할 필요도 없다.

과거와 현재가 싸우면 미래를 잃을 수 있다는 경구를 되새기면서 과거의 실수를 되풀이 하지 않겠다는 각오로 다시 한번 돌이켜보면, 좌·우파 정부를 막론하고 최악의 안보 상황에 대비하기 위해 우리에게 주어졌던 시간이 충분했었다는 사실에 놀라지 않을 수가 없다. 북한이 1차 핵실험을 한 2006년 10월부터 우리가 단호한 대북조치를 일관되게 추진했더라면 국제공조를 주도하면서 어느 정도 국민적 단합을 이끌어 낼 수 있었을 것이다.

그러나 대북제재 조치인 5.24조치는 2차 핵실험(2009.5.)까지도 그냥 넘기고 천안함 폭침(2010.3.) 이후에나 비로소 나왔고, 개성공단 폐쇄는 아예 3차 핵실험(2013.2.)이 박근혜 정부 출범에 맞추어 감행되었는데도 불구하고 4차 핵실험(2016.1.) 이후에나 뒤늦게 나왔다. 모두 실기(失機)했고 그나마 효과도 크지 않은 내용들이었다.

이 와중에 내놓은 무슨 '한반도 신뢰 프로세스' 같은 막연한 구호는 정책판단의 비현실성의 극치가 아닐 수 없다. 김정일-김정은으로 이어진 핵무장 국가노선을 대내 정책에서는 스탈린주의의 공포정치에, 그리고 대외정책은 히틀러식 도발위험에 빗대어 일관되게 경고해온 이 몸을 무슨 강경파니 극우주의자 심지어 반통일세력으로 매도한 사조가 여야를 막론하고 이른바 온건파, 평화주의자들 사이에 팽배해 있었다. 그들에 의해 왜곡된 낙관적 현상유지 물결이 지난 10여 년 가까이 국민여론을 오도해왔다. 그때 나는 속으로 기도했다. "하나님, 나는 이 분명한 사실과 진실을 두고 다른 생각을 할 수 없습니다"라고. 이 냉엄한 안보 현실을 직시하지 못하고 어찌 통일의 미래만 꿈꿀 수 있는가라고 말이다.

결론적으로 말해 우리의 역대정부는 전략적 시간관리에 실패했다. 따라서 위기관리를 적시에 적절히 할 수 없었음은 당연했다. 시간관리가 바로 위기관리의 요체이기 때문이다. 오직 결정하지 않기 위해서만 결정하고 결단을 내리지 않기 위해서만 결단해 온 기묘한 역설적 정책행위의 악순환만 거듭해온 것이다. 이러고도 앞으로 시간이 우리 편에 있다고 말할 수 있는가? 운명은 과연 우리 편인가.

만약 우리가 2017대선에서 안보 무원칙 정권이 들어서고 또 다시 대북 안보·통일 정책을 원점에서 무슨 이데올로기적 사고나 소위 새로운 정치적 패러다임으로 현상타파를 시도하려 한다면, 정책의 일관성은 커녕 오히려 위의 악순환만 가속화될 염려가 있다. 같은 방식으로 같은 실수가 되풀이 되면 운명은 우리를 잔인하게 외면할 수 있다. 감히 말하거니와 나는 늘 운명과 함께 걷고 있는 것처럼 행동하였다. 지난 10년 동안 내가 앞으로 사태 발전에 대해 언론, 방송매체와 각종 특강에서 구체적으로 수없이 예측한 것이 대체로 틀리지 않았다. 당시 정부에서는 큰 관심을 갖지는 않았지만 이제는 일반 대중 대다수가 기억하는 경고를 끊임없이 해왔었다. 나의 신념은 오직 단 한 가지, 파국적인 안보현실의 임박한 위험 앞에서 잠자고 있는 국민의 용기와 힘을 일깨우는 일이었다.

현실을 직시할 용기가 서면 모든 것은 단순하고 분명해진다. 또 다른 재앙적 실수를 되풀이 하지 않기 위해서 우리의 정책은 선 안보 후 통일정책이 되어야 한다. 즉, 안보정책의 결과로 통일이 주어지는 것이지 그 반대가 아니라는 뜻이다. 그러한 의미에서 북핵문제 해법은 근본적으로 통일정책에 있다는 현 정부의 메시지는 그 동기의 순수성에도 불구하고 현실적 정책 우선순위는 될 수 없다. 우리의 당면목적이 북핵 도박과 협박을 억제하고 나아가 정권교체까지 이끌어 낼 모든 안보 수단과 방법의 강구에 있기 때문이다. 그것이 바로 이 시대의 특수성이고 현실적으로 가장 이상적인 통일과정론이다.

통일은 이론과 실제 공히 힘과 의지로 이룩하는 것이지 무슨 선의와 진의의 교환으로 저절로 이루어지는 것이 절대 아니다. 평화는 힘으로 확보하는 것이지 돈으로 사서 합의하는 것이 결코 아니라는 뜻이다.

전쟁과 평화에 관한 역사상 중요한 합의문 대부분은 단지 다음 전쟁을 위한 '휴전 합의'에 불과했다는 역사가 카(E.H.Carr)의 유명한 지적은 그래서 나왔다. 《징비록》의 망전필위(忘戰必危)의 훈계 즉, 전쟁을 잊으면 반드시 나라가 위태롭게 된다와 같은 맥락이다. 일찍이 중국고전 주역에서도 "위험은 스스로 안전하다는 생각에서 비롯되고, 멸망은 스스로 오랫동안 존재할 수 있다는 생각에서 비롯된다"고 경고했다. 철저하게 냉정한 오늘날 국제 권력정치의 전략현실도 잘못된 역사는 순환될 수 있음을 우리에게 분명히 가르치고 있다. 아무리 작은 분쟁의 불씨라도 항상 위기관리 차원에서 미리 예견하고 대응책을 마련하는 측이 평화 주도권을 행사하기 마련이다.

지난날 역사는 일어날 일은 반드시 일어나고야 만다는 점도 분명히 일깨워주고 있다. 위기란 피하고 싶다고 해서 피할 수 있는 것도 아니고 피하거나 방조할수록 오히려 더 큰 위기를 부를 수 있다는 것이다. 1940년 독일이 프랑스를 파멸시킨 것은 프랑스의 철저한 방어습성, 즉 마지노 멘탈리티 때문이었다는 사실을 우리는 잊어서는 안 된다. 이러한 의미에서 엄격한 전략현실주의 입장에서 볼 때 입만 열면 오로지 평화나 통일만 외치는 자들일수록 오히려 실질적으로 그것을 위태롭게 하는 자들이라는 지적을 되새겨야 한다. 어떤 의미에서 적(敵)은 이렇듯 먼저 우리 내부에 있는 것이다.

우리가 진정 평화통일을 원한다면 무엇보다도 우선 스스로 강해지지 않으면 안 된다. 우리는 "자신을 알고 자신감을 갖추어야 한다." 전쟁억제력 유지문제에 우리가 지금 어떤 상황인지를 먼저 알고 나서 통일에 자신감을 갖는 그런 안팎의 투쟁을 말한다.

우리는 북한이 핵을 포기하지 않는 한 우리도 이 힘과 의지의 싸움을 포기해서는 안 된다. 이 과정에서 비록 고통스럽고 견디기 힘든 위태로운 위기가 닥친다 해도 그것을 받아들일 마음의 준비를 단단히 하지 않으면 안 된다. 냉철하지 않으면 운명을 지배할 수 없다. 이 싸움에서 우리는 반드시 이길 수 있고 또 이겨야만 한다는 신념과 확신을 가져야 한다. 그래야 궁극적으로 통일 주도권을 행사할 수 있기 때문이다. 통일은 결코 공짜가 아니다. 우리의 피와 땀과 눈물을 요구하는 처절한 안팎의 투쟁의 결과로 주어지는 것이다.

통일의 길이 혼란스럽다고 해서 통일의 역사성이 줄어드는 것은 아니며, 시행착오가 계속 된다고 해서 우리가 쏟은 노력의 가치가 떨어지는 것도 아니다. 통일이라는 절대선, 지고의 선을 향한 우리의 정성은 그 자체가 아름다운 것이다. 그러나 앞서 누누이 강조했듯이 이러한 지고의 선을 향한 정성은 동포애에 의해 고무되고 현실적 지혜에 의해 인도되어야 한다. 또한 우리는 첫 술에 완벽한 통일을 꿈꾸어서도 안 된다. 어차피 통일은 처음부터 완성된 채로 태어나지도 않는다. 그래서 독일인들은 애초 '미완성의 통일'이라고 불렀다.

이러한 역사관과 국가관으로 기로에 처한 이 나라 이 민족을 구하고 이끌어 갈 뛰어난 리더십이 지금 절실히 요구되는 시점이다. 진정한 리더십은 열정과 이성, 그리고 이데올로기와 정책전략 현실 간에 균형 감각을 갖춘 강하고 담대한 처신에서 나오는 것이다. 대중을 선동하는 직업으로서의 정치인이 아닌, 대중을 시대정신으로 이끄는 그런 위기관리 리더십을 말한다. 전문적인 식견과 경륜을 갖고 자신의 말에 책임과 권위가 있는 자만이 이 시대의 지도자가 될 수 있다. 지금 우리는 다른 어느 때 보다도 더 깨어 있어야 한다.

아름다운 마무리를 향하여:
나의 갈 길 다가도록

"나의 갈 길 다 가도록 예수 인도 하시고……" 찬송가의 일부지만 이제 아름다운 마무리를 향하는 내 심정을 잘 표현해 주고 있어서 여기서 인용해본다. 정년에 이르면 남들은 제2의 인생의 시작이라고 부른다지만 나는 단지 풀타임(full-time) 교수직을 물러난 것에 불과한 것이며 결코 가르치는 직업 그 자체가 끝난 것이 아니라고 생각한다. 엄밀히 말해서 현직에서 퇴임한 것이지 선생의 본분을 다 마친 것이 아니라는 뜻이다. 이러한 의미에서 나는 이제부터 '자유인'이다. 어떠한 형식이나 규칙에도 얽매이지 않고 그야말로 행운유수(行雲流水)처럼 읽고 쓰며 또 말할 뿐이다.

이 자유인으로서 아름다운 마무리를 한다함은 결국 나 자신에게로 돌아가는 길을 따라 간다는 것을 말함이리라. 물론 이 길은 아직 내게 익숙지는 않으나 분명 새로운 길임은 틀림없을 것이다. 윤동주 시인이 노래한 길일 것이다. "내를 건너서 숲으로 고개를 넘어서 마을로, 어제도 가고 내일도 갈 나의 새로운 길, 민들레 피고

까치가 날고 아가씨가 지나고 바람이 일고, 나의 길은 언제나 새로운 길, 내를 건너 숲으로 고개를 넘어서 마을로……"

그래 그렇다. 지나온 열두 고개 나의 길은 언제나 새로운 길이었다. 일단 길을 나서면 길이 길로 이어질 것이라는 신념이 있었기에 주저함이나 두려움 없이 개척하고 또 잘 적응해왔다. 무슨 웅재대략(雄才大略)의 뛰어난 전략가 같은 거창한 자긍심은 없었지만 우국충정론에서 밝힌 대로 적어도 나의 정세분석과 판단이 대부분 현실로 드러났던 것 만큼은 안보전략가로서 자부심을 갖고 있다.

그러나 나는 언제나 내 자신의 주인일 뿐, 남들의 우두머리나 국가적 인재라고 생각해 본적은 없다. 나 역시 내가 당면한 시대의 엘리트로서 잠시 등장했다가 미처 그 뜻을 다 펴 보지도 못하고 사라져간 많은 이들 중 하나에 불과할지 모른다.

물론 이 중에는 완전히 꺼지지 않고 어둠속에서도 항상 빛나는 작은 별 같은 존재도 있을 것이다. 자리나 직책과 관계없이 확고한 국가관과 전략논리, 그리고 절제된 삶의 원칙을 갖고 흔들리지 않는 등대와 같은 지성의 길을 가는 이도 있을 것이다. 지금 내가 꿈꾸는 것은 바로 작은 별과 등대 역할과 같은 황혼녘이다. 나의 갈 길 다 가도록 과연 이 역할이 주어질지, 오직 하나님만이 아신다.

지금 나는 몽테뉴의 수상록처럼 "전부 나를 쓰고 있는 것"이나 마찬가지이다. 이 회고록이 지난 세월 속에 흘러가고 묻힌 나 자신과의 대화요, 그 면면한 삶의 족적에 관한 회상이기 때문이다. 문자 그대로 자전적(自傳的) 회상의 수필이다. 그러니 이제 무엇이 성공이고 실패이며 또 무엇이 한(恨)이고 정(情)인지 일일이 구분하는 것은 의미가 없다. 모든 문제에는 언제나 양면성이 있으며 완벽하게 옳은 것도 없고 또 완벽하게 그른 것도 없다. 단지 어느 중세 성직자의 고백처럼 "아들아 네가 이루지 못한 것을 아무도 네 탓이라고 말하지 않으니……"가 가슴에 와 닿을 뿐이다. 마찬가지 논리로 스티브 잡스가 위대한 스마트 혁명을 이루고 죽기 전에 남긴 "내가 이룬 것보다도 이루지 못한 것 또한 자랑스럽다"는 유언은 정말 심금을 울리는 명언이 아닐 수 없다. 모두가 장영희 교수의 말처럼 "살아온 날들의 기적과 살아갈 날들의 기적"같은 세월이 거친 풍파를 타며 흘러왔다는 생각이다.

1620년 영국의 청교도들이 박해를 피해 메이플라워호를 타고 아메리카 신대륙에 첫발을 디뎠을 때 그들은 먼저 하나님께 감사 기도를 드렸었다. 작은 배를 타고 65일간의 거친 파도와 사투 끝에 무사히 신대륙에 도착한 기적에 감사드렸고, 몇 명이 죽은 그토록 고통스러운 항해였음에도 단 한 명도 돌아가자는 사람이 없었음에 감사드렸다. 나 역시 회상컨대 풍운의 거친 항해를 지금껏 무사히 지나왔음에 감사드린다. 여러 번의 좌절과 불운도 있었지만 그래 도 빛을 찾아 떠난 항해는 그치지 않았고 쉴만한 항구에 인도해 주 신 하나님 은혜에 오직 감사할 뿐이다. 매일 새로운 기적의 하루가 시작된 것처럼 감사하며 당연히 일어날 것이라고 기대했던 일이 일어나는 것 자체가 나는 기적이라고 생각했다. 그래서 나는 사는 동안에 입가에 잔잔한 미소를 머금은 이 감사하는 자세를 나의 본 능으로 삼기로 했다.

찢어지게 가난했던 어린 시절, 간혹 동산에 올라 홀로 공상에 잠 기기를 좋아했다. 1967년 순천 중3 때는 죽도봉 동산에 올라 삼산 이수(三山二水)의 아름다운 고향산천을 내려다보며 막연히 저 산 저 바다 건너 무엇이 있는가 상상해보고, 특히 일출과 일몰을 보는 것 을 좋아했다. 항상 혼자였다. 그래야 마음껏 공상의 나래를 펼 수 있다고 생각했던 것 같다.

그 가난했던 시절, 내가 무엇을 꿈꾸었는지 솔직히 기억도 없다. 무슨 소년의 꿈이나 기도 같은 것도 없었던 것 같다. 단지 앞만 보 고 걷는 것을 좋아해 무작정 길을 나섰던 것이다.

비슷한 상황이 10년이 지난 1977년 유학을 떠나기 전후에도 있었다. 이미 설명 했으니 반복할 필요는 없지만, 북한산에 홀연히 올라 하루 종일 바위에 걸터앉아 서울 도심을 막연히 내려다보기도 했고, 인천행 전철을 타고가 인천항의 작은 섬 작약도에서 정처 없이 맴돌기도 했다. 그렇다보나 어느덧 고독은 나의 가까운 벗이 되었다. 이 벗은 세월이 많이 흐른 지금도 어쩌면 나의 가장 가까운 친구로 남아있는지 모른다. 아직도 나 홀로 여정을 간혹 즐기고 있으니 말이다. 소로의 "나는 내 인생의 넓은 여백을 사랑한다"는 나의 아름다운 마무리를 위한 하나의 등대불 같은 독백이다.

앞으로 여정은 또 무엇이 될지, 그리고 군중 속의 화려한 고독의 끝은 어떻게 다가올지 나는 모른다. 하나 분명한 것은 홀로 있음 그 자체가 인생길 여정의 목표가 될 수는 없다는 사실이다. 고독이 아무리 찬란해도 우리는 세속에서 기대고 부비며 더불어 살아야 한다. 늙어가면서도 행복해야 하고 또 주변의 존경을 받아야 할 의무가 있다. 그리고 나의 갈 길 다 가도록 내게 주어진 사명은 어떠한 형태이건 감당해야 한다. 프로스트의 시 그대로 "나는 아직 잠들기 전에 수마일은 더 가야 한다. 내게 지켜야 할 약속이 있다……."

"정성들여 가꾼 나무는 열매를 맺지 못했는데 무심코 심은 나무가 무성히 자라더라"는 옛 선비의 자조적 읊조림도 있지만, 그렇다고 정성 그 자체를 저버릴 수는 없는 것이다.

일단 정년퇴임 후 고향땅 시냇가에 조그마한 임시 거처를 마련할 생각이다. 조용히 전원일기도 쓰며 서울 왕복도 하면서 강연과 집필 등으로 소일할 생각이다. 필요하다면 적절히 방송출연과 인터뷰도 하면서 나의 소명을 다할 것이다. 그것이 천명(天命)이고 천운(天運)이라면 말이다. 내 아호 그대로 나는 순천(順天)의 순천(順泉)이다. 하늘의 뜻을 거역치 않고 순리대로 흐르는 샘물 같은 운명이란 뜻이다.

잉게 숄의 시 표현대로 나의 천직이 스스로를 세상사에서 풀려나 있는 것 같으면서도 한편으로는 그것에 묶여있게 만들어 놓았다. 나라가 위급할 때 부름이 있으면 의당 소명해야 할, 누구말대로 '병가(兵家)의 팔자'를 타고난 탓이다. 그러니 귀향한다 하여도 동양학적으로 표현하자면 자칭 공자 반 노자 반의 반반생활이 될 수밖에 없을 것이다. 즉 나라일 걱정의 유교정신과 자연 사랑의 도교정신이 동시에 깃들은 귀거래사가 될지 모른다는 뜻이다.

그러나 이제 더 이상 무슨 이상이나 환상을 쫓고 싶지는 않다. "모든 고뇌를 뚫고 환희에 이르러라"는 베토벤의 무서운 집념을 따르던 지난날 야망의 시절을 벗어나, 이젠 모두 비우고 내려놓으며 평안함으로 아름다운 황혼을 그리며 갈 것이다. 어떤 이에게는 이 길이 힘들겠지만 모두 다 비우고 내려놓는 이에게는 이 길이 결코 멀거나 어렵지 않을 것이다.

▲ 강 건너 국립현충원이 바라보이는 서재에서 사색에 잠겨있다.(2017.1.)

　　지금까지는 "몸을 낮추어 뜻을 펴는" 풍운아적 항해를 해왔다면, 이제는 쉴만한 항구를 찾아 이웃과 사회에 대한 봉사와 헌신의 단순, 소박한 선비의 삶으로 돌아가고 싶다. 그러나 이 역시 모두 하늘이 하지 않는 것이 없으니 오직 그 뜻에 맡길 뿐이다.

　　생각이 깊으면 침묵도 길다는 말이 있듯이 강심수정(江深水靜), 즉 강물이 깊으면 물 흐름이 조용한 법이다. 깊은 강물이 소리 없이 흘러가듯 나의 침묵의 사색도 깊이를 더해간다. 굳이 나서지 않아도 서재에서 천하의 흐름을 읽을 수 있고, 말을 하지 않아도 우국충정의 명상과 구상은 끊임이 없다. 산은 옛 산이로되 물은 옛 물이 아니라는 말 역시 큰 뜻으로 새기고 있다. 세월이 무수히 흐르고 사시사철의 변화를 부단히 겪어도 산의 자태는 변치 않는 굳건함을 보여주지만, 흐르는 저 강물은 한번 가면 다시 오진 못하고 끊임없이 새 물길을 더해간다는 말이다.

저 산처럼 이 나라 이 민족은 유구하나 세대가 바뀌고 세월이 변하면 우국애민의 사색과 사고도 새로이 깊이를 더해 가야 한다는 의미로 받아들이고 있다.

이 강심수정(江深水靜)과 산수론(山水論)처럼 내 서재 앞으로는 한강이 도도히 흐르고 강 건너 동작동 국립묘지의 엄숙한 고요함이 무겁게 침묵하고 있다. 그리고 그 뒤로는 수백 년 전 서애 류성룡 선생이 나라의 앞날을 걱정하며 오르곤 했던 관악의 빛나는 청정함이 우뚝 버티고 있다.

한강의 서기(瑞氣)와 현충원의 영기(靈氣), 그리고 관악의 정기(精氣)가 삼위일체를 이루며 일직선으로 내 서재로 들어오는 듯 한 환상에 잠긴다. 하늘과 산과 강이 모두 내게로 와 빈 공간을 꽉 채운다. 마침 한가위 보름달이 훤하게 내 침상을 비추며 나의 새벽을 깨우고 일어나 이 밝고 맑은 빛을 받고 발하라는 듯이 말이다. 이 경이로운 조화에 또 겸허히 몸을 추스른다. 한없이 감사하며 스스로 낮아진다.

저 강물이 흐르듯 세월도 흐르고 나의 기개, 기운과 기상도 흘러간다. 잠시도 쉬지 않고 풍상을 더해간다. 그러나 시간은 거울처럼 조용히 가지만 순간은 늘 살아 움직이는 것, 항상 깨어있지 않으면 안 된다는 자각심은 잃지 않고 있다. 그 풍운의 꿈은 어느덧 사라지고 영롱한 새벽이슬도 황혼 빛으로 물들어 가는 듯 보이지만, 우리는 늙을수록 종려나무처럼 번성하고 진액이 넘쳐 흘러야 한다.

사계절의 변화는 같은 하늘의 다른 표현에 지나지 않은 것처럼, 이제 모두 하나님의 시간표에 맡겨야 한다. 오직 그 시간표 속에 우린 모두 '시간 나그네'일 뿐이다. 시성 괴테의 표현대로 "일체의 (세상적) 이론은 회색이요, 일체의 (하늘이 준) 생명은 녹색이다"는 원점의 자세로 돌아가야 한다.

그러니 자, 이제 길을 나서자. 아름다운 마무리를 향하여 저 황혼을 금빛과 은빛 찬란한 색으로 물들여 보자. 모두 다 내려놓고 길을 나서보자. "풍파는 전진하는 자의 벗이다." 그동안 세상길 그 크고 작은 무수한 길들을 수없이 걷고 또 넘어왔지만, 이제 오직 믿음의 지팡이에만 의지하고 거리의 사람들과 같이 호흡하며 숲으로 이어지는 자연 길을 걷자. 그리고 매일 아침 저 떠오르는 태양과 해질녘의 하늘을 쳐다보며 생에 대한 무한한 외경심을 느껴보자. 아직 경건한 몸이 있고 평정을 잃지 않는 강한 기질이 있으니 무엇이 두려울 것인가. 나의 갈 길 다 가도록 이 용기는 결코 다하지 않을 것이다. 이것이 진정 내 삶의 노래요, 회상인 것을.

부록

나의 시, 나의 노래

그간 내가 틈틈이 썼던 몇 편의 시 중에서 마음에 든 것 10편을 골라 여기서 소개해 본다. 단순한 시라고 생각하면 될 것이나 작게는 나의 사랑하는 생활부터 크게는 국가와 민족의 앞날을 생각하는 충정까지 두루 담고 있어서 나름대로 좋은 메시지가 될 것이라고 생각한다. 많이 읽고 많이 생각하며, 또 많이 걸으며 길 위에서 쓴 나의 발지취들이다. 말이 시이지 문장의 형식이나 운치는 없다. 누구에게 보이고자 쓴 것이 아니라 내 자신과 내면의 대화를 단순히 요약하여 기록한 것에 불과하기 때문이다.

나는 결코 시인이 못된다. 시적인 감흥과 감동을 줄만한 성품, 아니 자질이 없기 때문이다. 그래서 나는 명 수필가나 시인을 존경한다. 그들의 문학적 상상력과 운치 넘치는 삶의 감각이 풀어낸 노래들을 정말 사랑한다. 우리 모두가 시적인 자력이 있다면 아마 이 한 많은 세상에 싸우고 다툴 일이 그리 많지 않을지 모른다. 마치 찰리 채플린이 모든 국제 분쟁에서 자기 같은 희극배우에게 협상을 맡기면 쉽게 웃으며 풀릴 것이라고 말한 것과 같은 이치이다.

단순한 몇 개의 문장으로 구성되어 있지만 우리는 시에서 생의 맛과 삶의 멋을 느낄 수 있다. 맛과 멋, 이 얼마나 함축적으로 세상살이 인간사를 표현하고 있는 명쾌한 단어인가! 과연 이 맛과 멋을 내가 제대로 이해나 하고 있는지 이제 나의 시, 나의 노래를 간략히 읊어보자.

| 관악산 서재에서

텅 빈 산속 새소리는 고요한데
풀벌레 소리만 요란하구나
달그림자 외롭게 드리우고
밤기운은 차갑다.

창밖의 저 우뚝한 소나무 이 몸과 함께
깨어 있어 무언의 대화를 거는 듯,
읽는 책에서 잠시 눈을 떼어 저 장송(長松)을
바라본다.

스치는 가을바람에 솔방울 우수수
떨어지고 잔가지에 얽혀 내는 저 소리
어김없는 계절의 변화를 알린다.

세상사 변화가 저렇듯 주기적이면
무슨 큰 걱정이 있으랴만, 온갖 불가
예측적인 일 다반사로 생겨나니
번잡히 사람들과 어울리는 것보다 차라리
저 일송정 푸른 솔과 한적함을 나누는 것이

나으리라.

관직에서 물러나니 온갖 시시비비
다 떠나간 듯하나, 아직 펜을 들고 시대정신을
간직하고 있으니 반쯤은 세상사에 묶여
있도다. 홀연히 군자삼락(君子三樂)을 즐기고자
숲속 독고재를 마련했지만
내 어찌 하늘의 뜻을 다 헤아릴 수 있으랴 지금 이순간
밤하늘의 찬연히 빛나는 별을 볼 수 있고
그만큼 훤한 달님을 맞이할 수 있음에 감사하며
오직 밝고 맑은 마음을 기르리로다.
세상풍파 두루 겪고 보니 모든 것이
한순간에 불과했던 것처럼 느껴진다.

그러나 나이가 들어가면 세월은 빠르나
하루해는 길다 하니 이제 순간순간을 감사히
즐겨야 한다. 그것이 복된 인생이라고 하니 말이다.

| 명예에 대하여

일찍이 퇴계 이황의 어머니는 관직에

나가는 아들에게 다음의 당부를 한 적이 있다.

"헛된 이름과 공명을 쫓지 말고 작은 벼슬에

그쳐서 분수에 맞게 살아라. 네 뜻이 너무 높고

고상하여 세상이 너를 몰라 줄 수 있으며 너를

겁내어 받아들이지 못할 것이다……."

퇴계는 그래서 이 말씀을 새기고

오랜 벼슬살이는 사람을 해친다고 생각해

주저 없이

낙향해 후학 양성에 생을 바쳤다.

어머님 말씀 따라 권세를 버리고 명예를 택한 것이다.

이는 자리가 명예를 주는 것이 아니라 사람은 스스로 명예를 따르게 한다는 것을 말함이리라.

무릇 명예는 선비에게 목숨과도 같은 것, 명예를 잃으면 모든 것을 잃는 것과 같다.

그러므로 명예는 함부로 구하는 것이 아니요, 긴 세월 품위 있게 살아온 족적으로 자연스럽게 쌓이는 것이라 했나보다.

학문은 마땅히 마음공부부터 해야 하고 관직에 임해도 마땅히 앉아 있을 자리에 앉아 있어야 한다는 것도 이를 두고 말함이리라. 천하의 대사(大事)를 논하는 것도 대의(大義)를 품은 것도 모두 자신을 굳게 지켜 스스로 욕되지 않게 함이 바로 명예가 아닌가.

천리 앞을 내다보는 것보다 한 치 뒤를 되돌아보는 것이 더 어렵다는 말이 있듯이 매사에 삼가고 또 삼가며 참고 또 참을 것이로다. 옛말에 불꽃이 일어나면 연기도 높이 오르나 불꽃이 꺼져도 연기는 더 높이 오른다 했다. 헛된 이름이 세상에 요란스럽게 되는 것을 경계하라는 뜻이다.

하니 공명(功名)을 쫓아 너무 이성에 호소하지도 말고 반대로 지나치게 감성에 얽매이지도 말며 오직 중용(中庸)을 지켜라. 그것이 바로 명예일 것이다.

| 또 한 해를 보내며

하늘의 해는 하나이고 변함없는데
인간의 해는 그야말로 '해마다' 바뀌고
나이를 더해간다. 이 무슨 기묘한 모순인가
지는 해 뜨는 달 모두 어김없는 이치를 따르는데 유독 인간만이 그 해석을 달리한다.
　도대체 어제와 오늘이 무엇이 다르며 또
　하늘이 어떻게 달라졌다는 것인가.

　우린 모두 감히 상상키 어려운 광활한 우주 공간 속
　그 수억 개 은하계 중 하나인 태양계의
　작은 별, 지구에 잠시 왔다가는 나그네인 것을.
　러셀은 그래서 신의 존재를 믿지 않았으나
　같은 이유로 토인비는 오히려 우주 배후에 반드시 보이지
　않는 신의 섭리가 존재한다고 믿었나보다.

　이렇듯 우주만물과 인간 그리고 인간과 인간
　사이에 같은 현상을 두고 상호 모순된 이해와 인식이 자연스럽
게 공존한다.
　그러니 한 해를 보내고 새해를 맞이한다는 것은 그저
　우리의 작은 가슴속에나 존재하는
　세월의 법칙일 뿐, 오직 나이를 더하는 계산이지
　감히 천지자연의 이치를 따지는 것이 될 수 없는 법.

　그러나 해가 바뀌고 달이 바뀌면
　왜 새로운 감회가 없을 것인가 마는

가는 세월보다 더 빠른 오는 백발이

성성한 것을 낸들 어찌 하리오

이제 갈수록 말 수가 적어지는데 반비례해

혼자 있는 시간은 더 늘어만 가니

서릿발 같은 기개 허공에 날갯짓하는 것 같구나.

아무리 인생을 즐겁게 산다 한들

세상사 결국 한 바탕 꿈일 것이니

마치 꿈속에서 헤매는 길손이 길 위에서

길을 묻는 것처럼 한 해를 보내고 또 새해를 맞이하는

저마다의 마음가짐이 아니런가.

오늘따라 왠지 고향의 흙 내음이 더 그립구나…….

| 나의 소원

나에게 소원이 있다면 기왕에

역사의 주 무대에 올라선 이상, 나름의

뚜렷한 족적을 남기는 일일 것이다.

사명자는 쉽게 죽지 않는다는 성경의

말씀처럼, 평생 품은 뜻 한번 제대로
펴 보는 일일 것이다.

그것이 바로
나의 꿈이요 소원인 민주, 평화, 북진통일이다.
민주는 안으로 국민적 단합을 이끌어내
밖으로 북한 동포와 하나 되게 만드는 것을,
평화는 어떠한 경우에도 전쟁만은 있어서는 안 된다는 것을,
그리고 북진은 백두산 영봉에 자랑스러운
태극기를 휘날리게 만드는 것을 말함이다.

누가 감히 이 난세의 일꾼을 자임하는 꿈을 사사롭다고 하랴
누구라서 이 소원을 세상 권세욕으로만 치부, 비하할 수 있겠는가
이는 우리 국민 저마다의 가슴속에 살아 있는 우리 모두의 꿈이
요, 소원인 것을.

그러나 이 꿈을 우리에게 깨우친 건국 대통령 우남 이승만은 결
국 이루지 못한 채
이국땅에서 쓸쓸히 생을 마감하였으니 어찌 애달프지 않겠는가.
늙으면 향촌으로 돌아가 한가히 농사나 지었으면
하는 그의 소원도 펼치지 못한 채

위대한 애국자는 떠났다. 제갈공명이

출사표를 내면서 이제 이 전쟁이

끝나면 고향에 돌아가 농사 지으며 백학을

벗 삼아 거문고 타면서 청풍명월과 노닐 것

이라는 꿈을 가졌으나 그 역시 오장원 전쟁터에서

홀연히 떠나고 말았다.

그래도 우린 꿈이 있어야 한다. 앞날의 희망이 있어야 한다.

오늘에 살더라도 내일은 있어야 한다. 그것이 바로 존재의

이유이고 생명력의 근원이다.

내일의 꿈이 없는 오늘의 삶은 죽은 것이나 마찬가지다……

┃ 사는 게 다 농사여

어느 날 늙은 농부가 내뱉은 독백을 우연히

들은 적이 있다. "사는 게 다 농사여……."

순간 그 어느 책에서도 볼 수 없는 단순 소박한

삶의 깨달음을 느꼈다. 그래, 모든 게 다 하기 농사 짓 듯 나름이다.

바로 이것이

평범한 생활의 지혜가 아니고 무엇인가.

어부는 물 때 따라 살고 농부는 철 따라 산다.

모두 계절의 변화에 순응하면 선(善)이라는 뜻이다.

밀물이 오면 썰물로 가고 씨를 뿌리면 수확이 있듯이

모든 것은 때에 따라 돌고 돌며 흐른다.

세상사 이렇듯 단순 명쾌한데 무슨 이론과 논쟁이 그리 많은가.

물고기는 어부의 노 젓는 소리를 구별하고

농작물은 농부의 발걸음 소리를 듣는다.

만물이 서로 얽히고 기대어

자연을 구성하고 있는 그야말로 자연스런 현상이다.

정심응물(定心應物)이라, 즉 차분한 마음으로 응시하면 삶의 진실
이 보이는 법

여러 갈래 가지의 뿌리도 캐보면 하나요, 온갖 지류의 근원도 더
듬으면 한 샘물로 귀착되는 것이다.

이렇게 따지고 보니 적이니 동지이니 옳고 그르니 선이니 악이
니 하는 천지간의 인간사 모두 헛되고 헛된 것이 아닌가.

사는 게 다 농사여, 천 번 생각해도 천 년의 진리이다.

먹기 위해 씨 뿌리고

마시기 위해 샘물판다. 철따라 거두고 해지면 가족과 함께 쉬나니

국가와 민족이니 하는 거대담론이 농부의 이 사랑하는 생활과

대체 무슨 관련이 있다는 말인가.

사는 게 다 농사여…….

| 만추

거리에 낙엽비 내리듯 내 마음속에도 가을비 내린다.

내 지난 날 가을비 속 낙엽비 내리는 날

숲으로 난 작은 길을 얼마나 많이 걸었던가

빗줄기 속에서도 황금빛을 잃지 않는

낙엽 밟는 소리를 그 얼마나 즐겨했던가

만추에 이 빗소리와 낙엽소리의

화음을 한 번 들어보라 꽃바람에

꽃비 날리는 봄날보다 흥취가 더 할 것이다.

봄엔 모두 성악가가 된다지만

가을엔 저마다 시인이 된다.

한 수 아니 한 마디 읊조리지 않고는 도저히 이 계절을 그냥 보내지 않으리라.

만추의 만상(萬想)이라 가을은 나의 계절이다.

기독교인이 갑자기 불교의 윤회론을 이해할 수 있는 계절도 된다.

낙엽이 떨어져 양분이 되고 그것이 또 뿌리가 되고 잎이 되어 돌아가는

그 윤회의 자연에 새삼 숙연해지게 만든다.

역시 하나님의 섭리는 위대하시다!

이 얼마나 놀랍게 신비스런 법칙인가

오늘따라 낙엽 태우는 냄새가 너무나 향기롭다.

화창한 가을날이면, 나는 누런 논에 메뚜기 잡던 어린 시절로 돌아간다.

들판을 누비는 참새 떼 쫓던 때로

돌아간다.

냇가에 화롯불 피워 밤 굽던 날로 돌아간다.

이렇듯 가을은 오늘을 과거에

살게 하고 또 과거를 오늘에 살게 하는 신비한 계절이다.

그래서 니체는 철학적 사고(思考)에 지쳐

가을을 마음을 괴롭히는 계절이라고 하며

어서 빨리 날아가 버리라고 외쳤고

반대로 프로스트는 문학의 향취에 빠져 가을이여

부디 천천히 가라고 노래했나보다.

그래도 가을은 나의 계절이다. 따뜻한 봄볕보다 서늘한 가을

기운이 더 좋다.

봄의 교향악보다도 가을 편지가 더 좋다.

아니 나는 가을이 되면 봄 보다 오히려 더 삶의 생명력을 느낀다.

꽃이 져서 열매가 되고 변덕스런 봄날의

일장춘몽(一場春夢) 없이 황혼 황금빛을 받아

마지막 잎새가 더 찬란한 아름다움을 발하는,

오, 부드럽고 감미로운 만추여 부디 오늘 하루는 천천히 가거라!

늙어가는 것은 이 몸이지 가을은 늘 젊고 아름답게 남는다.

낙엽은 져도 나의 가을 노래는 끊이지 않으니, 오, 저 벼 잎엔 빛

나는 늦가을의 황금볕이여 나에게, 잠시 머물다 가다오

나를 잠시 평온케 해다오,

부디 그 피곤한 그림자를 길게 드리우며 가다오.

| 우정에 대하여

나이가 들어간다는 것은 친구를 하나씩 잃어가는 것과 같다는

옛 시인의 지적이 더욱 더 새삼스러워지는 시절을 지나고 있구나.

아무런 순서나 사전 연락도 없이 갑자기 사라지는 것을 보니 무소

식이 희소식이라는 옛말 모두다 허사로다.

그래서 옛 선비들은 마음에 맞는 시절에 마음에 맞는 벗과 마음에 맞는 말을 나누며 시문을 읊는 것을 진정한 우정이라고 했나 보다. 세월은 무심하게 흘러가고 모두가 한 때이니 벗과 시절의 순간을 즐기는 것이 진정 남는 것이라는 뜻인가.

　페르시아의 옛 시는 이를 두고 "여보게 여기 술과 안주 그리고 풍류가 있네, 자네가 오지 않으면 이 다 무슨 소용인가. 그러나 만약 자네가 온다면 이 까짓것 다 무슨 더 할 가치가 있겠는가"라고 그리운 벗을 노래했다. 이 얼마나 멋있는 역설적 해학인가!

　어리석은 자와 어울리느니 차라리 무소의 뿔처럼 혼자가라는 경구도 좋고 진정한 벗은 스승에 가깝다는 금언도 좋지만 평생 한 두 사람 정도 마음 통한 벗이 있다면 성공한 인생이라는 우정론이 더 가슴에 와 닿는다.

　한 친구를 보내고 다른 친구를 맞이하면 될 듯싶으나 나이가 들면 이러한 덧셈의 법칙이 통하지 않는 법, 오직 뺄셈만 남는다. 하니, 이제 모름지기 벗이 없다고 한탄하지 말라, 책과 함께 자연을 벗 삼으면 될 일이로다. 한쪽 세상을 잃으면 또 다른 세상이 보이지 않겠는가…….

| 달맞이

새벽녘 뒤척이다 문득 누가 창문을 두드리는 소리가 들려 뇐고 아스라이 눈을 뜨니

달님이로구나. 혼자가 아니고 셋이 와서 두드린다. 저 구름 위에 님, 강물에 비추인 님, 그리고 창 그림자에 드리운 님 모두 셋이로구나.

고산 윤선도의 표현대로 그리던 님이 오듯 반가움이 이러하랴.

저 달은 천지만물을 고루 비치니 잠든 자 잠 못 이루는 자

있는 자 없는 자 모두 이 순간만큼은 훤한 모습이리라.

어디서 왔고 또 어디로 가는지 묻지도 않았는데

때가 되면 어김없이 달님은

크고 작은 모습으로 창밖을 서성이는데

인간사는 아무리 묻고 또 물어도 한치 앞을 예측할 수가 없도다.

이처럼 달 밝은 새벽녘엔 절로 느낌이 많아지는 법,

무심히 달님 안고 흐르는 저 강물만 하염없구나.

달이야 내일 다시 볼 수 있지만 한번 간 저 강물은

다시 돌아오지 않나니

우리네 인생도 달무리 꽃처럼 스스럼없이 사라져 간다.

술 익자 꽃이 피고 달이 뜨자 옛 벗이 온다는 것은 옛 시인의 노
래에 불과한 것인가,
　천년부동(千年不動)의 저 관악의 자태는 변함없는데 달맞이하는
이내 심정 어수선하기 그지없다.
　소리 없는 데서 들으시고 모습이 이루어지기 전에 보고 계시는
하나님 위대하심에
　오직 무릎 꿇고 새벽 기도 드릴 뿐이노라…….

| 술 노래

　계관시인 윌리엄 예이츠는 술은 입으로 들고 사랑은 눈으로 든
다고 하면서 우리가 늙어 죽기 전에 알아야 할 진실은 오직 그것뿐
이라고 노래했다. 역시 시인의 술 예찬은 멋있고 맛있다.

　술을 즐긴다기보다는 인생을 즐기는 데 술이
　너무나 예술적이지 않은가.
　술은 필요악이라고 하나 모두 즐기는 자의 몫이려니.
　술 마시기 전의 인생관과 그윽이 한 잔 술에 드리운 인생의 향연
이 다를 수도 있고, 또 달라야만 하느니

그래서 처칠은 술이 내게서 앗아간 것보다 내가 술로부터 얻은 것이 더 많다(I have taken more out of alcohol than alcohol has taken out of me)고 자랑했고, 철혈재상 비스마르크는 독일식 흑맥주에 샴페인을 섞은 폭탄주를 즐겼나보다.

처칠이나 비스마르크에 감히 견줄 수는 없지만
나의 술 노래도 간단치 않음이라.
비 오는 날 거리의 카페 1층 창가에서 마시는
술 한 잔은 가히 청량제에 가깝다.
얼마나 하루가 충실히 지나가는지를 절로 느끼리라!

비 오는 날 늦은 오후 술 한 잔은 결코 심신에 해롭지 않다.
애수를 마시고 번뇌를 일시 정지시키며 마음이 한결 부드러워지리라, 내일 일은 절로 내일에 맡겨지게 됨을 느끼게 되리라.

술 익자 벗이 온다는 말이 있듯이 황혼녘의 한 잔 술에 초저녁 달 어느새 입술에 걸린다.

인생이란 괜히 스스로 바쁜 것, 자 술 한잔 드시게, 그러면 이 순간은 적어도 내가 나답고 내가 나의 주인일세 그려…….

| 적게 읽어라

'적게 읽어라', 나이 들어가면서 책을 잡으면 부쩍 눈에 띄는 문구이다. 아는 것이 병이요, 지식이 족쇄이니 이제 적게 읽고 적게 생각하며 적게 말하는 때가 왔음을 알리는 문구이리라.

서권기(書卷氣)와 문자 향에 젖어 천년 시름을 하느니 이제 하나님 주신 은혜와 스스로 터득한 지혜를 한데 모아 평온한 자연의 길을 거닐 때라는 뜻이다.

그렇다. 독서는 꼭 책에만 있는 것이 아니다. 천지자연이 다 독서의 대상이다. 문필 생활은 꼭 서재에서만 하는 것이 아니다.

비바람과 해와 달 그리고 모든 살아 움직이는 것이 독서요, 세상사 인간지사 모두가 다 독서이다.

하니, 길을 나서보자. 그러면 서권기와 문자 향 같은 독서가 시작된 것이리라. 고금의 위대한 철학은 고대 아테네의 소요학파와 루소나 칸트에서도 보듯 다 걸으며 보고 듣는데서 나왔고, 천하의 명시 또한 거리의 자연 속에서 노래되었다.

진정한 독서는 이렇듯 한적함에서 찾아야 한다. 한적함은 문학적 상상력의 원천이요, 생활의 지혜이자 보고(寶庫)이다. 이 스스로 찾는 마음의 여유야말로 인생을 길게 사는 지혜이다. 생은 사람 스스로 짧게 혹은 길게 만드는 법, 정신없이 사는 사람의 인생은 짧다.

거리의 독서를 하는 인간에겐 생은 충분히 즐길 만큼 길다. 결코 내일의 기대로 오늘 하루를 낭비하지 않을 것이다. 이젠 종교와 철학의 오묘한 진리도 서재 밖에서 찾을 때가 됐다······.